LA FIANCÉE DU COW-BOY

LES SKYE DE HEART FALLS
TOME 1

VIVIAN AREND

Traduction par
MYRIAM ABBAS

A Cowboy's Bride / La Fiancée du cow-boy
Copyright © 2025 par Arend Publishing Inc.
e-Book ISBN : 978-1-998508-43-3
Broché ISBN: 978-1-998508-44-0
Correction de la version originale par Angie Ramey
Relecture de la version originale par Linda Levy
Traduit par Myriam Abbas et Valentin Translation
Conception de la couverture © Damonza

Première publication électronique : août 2025

1

Mi-septembre, Heart Falls

Malgré la fraîche brise automnale qui tourbillonnait autour de lui, un filet de sueur glissa entre les omoplates d'Aiden Skye. Ses muscles vibraient d'un élancement bienvenu après une rude chevauchée, et il savoura une profonde inspiration d'air frais et vif en s'appuyant sur le pommeau de la selle.

Un grand sourire lui étirait le visage.

Cet endroit était parfait.

Trois chiens de ranch couraient autour des jambes de son cheval, dont le retriever d'Aiden, Dixie. Tous les animaux approuvaient eux aussi clairement ce coin. La poussière tourbillonna alors que les deux frères aînés d'Aiden le rejoignaient sur la crête.

Declan, trente-neuf ans, tendit la main par-dessus

l'encolure de son cheval pour donner une ferme poignée de main à Aiden.

— À part la seule fois où tu as failli tomber de la selle, tu as été très bon. Comme je m'y attendais, dit Declan avant de lancer un coup d'œil à Jake, leur frère cadet. Toi, par contre...

Jake fit le geste vulgaire attendu, puis se mit à rire.

— Tu es un vil salopard, Declan. « Viens faire une chevauchée sur notre nouvelle propriété », tu as dit. « Ce sera bon de retourner aux sources. » Et cinq putains d'heures plus tard...

— C'est pas ma faute si « tes sources » ont stagné plus longtemps dans un fauteuil pépère qu'à dos de cheval dernièrement, répondit Declan en se redressant et en ajustant son chapeau, son sourire réduit à une mince ligne, comme d'habitude. Tu te remettras assez vite dans le bain. Aiden a bien réussi.

— Merci, dit Aiden en se redressant, étirant le cou et les épaules. Même si je vais avoir besoin d'une douche chaude après ça.

— Je suis d'accord. Et il faut de quoi manger aussi, ajouta Jake en regardant son frère. J'espère que tu as préparé cette partie-là aussi minutieusement que la visite des terres et des bâtiments.

Le plus âgé pencha la tête vers l'écurie.

— Allons bouchonner les animaux. J'ai pensé qu'on resterait simples ce soir. Des burgers, puis un moment pour rencontrer quelques gens du coin au pub. Je n'y suis allé que quelques fois, mais le Rough Cut semble être un endroit convenable.

Heureusement qu'ils avaient déjà fait faire volte-face à leurs chevaux en direction de l'écurie, les chiens filant joyeusement devant eux. Aiden n'aurait pas pu garder l'air assez neutre pour cacher son amusement à l'idée de retourner au pub.

Declan avait effectué les dernières démarches nécessaires pour acheter le refuge pour animaux de Heart Falls, déménageant plus tôt pour superviser les rénovations, mais à la base, cela avait été le travail d'Aiden de trouver le ranch.

Trois ans plus tôt, non seulement ses recherches dans la communauté avaient révélé le lieu parfait pour leur projet, mais il avait aussi profité d'une soirée incroyable à danser et à s'occuper d'une autre manière avec une femme en visite en ville comme lui. La brunette élancée aux yeux bleu pâle avait été géniale sur la piste de danse et une tigresse au lit.

Aiden eut un grand sourire diabolique tout le temps qu'il passa à panser son cheval et à ranger la selle.

Les signes de changement se voyaient partout autour de lui. Par la fenêtre la plus proche, le bâtiment nord était visible, où les rénovations étaient partiellement terminées. Au premier étage, faisant face aux montagnes Rocheuses, de petites chambres et privées, chacune avec sa propre salle de bains, entouraient une cuisine et une salle à manger. Des baies vitrées laissaient se déverser la lumière dans l'espace de travail ouvert, et Aiden pouvait déjà entendre leurs futurs clients s'extasier de cet espace fabuleux pour peindre.

Les résidences pour artistes étaient la couverture qui maintenait leur projet secret.

À l'étage principal en dessous, la moitié du bâtiment avait été divisé en trois habitations pour ses frères et lui, chacune avec une chambre, une salle de bains et un espace de vie privé. Les logements étaient achevés pour la plomberie et les murs porteurs, mais le travail n'était pas terminé.

L'autre côté du rez-de-chaussée contenait cinq chambres séparées ainsi que des douches communes. La raison principale de tout ce travail. Dans quelques mois, des personnes qui avaient besoin d'un endroit sûr pour s'isoler un moment trouveraient refuge ici.

Aiden et ses frères terminèrent leurs corvées, donnèrent à manger aux chiens, puis retournèrent dans un silence agréable à la maison.

L'endroit était plus grand que nécessaire pour le couple plus âgé auquel ils avaient acheté les terres et le refuge pour animaux, mais pour leur nouveau projet, c'était pile ce qu'il fallait. Une fois qu'elles seraient opérationnelles, les chambres supplémentaires dans la maison seraient disponibles pour n'importe quelle femme qui aurait besoin d'un endroit où se cacher.

Du côté nord se trouvait la chambre principale avec sa salle de bains attenante qui accueillerait une cuisinière et une intendante à plein temps résidant sur place. À l'est se trouvaient les trois autres chambres, ainsi que deux autres salles de bains, temporairement remplies par le matériel d'Aiden et de ses frères.

Le reste de la maison était tout aussi simple. La cuisine rangée comptait une longue table à tréteaux que le couple qui les avait précédés avait laissée puisqu'elle avait été conçue pour s'y adapter. Le salon contenait un poêle à bois et assez de place pour deux canapés usés et surdimensionnés. Mais la vue derrière les fenêtres était à couper le souffle, avec les montagnes Rocheuses au loin et des kilomètres de prairie dégagée tout autour d'eux.

C'était l'endroit parfait pour faire bouger les choses. Un endroit où se sentir complètement en sécurité pendant qu'on rassemblait son courage et trouvait de nouvelles manières d'être forte.

Ils prirent un dîner rapide puis sortirent. Aiden s'installa sur le siège avant de la camionnette de Declan quelques secondes avant que Jake ne puisse en prendre possession.

— Ducon, dit Jake sans méchanceté.

— Merci, répondit Aiden en se baissant instinctivement pour éviter la tape sur son épaule que Jake lui lança avec une moue d'amusement. Ça fait trop longtemps qu'on n'a pas habité ensemble, mais c'est comme si c'était hier.

— Je suis d'accord, acquiesça Declan en faisant démarrer la camionnette puis prenant la route, une ébauche de sourire relevant les coins de ses lèvres. Je fais encore des cauchemars de cette époque. Vous avez tellement besoin l'un de l'autre. Constamment en train de jacasser.

La cabine s'emplit de petits rires, car la vérité était aux antipodes de la réalité. Ils avaient peut-être besoin l'un de l'autre mais arracher cette vérité à l'un d'eux aurait requis de la torture et des poucettes[1].

Sur le siège arrière, Jake s'étalait tranquillement, regardait par la vitre et examinait le paysage.

— C'est bon d'être à nouveau ensemble. C'est vraiment ce que Jeff aurait voulu.

— Ouais.

Aiden et Declan l'avaient dit en même temps, le souvenir de leur beau-père leur revenant brusquement.

Ils n'avaient peut-être pas eu de chance en ce qui concernait leur père biologique, mais l'homme qui avait été un père pour eux quand ça comptait vraiment avait fait plus que la différence. Aiden avait huit ans quand Jeff était entré en scène. Lorsque leur mère était soudain décédée, moins d'un an plus tard, Jeff avait déplacé des montagnes en paperasse et lutté contre la bureaucratie pour s'assurer que *ses* trois garçons ne finissent pas perdus dans le système de foyer d'accueil.

Rendre service.

Les mots étaient toujours là, au bord des pensées d'Aiden.

---

1. NdT : Outils de torture utilisé sur les pouces.

Arriverait-il faire dans la vie d'autres personnes la différence que Jeff avait faite dans la sienne et celle de ses frères ?

Une main se posa sur son épaule, doucement cette fois, alors que Jake se rapprochait.

— On y arrivera, promit son frère.

Bon sang.

— Je ne voulais pas le dire à voix haute.

— Ce n'est pas comme si on n'y pensait pas, dit Declan. C'est pour ça que nous sommes là. C'est pour ça que nous allons faire tout ce que nous pourrons, contre vents et marées.

Jake eut un murmure approbateur.

— Faire la différence. Faire ce qui est juste. Rendre service.

Tous trois restèrent silencieux pendant que les phrases que leur beau-père avait dites à trois jeunes garçons perdus résonnaient dans la tête d'Aiden. Jeff avait réitéré ces principes dès l'instant où il avait pris les devants afin que les choses changent après le décès de leur mère. C'étaient aussi les derniers mots qu'il avait prononcés avant de mourir.

Jeff les avait quittés depuis plus de quinze ans désormais, et ils avaient tous connu un tas d'expériences de la vie.

Certaines bonnes, d'autres pas si bonnes, y compris en termes de relation de couple.

Dix ans plus tôt, le mariage de Jake avait duré à peine dix mois avant de s'écrouler. L'épouse bien-aimée de Declan, Sadie, était morte d'un cancer du sein trois ans plus tôt. Aiden avait eu quelques petites amies sur le long terme au cours des années, mais des deux côtés l'engagement n'avait jamais été plus que superficiel.

Heart Falls constituait un nouveau départ de bien des manières pour eux trois. Un endroit où planter des racines et peut-être passer à la suite pour eux-mêmes tout en fournissant un havre à d'autres.

Aiden cilla lorsqu'ils se garèrent sur une place de parking

derrière le pub. Il avait été pris par ses souvenirs et n'avait pas remarqué qu'ils approchaient.

Malgré tout, une pensée résonna fort et clair.

— Vous vous souvenez qu'on essayait de trouver comment appeler le refuge pour animaux et le lieu d'asile ?

— Parce que nous ne pouvons pas continuer à l'appeler le Refuge pour Animaux de Heart Falls ? dit Declan en mettant la camionnette au point mort avant de lancer à son petit frère le discret sourire indiquant qu'il était très amusé.

— Nous ne pouvons pas continuer à l'appeler comme ça parce que ça va être *plus* que ça.

— Et comment, dit Jake en levant le menton. Quelle est ton idée de génie ?

— Pas la mienne, souligna Aiden.

Il laissa son grand sourire apparaître quand il se rendit compte que c'était le moyen parfait pour piéger les autres et les forcer à suivre son plan.

— C'est l'idée de Declan, continua-t-il. Tu l'as dit, frangin. Contre Vents et Marées. L'endroit parfait pour non seulement sauver des animaux, mais aussi des gens.

Jake resta muet un instant puis hocha la tête.

— Arrête-toi officiellement à Vents et Marées, pour que les petites natures ne flippent pas. Mais nous saurons ce que ça recouvre.

— Ça me plaît, déclara Declan. Je suis brillant parfois.

— Tu es certainement étonnant, le nargua Jake. Bien. Nous avons un nom. Maintenant j'ai besoin d'une bière.

Aiden se tenait devant sa portière, attendant que ses frères le rejoignent, une sensation de satisfaction lui gonflant le cœur. Un nouveau foyer. Un nouvel objectif. Un nouveau nom. Peut-être même l'occasion de trouver quelqu'un avec qui passer du temps – ce serait nouveau aussi, même s'il aurait bien pris une nouvelle dose de sa tigresse.

Il semblait bien que leur déménagement à Heart Falls serait un long fleuve tranquille à partir de là.

~

Décider ce qu'elle allait porter pour la soirée n'était pas le problème le plus grave qu'elle avait, conclut Petra Sorenson. Non, les vêtements, c'était simple. Elle avait enfilé un jean passé avec un débardeur noir et une chemise à carreaux. Elle avait prévu de mettre ses jolies bottes, usées mais confortables. Ses longs cheveux bruns avaient été rassemblés en queue-de-cheval pour être à l'aise pour danser. Plus important, deux des amies qu'elle avait rencontrées lors de ses nombreuses visites dans la région attendaient qu'elle les rejoigne.

Elle devait simplement passer la fichue porte avant que la soirée ne soit terminée.

Son problème était un frère aîné trop enthousiaste qui ne savait pas comment contenir son excitation à l'idée qu'elle emménageait à Heart Falls. Leur grande famille, avec six frères et sœurs et maman et papa, avait toujours été proche, mais ce soir-là l'ardeur de Zach vibrait à un tel niveau que Petra se demandait s'il la faisait marcher et *essayait* d'être agaçant...

Eh bien, bon sang. Il réussissait parfaitement.

— Avant que tu partes, laisse-moi te montrer l'espace de travail, suggéra Zach.

Il recula de la table du dîner et bondit sur ses pieds.

— Tu peux décider si tu veux avoir ton espace là ou...

— Je vais sans doute télétravailler, lui rappela Petra. Je regarderai les bureaux demain.

— Il y a un nouveau poulain dans l'écurie. Il faut que tu le voies.

Zach cligna innocemment des yeux, et sa ressemblance avec Ryan Reynolds était terriblement injuste.

— Je peux prendre une photo de toi à côté de lui pour la poster sur le chat familial.

Elle n'avait habituellement aucun problème pour ne pas se laisser faire, mais Zach, le plus proche d'elle par l'âge dans la fratrie et son camarade de jeu d'enfance, était son point faible. Surtout quand il était tout tendre et semblait concentré sur l'idée de la rendre heureuse.

Le con.

Petra croisa le regard de sa belle-sœur, la suppliant de l'aider.

La solidarité féminine soit louée, Julia posa une main sur le bras de Zach et secoua la tête.

— Hé, tu n'essaies pas d'échapper à ta promesse, n'est-ce pas ?

Zach cilla, son sourire s'effaçant un peu.

— Hum, non ?

Julia hocha fermement la tête.

— Bien. Parce que j'ai cru pendant une minute que tu avais oublié que nous sommes censés aller chez ma sœur ce soir. Josiah et Lisa nous attendent.

La confusion de Zach disparut instantanément alors que la suspicion apparaissait.

— Vraiment ?

— Ouais.

Julia garda une mine sérieuse, mais lorsqu'elle se tourna vers Petra, elle lui lança un clin d'œil.

— Nous allons nous occuper de la vaisselle, continua-t-elle. Va t'amuser avec tes amies. Nous discuterons plus tard.

— Ça me paraît super. Merci pour le dîner... et pour tout.

Petra se pressa vers la porte et fourra les pieds dans ses bottes, attrapant son manteau sur la patère.

— Fais-moi visiter demain, d'accord, Zach ? ajouta-t-elle. Bonne nuit.

Elle s'échappa dans la chaude soirée automnale, souriant en entendant un éclat de rire derrière elle dans le foyer cosy que Zach et Julia avaient construit ensemble.

Bon. Son frère avait bien agi comme un idiot juste pour la taquiner.

Petra grimpa dans sa camionnette et avança lentement dans l'allée du ranch, prenant le court trajet vers la ville. Si Zach voulait jouer à ce jeu-là, elle n'avait aucun problème à lui rendre la monnaie de sa pièce. En fait, ça allait être amusant. Tourmenter son grand frère était une des choses qu'elle préférait.

Elle se gara derrière le café Buns and Rose, sa joie s'accentuant lorsqu'elle repéra une autre de ses choses préférées, ses amies.

Tansy Fields et Sydney Jeremiah se tenaient dans l'encadrement de la porte arrière du café. L'une était légèrement en dessous de la taille moyenne et blonde, et l'autre menue et rousse.

Petra ouvrit la portière de sa camionnette et se jeta pratiquement dans leurs bras.

— Vous m'avez tellement manqué, vous deux.

Sydney la serra fort mais échappa rapidement à son étreinte.

— Bien sûr.

— Nous sommes très faciles à manquer, dit Tansy en riant d'elle-même. Attends. Ça n'est pas sorti comme je le voulais.

Elle l'étreignit rapidement avant de reculer pour examiner attentivement Petra, puis elle hocha la tête avec approbation.

— Tu as l'air heureuse, ajouta-t-elle.

— Je suis si contente d'être enfin là ! acquiesça Petra.

— Tu veux vraiment vivre dans une petite ville avec un magasin et deux restaurants et demi ? demanda Sydney en la regardant comme si elle était prête à enfiler sa blouse de médecin et faire un diagnostic, avant de sourire. Je sais exactement ce que tu veux dire, puisque j'ai fait la même chose il y a deux ans.

Depuis que son frère avait emménagé à Heart Falls quatre ans et demi plus tôt, Petra avait bénéficié de la merveilleuse générosité de la communauté féminine du coin. Elle avait été accueillie à bras ouverts toutes les soirées entre filles qui avaient lieu durant ses visites. Le groupe de participantes changeait régulièrement en fonction de qui était disponible, et Sydney et Tansy étaient les deux personnes que Petra avait appris à connaître le mieux, en dehors de sa belle-sœur Julia, que la famille entière aimait à la folie.

Petra jeta un coup d'œil dans le magasin.

— Je veux être au courant de tout ce que vous avez fait, mais je veux aussi danser un peu.

— Ça sera beaucoup plus facile de rester en contact maintenant que tu as emménagé ici au lieu de faire des allers-retours en avion trois ou quatre fois par an pour rendre visite à ton frère, dit Tansy en fermant la porte à clé derrière elle. Ce soir c'est mini-soirée entre filles. Juste nous trois.

— Attends. J'ai oublié quelque chose.

Petra retourna en courant à la camionnette, attrapa son sac à main et le glissa sur son épaule avant de revenir et de passer les bras sous ceux de Sydney et de Tansy.

Elles marchèrent dans la ruelle en direction du Rough Cut.

— J'ouvre la clinique à sept heures, alors je rentre chez moi à minuit, les prévint Sydney.

— C'est ma limite aussi, dit Tansy. Les tâches de préparation commencent à quatre heures pour moi.

Ça ne dérangeait pas Petra de se lever tôt.

— Vous allez toutes les deux me détester quand je vais vous dire que je vais dormir jusqu'à midi.

Sydney ricana.

— Tu peux toujours dire ça, mais tu mens.

— Bien.

Petra ne pouvait pas arrêter de sourire. Elles la connaissaient trop bien.

— J'espère dormir jusqu'à sept heures, corrigea-t-elle, mais connaissant mon frère capricieux, il se tiendra sans doute devant la fenêtre de mon chalet et chantera comme un coq dès cinq heures.

— Vraiment ? demanda Tansy, qui eut un murmure songeur. Fais-moi savoir si je dois trafiquer son café la prochaine fois qu'il viendra. Juste une petite punition... ce genre de chose.

— Tu es la meilleure. Je promets de te le dire si c'est nécessaire.

Petra leva le petit doigt, et Tansy relia leurs mains en riant.

Ouais. Emménager à Heart Falls était exactement ce dont Petra avait besoin.

Sur le plan du travail, elle était une programmeuse compétente. Son métier, plus les autres aventures de justicière un peu moins légales sur lesquelles elle avait travaillé pendant l'année écoulée, la tenaient occupée. Pourtant, c'étaient deux tâches qu'elle pouvait faire n'importe où.

Ce dont elle avait besoin en cet instant, c'était des amies qui l'appréciaient pour elle-même.

Dans le pub, le bois sombre et le décor de style western étaient à la fois accueillants et intimes, avec de la place pour danser et pour discuter. Tansy la guida avec Petra vers leur emplacement préféré au bord de la piste de danse et s'installa pour examiner les partenaires de danse potentiellement disponibles ce soir-là.

Le monologue continu de Tansy sur ceux qui étaient présents fit ricaner Petra.

— Matt est un bon sept. Tony compte ses pas, mais c'est un

neuf si tu n'essaies pas de parler sur la piste. Joey est un sept, huit s'il a pris quelques verres...

— Et Jeb est un dix si tu veux danser tout de suite.

Un grand cow-boy au sourire effronté se tenait devant Petra.

— Hé, jolie demoiselle. Ça faisait longtemps. Tu veux faire un tour ?

Petra se pencha vers lui en souriant à ses amies.

— Merci pour la description, mais je pense que je vais aller avec celui-ci d'abord, peu importe sa note sur le Barème de danse de Tansy.

Tansy et Sydney levèrent toutes deux le pouce avant de retourner à leurs calculs.

Petra s'avança dans les bras du cow-boy et le laissa guider.

Le rythme rapide de la chanson actuelle n'encourageait pas la discussion, ce qui lui convenait. Petra avait besoin de ça ce soir-là. Une occasion de faire faire de l'exercice à son corps sans que son esprit ne tourbillonne sous les possibilités, les erreurs et les objectifs pour l'avenir.

Parce qu'ils étaient tous là. Le bon, le mauvais et l'impossible.

C'était le moment d'adopter une nouvelle attitude. Ce qui voulait dire écarter la tristesse qui lui nouait les tripes pour l'empêcher de l'enfoncer. Mais le changement dans sa situation de couple n'allait pas être une chose facile à ignorer.

Pas ce soir. Pas ici ni maintenant. Ne t'attarde pas là-dessus.

Peut-être que si elle se le disait assez fermement elle finirait par suivre son excellent conseil.

Elle était sur la piste de danse avec son deuxième partenaire seulement quand quelqu'un près du bar rugit si fort qu'il attira l'attention de tout le monde. Comme elle tournoyait sur un rapide two-step, Petra ne saisit pas tous les détails, mais il semblait qu'une dispute avait éclaté.

Son partenaire de danse s'écarta brusquement, la lâchant au passage. Petra trébucha, peinant à rester debout. Les cow-boys qui se battaient arrivèrent sur la piste de danse alors que les autres hommes se précipitaient pour tenter de les séparer.

Avec des jurons qui volaient et des coups de poing assénés à proximité, Petra ne savait pas où se tourner. Lorsqu'un des cow-boys essayant d'arrêter la bagarre s'avança brusquement sur la droite, Petra fut percutée sur le flanc à pleine puissance et vacilla sans pouvoir retrouver l'équilibre. Elle chuta, se préparant à heurter le sol.

Au lieu de quoi elle se retrouva propulsée vers le haut, une prise ferme autour de son dos et sous ses cuisses alors qu'elle volait dans les airs dans ce geste.

Le soulagement l'envahit, et elle se pelotonna plus étroitement contre son sauveur. Elle passa les bras autour de ses épaules et enfonça son visage dans le creux de son cou jusqu'à ce qu'il s'arrête de bouger.

— Nous sommes en sécurité maintenant ?

— Je pense.

— *Dieu* merci.

Elle l'avait dit avec conviction, mais le petit rire qui lui répondit semblait plus important qu'il n'aurait dû.

— Pas de problème, Petra.

Son cœur se serra lorsque les souvenirs lui revinrent brusquement. Cette voix...

Ce contact.

Petra leva les yeux et regarda le visage de l'homme avec qui elle avait profité d'un coup d'un soir la nuit du mariage de Zach et Julia.

— Nom d'un chien. Aiden ?

2

———

Eh bien, n'était-ce pas une agréable surprise ?

Aiden fit quelques pas supplémentaires sur le côté, cherchant une ouverture dans la foule tandis que le combat continuait à résonner derrière eux. Il était pleinement conscient qu'il lançait un grand sourire ravi à Petra.

Petra se trémoussa un peu alors que ses doigts repoussaient les épaules d'Aiden, mais le maintenaient pourtant près d'elle. Comme si elle non plus ne savait pas exactement quoi penser de cet instant, mais ce n'était pas une mauvaise chose.

— C'est un retour dans le passé. Que tu me sauves encore, dit-elle, l'amusement chantant dans sa voix. Tu prévois de me reposer un jour ?

Il croisa son regard, examinant les traits de son visage et les longues mèches brunes qui s'étaient échappées de sa queue-de-cheval. Elle était presque aussi belle que lorsqu'il l'avait allongée la première fois dans un lit.

— Tu es sûre que tu *veux* que je te repose ici ? Parce que je peux nous trouver un endroit plus privé.

— Très drôle.

Elle roula brièvement des yeux avant de lui tapoter le torse.

— O.K., continua-t-elle, maintenant que je ne suis plus sous le choc, tu peux commencer par m'aider à me remettre sur mes pieds.

Ça lui convenait. C'était par là qu'ils commenceraient, mais pas par là qu'ils termineraient. Pas s'il avait voix au chapitre.

Il la reposa en s'assurant de ne pas trop relâcher la prise, pour qu'elle atterrisse contre son torse. La chaleur de leurs corps s'entremêla.

Petra secoua la tête mais sourit en examinant son visage.

— Tu es un fumier culotté.

— Ce que j'ai dans la culotte, tu le sais intimement, lui rappela-t-il, ravi de voir ses joues rougir.

Une autre femme arriva, l'équivalent humain d'un pied-de-biche. Incroyablement, en quelques secondes, la rousse menue avait réussi à se caler entre Petra et lui comme si c'était la chose la plus naturelle du monde et pas une mesure de protection.

— Ça va, chérie ? demanda-t-elle.

Aiden ne put pas résister.

— Je vais très bien, ma douce.

La rousse perdit son charme et lui lança un regard noir, ses yeux argentés menaçants.

Elle ouvrit la bouche, sans doute pour le fustiger, mais Petra prit les devants, se tournant légèrement pour se placer à côté de son amie.

— Nous allons tous les deux bien. Aiden m'a empêché de tomber sur les fesses.

Le regard de dernier descendit involontairement. C'étaient de jolies fesses, mais ce n'était certainement pas un commentaire qu'il devrait faire à ce moment-là. Pas avec la rousse et une autre femme en train de rejoindre leur groupe.

— Les ouvriers de ranch sont de vrais idiots, commenta la

nouvelle venue avant de lui tendre la main. Je suis Tansy Fields. Joli rattrapage, champion.

Il saisit son offrande.

— Aiden Skye. Mon seul but est de satisfaire.

Petra se mit à rire. C'était un son doux, et bien qu'elle ait baissé la tête comme si elle essayait de cacher sa réaction, il l'entendit, et quelque chose fondit en lui.

La nuit où il l'avait draguée avait été mémorable. Très agréable et sans attaches. La revoir lui évoquait toutes sortes de merveilleuses distractions. Ce n'était pas parce qu'il avait un travail à mener à bien ici à Heart Falls que cela voulait dire qu'il ne pouvait pas s'amuser aussi.

Il ignora la bande de Petra autant que possible, se concentrant sur elle seule.

— Tu es assez stable sur tes jambes pour retourner sur la piste de danse ?

Petra lança un coup d'œil à ses amies.

— Sydney. Arrête de grogner comme un chien de garde. Aiden et moi nous sommes déjà rencontrés. Il a mon approbation.

La déception se peignit sur le visage de Sydney.

— Eh bien, zut. Je viens de recevoir un nouveau scalpel que je voulais essayer.

Un scalpel ? Seigneur.

Tansy donna une tape du dos de la main sur le bras de Sydney.

— Arrête d'être méchante avec le gentil cow-boy.

— Mais c'est si difficile de différencier les gentils des pas si gentils ! râla Sydney en faisant un geste vers la piste de danse. Enfin, une minute tout se passe bien, et la suivante, la testostérone gronde partout.

Un son moqueur et très inélégant échappa à Tansy.

— Je t'en prie. Tu te plains rarement de la testostérone grondante.

Elle partagea son attention entre Petra et Aiden, puis leur fit signe de s'éloigner d'un geste de la main :

— Allez-y. Dansez.

Aiden passa de nouveau le bras autour de Petra, prêt à la guider vers la piste. Mais son amusement n'était pas passé, alors il pencha la tête vers ses frères qui se tenaient devant une table haute à proximité, buvant leur bière maintenant que la foule et la bagarre s'étaient calmées.

— Ces deux cow-boys sont gentils. Enfin, assez gentils, à leur manière pas très sympa, corrigea-t-il.

Comme il s'y attendait, le regard de Tansy fila et atterrit sur Jake et Declan. Son expression devint admirative, puis elle se tourna Aiden.

— Si tu mens, nous nous vengerons.

— Ce sont mes frères, admit-il. Le ronchon, c'est Declan. Celui à qui on donnerait le bon Dieu sans confession c'est Jake, mais ils savent tous les deux faire la différence entre les pieds droits et gauches.

Puis il ignora le trouble qu'il avait causé et guida Petra sur la piste de danse, puis dans ses bras. La musique passa à quelque chose de plus lent, et il attira la jeune femme tout contre lui.

— Joli coup, dit Petra en regardant ses amies pendant un instant avant de se reconcentrer sur lui.

— J'étais follement motivé pour occuper tes amies ailleurs.

Il la fit tourner en douceur, appréciant la pression de ses courbes contre lui.

— Tu as bonne mine.

— Merci. Tu as la mine de quelqu'un qui vit ici, à Heart Falls.

Il marqua une pause.

— C'est une question piège ?

— Non. Mais j'aurais juré que, la nuit que nous avons passée ensemble, tu as dit que tu n'habitais pas ici.

Aiden l'inclina sur son bras, la regardant dans les yeux pendant qu'il la renversait avec une maîtrise absolue.

— Tu as dit que tu ne vivais pas ici non plus.

— Touchée.

Il la redressa, et ils dansèrent en silence pendant un moment. Aiden redécouvrit combien il appréciait la manière dont elle bougeait entre ses bras.

— Après avoir dansé avec toi la dernière fois, j'ai su que je te voulais dans mon lit, admit-il. Tu es tellement réactive. Ça rend facile de te guider, ce qui veut dire que nous pouvons tous les deux apprécier la *danse* autant que possible.

Petra sourit, la main posée sur son épaule se leva pour faire une douce caresse sur la nuque d'Aiden.

— Mes sœurs m'ont toujours dit que si un couple ne savait pas bien danser debout, il ne pouvait pas danser couchés non plus.

— C'est logique.

Le corps d'Aiden s'échauffait partout où ils se touchaient. Elle le savait, la friponne. Ses hanches se balançaient un tout petit peu plus que nécessaire pour frôler plus nettement le renflement de son membre qui durcissait.

— Et ce soir, nous allons faire plus que danser ici comme maintenant ?

La passion enflamma le regard de Petra, mais elle secoua légèrement la tête.

— Je suis intéressée, mais ça ne sera pas pour ce soir. Je viens d'emménager à Heart Falls, et je suis encore en train de trouver mes marques. Ce n'est pas le meilleur moment pour filer en douce, aussi tentant que tu sois.

— Eh bien, c'est la chose la plus triste que j'ai entendue depuis un bon moment.

Et pourtant, pour être honnête, il était un peu soulagé. Régler la logistique pour la ramener chez lui, avec eux trois qui s'installaient, aurait été gênant, et c'était peu dire.

Cela le conduisit aussi à s'interroger sur ce qui avait semblé être des conditions de logement parfaitement raisonnables. Partager temporairement une maison avec ses frères était une chose. Accepter d'être abstinent pendant des mois en était une autre. Aiden était sûr de ne pas être le seul à le penser.

La première chose à l'ordre du jour lors de la réunion du lendemain matin serait de s'informer de l'avancement du bâtiment au nouveau ranch Vents et Marées.

Il fit tournoyer Petra parce que cela la rapprochait de lui et lui permettait de se torturer à l'idée de devoir attendre encore un peu avant d'en profiter.

— Voilà la bonne nouvelle, lui dit Petra, les yeux étincelant d'espièglerie, consciente de ce qu'il faisait et tout à fait partante. Puisque je vis ici maintenant, quand tu passeras dans le coin, tu sauras où me trouver. Peut-être que cette fois nous pourrions échanger nos numéros de téléphone. Rester en contact.

Elle était brillante, magnifique et faisait partie des points forts de son emménagement à Heart Falls.

— J'aimerais beaucoup.

La chanson approchait de la fin, alors il la ramena sur le côté de la salle. Un rapide coup d'œil lui apprit que ses deux frères étaient encore sur la piste avec Sydney et Tansy.

Il attrapa son téléphone et ouvrit ses contacts.

— Tape le tien.

Elle le regarda une seconde puis saisit son nom et son numéro.

— S'il te plaît, ne t'avère pas d'être bizarre. Mon téléphone est réglé sur *Ne pas déranger* de minuit à huit heures, alors si je me réveille et que je trouve une longue liste de messages de plus en plus tordus, ou une seule photo de pénis, je transmettrai ton numéro à Sydney. Et ton adresse si nécessaire.

Aiden se mit à rire. Il lui reprit le téléphone, tapa rapidement ses coordonnées puis appuya sur *Envoyer*.

— Tiens. Mon adresse pour que tu l'envoies à Sydney au cas où je deviendrais bizarre. Mais je promets que les seules arrière-pensées que j'ai te concernant sont claires comme du cristal.

Elle baissa les yeux lorsque son téléphone bipa à l'arrivée de son message. Petra cilla, et elle releva brusquement la tête.

— Qu'est-ce que c'est ?

— Mon adresse, répéta-t-il. Puisque je vis maintenant à Heart Falls aussi, nous n'aurons pas à attendre que je passe dans la région pour t'appeler et t'annoncer que j'aimerais te revoir. Tu as des projets pour vendredi soir ?

Les amies de Petra ne la laisseraient jamais l'oublier. Surtout la sœur de Tansy, Rose, qu'elles avaient toutes follement taquinée parce que son coup d'un soir était désormais devenu son fiancé.

Il semblait que Petra avait réussi la même chose...

En tout cas pour avoir raté le *nous faisons ça une fois et c'est seulement pour nous amuser parce que je ne te reverrai jamais*. Mais pas dans le sens où *c'est une véritable relation et nous serons ensemble pour toujours*.

Non qu'elle ait quoi que ce soit contre le mariage. Elle avait une tonne de parfaits exemples sur la manière d'en faire une réussite avec ses parents et ses frère et sœurs. Mais elle n'était pas encore prête à franchir le pas.

Son dernier petit ami lui avait laissé un arrière-goût amer dans la bouche.

Son cerveau était encore en mode embrouillé lorsque Aiden glissa les doigts sous son menton et le releva, lui souriant.

— Est-ce que je t'ai déconcertée, chérie ?

Petra haussa les épaules.

— Tu sais que oui, mais c'est bon. Je prends juste une seconde pour me faire à cette idée, c'est tout.

Aiden hocha la tête.

— Nous irons à ton rythme, mais nous nous sommes beaucoup amusés la dernière fois.

Il marqua une pause.

— Ou en tout cas je me suis beaucoup amusé, et j'ai essayé de m'assurer que toi aussi.

— Oh, ce n'est pas ça du tout, le rassura Petra. Cette nuit est immortalisée parmi les souvenirs que j'utilise avec des joujoux à piles pour mes plaisirs solitaires.

Il cilla, puis son grand sourire redoubla.

— C'est bon à savoir. Et bon sang, tu viens de me donner un visuel qui va me distraire pendant un bon moment.

Un rapide coup d'œil à la piste de danse lui montra que ses amies venaient vers elle.

— Et tes frères ? Vous avez tous emménagé ici ?

— Nous avons repris le refuge pour animaux, l'informa Aiden.

Oh, *vraiment* ? Petra était en ville depuis moins de vingt-quatre heures, mais elle avait été mise au courant pendant les derniers mois de tout ce qui se passait dans leur grande famille, par les textos de Tansy et les e-mails de Rose. Ou plutôt, Petra savait que leur grand-mère Sonora, la propriétaire dudit refuge pour animaux, déménageait, mais pas qui l'avait acheté.

Dans les petites villes, il n'y avait pas grand-chose qui se passait sans que ça affecte quelqu'un que vous connaissiez.

Tansy arriva à cet instant et se planta sous le nez de Petra.

— Tu ne vas pas croire ce que Declan vient de me dire !

— Que les frères Skye sont ceux qui ont acheté la propriété de ta grand-mère ?

Petra se mit à rire lorsque Tansy planta les poings sur ses hanches et fit la moue.

— Écoute, continua-t-elle, je n'ai pas souvent l'occasion de t'entourlouper, alors... *ta-da* !

Sydney hocha la tête vers Jake puis repartit sur la piste de danse avec un autre partenaire.

Jake haussa les épaules et fit un geste vers une table entourée de femmes qui se trouvait dans un coin.

— Declan. Tu viens ? demanda-t-il.

— Merci pour la danse, Tansy.

Declan se dandina d'un air un peu gêné.

Tansy passa en mode Tansy complet. Elle l'attrapa par le col et le força à se baisser pour lui déposer un baiser sur la joue.

— J'ai passé un très bon moment à danser avec toi, mais nous n'avons aucune alchimie. Alors vas-y... il y a une femme quelque part avec qui tu illumineras la nuit, mais ce ne sera pas moi.

Le rare sourire de Declan se dévoila entièrement.

— J'ai passé un très bon moment à danser avec toi moi aussi. En plus, tu es à peu près la femme la plus directe que j'ai jamais rencontrée. Fais-moi savoir si tu as besoin que j'agisse comme un grand frère. Quand tu veux.

L'instant d'après, Declan et Tansy partaient tous les deux dans des directions différentes, laissant là Petra et Aiden.

Ils laissèrent libre cours à leur amusement.

— Au temps pour des rencards à trois couples, nota Petra.

— Dieu merci ! dit Aiden. J'étais sérieux. Ils sont sympa, mais j'aime bien que les rencards soient des sorties à deux seulement, pas des événements planifiés en fonction des décisions des autres. Jake a tendance à aimer faire les choses vraiment dans les règles. Toujours sur le droit chemin. Declan est beaucoup plus susceptible de prendre les choses comme elles viennent, avec des changements de dernière minute.

Ce qui rendait les choses encore plus drôles. Petra entraîna Aiden vers la sortie.

— Peut-être qu'ils ont trop en commun. Sydney fait des listes de listes. Je jure qu'elle organise sa journée avec trois calendriers de secours et une kyrielle d'alertes. En comparaison, Tansy navigue à vue tout le temps. C'est une cuisinière fantastique, pourtant curieusement elle ne met jamais de minuteur. C'est comme si elle avait ce chronomètre intérieur qui lui disait exactement quand les choses doivent se produire.

Ils étaient désormais dehors dans la nuit d'automne qui se refroidissait. Petra avait déjà transmis les coordonnées d'Aiden à Tansy, mais comme tout le monde en ville saurait qui étaient les frères Skye avant la fin de la journée, elle se sentait en sécurité seule avec lui. Encore une fois.

Elle entrelaça les doigts aux siens et le tira sur la passerelle jusqu'à ce qu'ils se retrouvent devant les lumières vives du pub.

— Ça te convient ? demanda-t-elle.

— Je ne sais pas. Est-ce que vous prévoyez de profiter de moi, mademoiselle Sorenson ? demanda Aiden en s'adossant au mur du magasin avant de l'attirer entre ses jambes. Que devrai-je faire quand je serai à votre merci ?

— Avec un peu de chance tu n'as pas oublié toutes tes techniques, le taquina Petra.

Elle posa les mains sur son torse et remonta lentement. Le tissu de sa chemise en coton peigné contrastait agréablement avec les muscles puissants en dessous, et elle émit un murmure de joie.

Elle se rapprocha, pencha la tête en arrière et se mit sur la pointe des pieds pour lui offrir ses lèvres.

Il n'eut pas besoin d'une seconde invitation. Aiden mit la paume à l'arrière de sa tête, la tenant tendrement alors qu'il unissait doucement leurs lèvres. Un seul frôlement, suppliant et enjôleur. Le souffle qui passa sur elle était chaud par rapport à l'air frais de la nuit. Il pressa son autre main au creux de ses reins, et tout s'aligna si parfaitement que Petra soupira de nouveau.

Puis il y eut un autre baiser, celui-ci plus long et appuyé. Et encore un autre. Les doigts d'Aiden guidèrent légèrement sa tête sur le côté pour le rendre plus profond, glissant la langue sur ses lèvres avant de reculer. Avant, une fois de plus, de renouer le contact, qui la fit frissonner, provoquant la chair de poule et éveilla une douleur au fond de son être.

La respiration d'Aiden s'accéléra, et le baiser se transforma en subjugation. Il la possédait, la contrôlait. Il ravagea ses lèvres d'une manière qui fit tourner la tête de Petra, battre son cœur alors que tout en elle en demandait plus.

Ses souvenirs ne lui avaient pas fait défaut. Pas du tout.

Petra aurait aimé de lui sauter dessus ici même. Au diable l'idée d'être maligne et d'attendre que le moment soit plus approprié. Cet homme savait comment faire résonner pleinement chacun de ses points sensibles. En chœur.

Ce fut Aiden qui resserra sa prise sur sa nuque et, avec un grognement, sépara sa bouche de la sienne. Il pencha la tête pour que leurs fronts se touchent, et tous deux faillirent rester bouche bée face à l'autre, essayant de reprendre leur souffle.

— Nom d'un chien.

Petra avait chuchoté, mais Aiden l'entendit, et il émit un petit rire. Un son à peine audible mais remarquable parce que tout son corps vibrait contre le sien. Et il n'était pas facile d'y résister non plus, alors qu'elle avait envie de faire tellement plus.

Il sourit, les yeux brillants d'amusement et d'une passion persistante.

— Je suis d'accord. Nom d'un chien.

Elle mit à nouveau les mains sur son torse et se rapprocha jusqu'à ce que l'espace qui les séparait ait disparu. Elle s'appuya sur lui, et les mains d'Aiden se posèrent naturellement sur le renflement de ses fesses.

— Nous allons nous faire... plaisir mutuellement... encore, promit Petra. Je souhaiterais pouvoir changer d'avis, mais je vais quand même prendre la porte de sortie cette fois. Pas ce soir.

— Je suis d'accord, encore une fois, acquiesça Aiden, son regard errant sur le visage de Petra. Tu viens d'emménager en ville. Je viens d'emménager en ville. J'ai une longue liste de tâches à remplir qui ne peuvent pas être reportées, mais je veux te voir dès que ce sera possible.

La manière dont il avait formulé ce souhait laissait penser qu'il voulait qu'ils se retrouvent pour plus qu'un plan cul, et Petra hésita.

— Juste pour info, je ne cherche pas de petit ami en ce moment.

Il haussa tranquillement les épaules.

— Trouver une petite amie n'est pas sur ma liste. Mais il y a une incroyable alchimie entre nous. Ça paraît dommage de ne pas au moins en profiter. Si c'est quelque chose que tu cherches.

L'instant de panique était passé.

— Nous avons bien de l'alchimie.

Les lèvres d'Aiden tiquèrent.

— Est-ce que tu voudrais retourner sur la piste de danse pour nous torturer encore un peu ?

— Absolument, acquiesça Petra.

Il s'apprêtait à se redresser mais elle pressa les paumes contre ses joues et secoua la tête.

— Mais d'abord, continua-t-elle, on reste là. J'aimerais encore trois ou quatre baisers comme celui-là, s'il te plaît.

— *S'il te plaît* et merci. Très polie, comme une fille sage.

Aiden s'affala de nouveau contre le mur, taquinant de ses doigts le creux situé entre ses fesses et ses jambes.

— Les filles sages reçoivent toutes sortes de choses qu'elles apprécient, ajouta-t-il.

Oh Mon Dieu. L'éclair qui la traversa à ses mots aurait pu alimenter une petite station spatiale pendant une journée entière.

— Que tu parles comme ça ne devrait pas me donner si chaud.

— N'essaie pas d'analyser, conseilla-t-il, l'allégresse pétillant dans son regard. Si ça fonctionne, ça fonctionne.

Petra était entièrement d'accord alors que la bouche d'Aiden s'écrasait contre la sienne. Elle appréciait vraiment que son cerveau soit embrouillé par des baisers qui la laissaient éperdue de désir et d'excitation, plus heureuse qu'elle ne l'avait été depuis longtemps.

Un nouveau départ. Un endroit où recommencer et retrouver son équilibre. Parfois, c'était exactement ce dont on avait besoin.

3

---

*A*iden resta devant la cafetière jusqu'à ce que le café soit prêt. L'amusement le gagna en voyant que Jake et Declan aussi remplissaient des mugs comme si leurs vies en dépendaient.

Ils s'installèrent à la table à tréteaux et burent en silence.

Aiden ne savait pas pourquoi ses frères ressemblaient à des morts-vivants. Mais lui, Il avait mal dormi. Bien trop d'images salaces avaient défilé dans sa tête pour lui permettre de faire de beaux rêves. Et puis quelque chose d'autre...

C'était le plus étrange. Naturellement, il avait rêvé de Petra et de sexe moite et brûlant, mais il y avait eu aussi d'autres images. Tous les deux marchant main dans la main, ou pelotonnés devant un feu. Des images mentales douces et chaleureuses qui le déconcentraient tout autant que des pensées sexuelles.

Petra allait être une source de problèmes, il le savait au fond de lui.

Ce ne fut que lorsqu'ils en furent à leur deuxième mug qu'Aiden se sentit de nouveau humain.

— C'est une bonne journée pour s'attaquer à la ensuite, dit Jake en ouvrant son carnet et en tapotant la page. Est-ce que je peux simplement vous distribuer vos listes de ce qui doit être fait, ou est-ce qu'on s'assoit pour en discuter d'abord ?

Declan haussa les épaules.

— J'ai mes propres tâches. Je pourrai m'occuper de ta liste à un moment ou à un autre, je suppose.

— Nous avons tous une tonne de choses à faire, signala Aiden. Mais embrassons pleinement nos points forts, d'accord ? À partir de maintenant, Jake organise le programme général, et nous commandons dans nos domaines d'expertise.

Leur frère aîné se cala sur sa chaise et croisa les bras sur son torse, son mug de café posé sur la table devant lui.

— Je n'ai rien contre, et tu le sais. Bon sang, les rénovations auraient été retardées une douzaine de fois si je n'avais pas eu les check-lists et les contrats à flanquer sous le nez des entrepreneurs pour qu'ils se bougent le cul, et tout ça en triple exemplaire, dit-il en lançant un bref regard noir à Jake. Mais j'ai promis d'aller chercher des animaux dans les deux prochains jours. Assure-toi que ça soit pris en compte dans le planning.

Jake hocha la tête.

— J'ai ça là. Nous devons terminer de préparer les chambres du dortoir, l'espace pour s'isoler et la salle pour notre thérapeute sur place. J'ai divisé les tâches restantes entre celles que nous pouvons prendre en charge maintenant que nous sommes tous ici et celles pour lesquelles nous pouvons avoir besoin d'engager du monde. Nous avons encore au moins deux mois de travail avant que les locaux principaux ne soient habitables. Oh... et nous devons continuer à chercher une intendante.

— Les logements pour nous aussi, lança Aiden. Je sais que c'est plus bas sur la liste des priorités, mais assurons-nous de continuer à avancer là-dessus aussi.

Declan haussa un sourcil.

— La jolie brunette d'hier soir ?

— Tais-toi. Cette conversation est terminée, passe à autre chose.

Ses frères échangèrent des regards entendus.

Jake se pencha sur ses coudes.

— Non, c'est intéressant. Et alarmant... Souviens-toi. Pas de vagues à Heart Falls. Nous devons fermement établir Vents et Marées pour que tout le monde dans le coin sache qu'on peut nous faire confiance.

— Ou mieux encore, qu'on oublie que nous sommes là, ajouta Declan.

Seigneur.

— Je ne compte pas la forcer à me suivre en déclenchant ses hurlements ou je ne sais quoi. J'ai juste dit de ne pas oublier que nous aimerions tous avoir de l'intimité tôt ou tard.

Aiden but son café, ravi d'avoir réussi à parler sans montrer que son intérêt n'était pas complètement superficiel.

Après les rêves qu'il avait faits cette nuit ? Il savait quand suivre son intuition, et quelque chose lui disait que Petra était potentiellement davantage qu'un coup d'un soir qu'il pouvait répéter.

— De l'intimité, ça serait bien, acquiesça Declan.

Il attrapa un des papiers sous la main de Jake et tapota les plans pour l'écurie.

— Autre chose, continua-t-il. Maintenant que j'y ai un peu plus réfléchi, je voudrais proposer quelques changements. Nous avons besoin d'un endroit plus grand pour que les gars qui traînent ensemble ne le fassent pas dans l'écurie.

Aiden embrassa d'un geste le feu et la table géante à laquelle ils étaient actuellement assis.

— Nous aurons cet espace pour les repas et les rassemblements familiaux.

— Ce qui est super, mais je suis d'accord avec Declan, dit Jake. C'est important d'utiliser cette pièce autant que possible, mais ils auront besoin d'un autre endroit où ils n'auront pas à surveiller autant leurs manières, puisque les dames seront ici.

Jake tira d'autres plans de la pile, et pendant la demi-heure qui suivit, ils firent des suggestions et altérèrent les plans. Partager leurs idées semblait normal et si Aiden savait que ça allait fonctionner, c'est en large partie à cause de cela.

Ils étaient peut-être très différents, mais ils avaient tous les trois la même vision et la même éthique de travail pour concrétiser leur projet.

Le reste de la matinée fut consacré à un million de tâches différentes. Qui commençait par gérer les livraisons de meubles et passait par aménager un petit bureau pour qu'Aiden puisse aller sur Internet et passer d'autres commandes.

Dixie l'accueillait avec empressement à chaque fois qu'il sortait pour faire le point avec ses frères.

— Bonne fille. Ça te plaît ici ? lui demanda-t-il en lui ébouriffant le dessus de la tête.

Elle s'assit sur son arrière-train, agitant furieusement la queue, avec un large sourire canin qui indiquait clairement son approbation.

Il partit juste avant midi pour aller en ville chercher à déjeuner.

Passer la porte du café Buns and Roses était comme entrer au paradis. L'odeur sucrée des roulés à la cannelle et du riche chocolat planait dans l'air, et la taille des repas sur les tables devant lesquelles il passa en s'approchant du comptoir lui donna un agréable avant-goût.

Lorsqu'il arriva devant le comptoir et regarda dans les grands yeux marron de l'amie de Petra, Tansy, Aiden lui adressa un grand sourire.

— On se retrouve.

Tansy cilla puis lui lança un sourire.

— Hé, cow-boy. Alors tu n'es pas simplement un bon danseur et un mec qui embrasse bien, tu es aussi très futé, puisque tu sais exactement où aller pour la meilleure bouffe de la ville.

La jeune femme à la peau bronzée et aux longs cheveux noirs remontés en une natte précise qui utilisait la machine à café lança un coup d'œil par-dessus son épaule et l'examina de près.

— Tansy. Comment sais-tu qu'il embrasse bien, et pourquoi je n'en ai pas entendu davantage parler ?

Aiden garda sa position au lieu de regarder si quelqu'un d'autre dans la boutique les observait, même s'il imaginait que oui. Petite ville et tout ça.

Tansy agita une main.

— Aiden, voici ma sœur jumelle Rose. Rose, c'est le gentleman dont Petra nous a parlé à toutes. En détail.

Eh bien, bon sang ! Aiden garda son grand sourire, mais il était presque sûr qu'il rougissait aussi.

— Bonjour, Rose.

— Bonjour, Aiden. Bienvenue à Heart Falls.

Rose s'avança en s'essuyant les mains sur son tablier avant de lui serrer la main.

— Désolée, continua-t-elle. C'est le rush du déjeuner. On trouvera un moyen de te cuisiner plus tard.

Qu'il en soit ainsi.

— J'ai hâte. En attendant, j'ai besoin de plats à emporter.

Tansy prit sa commande puis lui fit signe de s'écarter.

— Attends là. Je dois faire avancer la queue, mais je n'en ai pas encore fini avec toi.

— Oui, m'dame.

Il se mit à rire devant le roulement expressif des yeux dont elle le gratifia. Puis il se mit sur le côté comme demandé, se tenant contre le mur et hors du chemin pendant qu'il prenait le temps d'examiner les gens et le café.

Le magasin avait bien réussi à rendre le lieu cosy, dans un genre assez éclectique. Il ne ressemblait pas à un *diner* typique de petite ville. Le mur entre le *coffee shop* et le magasin de fleurs et de bibelots d'à côté avait été complètement abattu, et des tables étaient disponibles dans tout l'espace. Des bouquets de fleurs aux couleurs vives et de l'artisanat local intéressant étaient disposés partout.

Le bourdonnement bas et constant de voix disait tout. Les gens étaient à l'aise ici. Aiden approuvait.

Avec deux autres personnes qui travaillaient derrière le comptoir, ce ne fut pas long avant que sa commande ne soit prête. Tansy la lui apporta, l'attrapa par le bras et l'entraîna vers la porte.

— Viens avec moi.

Aiden l'accompagna volontiers, amusé que les femmes de Heart Falls semblent à l'aise de le traîner derrière elles. Sans qu'il soit contrarié par cette idée concept, elle l'amenait à s'interroger.

Après avoir passé la porte, Tansy fit volte-face et lui mit le sac dans les mains.

— Tu n'as pas commandé assez pour vous trois, puisque je suppose que c'est pour tes frères aussi. J'ai mis quelques sandwichs au rosbif supplémentaires et une demi-douzaine de muffins.

— Merci.

Elle hocha résolument la tête, puis plissa les yeux.

— Qu'est-ce que tu fais avec Petra ?

— Eh bien, comme tu l'as dit à ta sœur jumelle – et tu devras m'expliquer comment c'est possible un jour –, ce que je fais avec Petra c'est l'embrasser. Et je fais du bon boulot.

Le regard de Tansy resta intimidant mais ses lèvres tressaillirent tandis qu'elle s'efforçait de ne pas sourire.

— Tu es rusé.

— Je suis discret, corrigea-t-il. Je suis à fond pour que Petra raconte ce qu'elle veut à ses copines, mais si tu veux des détails, tu dois les lui demander à elle.

Il fut amusé de voir le regard noir de Tansy se transformer en une moue désappointée.

— Bon sang, j'espérais que tu dirais ça, et j'aimerais que tu ne l'aies pas fait. Petra n'a pas craché le morceau hier soir, elle a juste mentionné qu'elle était contente que tu sois là et que c'est tout ce qu'elle voulait dire là-dessus pour l'instant.

— Je suis certain que si tu y mets du tien tu pourras l'encourager à en révéler davantage. Tu me parais être du genre ingénieux.

Tansy inspira profondément puis lui lança un grand sourire.

— Bon sang, je t'aime *bien*. Pourquoi il faut que tu sois charmant et tout ?

Aiden haussa les épaules.

— J'ai juste de la chance, je suppose.

Elle le tapota sur le torse puis pencha la tête vers la porte.

— Je dois y aller avant que ma sœur ne lance une alerte. Mais sois assuré que je vais travailler Petra au corps et apprendre tout ce que je dois savoir. En tout cas, pour l'instant, je ne prévois pas de la mettre en garde contre toi.

— J'apprécie toujours d'avoir un bon pote de drague à mes côtés, dit Aiden avant de lever le sac en l'air. Merci pour tout. La prochaine fois, je paierai son déjeuner au gars qui sera derrière moi dans la queue.

Tansy le salua de la main et passa la porte, mais elle avait une expression songeuse sur le visage.

Il pensait chacune de ses paroles au sujet de Petra, elle

pouvait décider de raconter ce qu'elle voulait à ses amies. Tout le monde avait besoin de quelqu'un à qui parler, et il était reconnaissant d'avoir à nouveau ses frères. Certains n'avaient pas cette chance.

Aiden démolit sa portion du repas sur le chemin du retour, ne faisant halte que le temps de mettre le sac du déjeuner dans le frigo. Puis il repartit avec la liste que Jake lui avait donnée, qui incluait tout un tas de courses à faire dans la grande commune la plus proche.

Des heures plus tard, une fois rentré et quand il eut trouvé où tout ranger, il s'attaqua aux steaks et aux frites et prépara une salade pour le dîner. Ils savaient tous cuisiner dans une certaine mesure, mais ce n'était pas ce qu'il préférait.

Malgré tout, il aimait manger, ce qui voulait dire que cuisiner était requis.

Il avait allumé le barbecue et les frites étaient au four quand un message arriva sur son téléphone.

Petra : Salut. Tu m'as demandé de sortir avec toi vendredi prochain et je ne t'ai jamais répondu. Tu es partant pour un dîner pique-nique ? Je connais un super endroit où nous pouvons aller à cheval. Ou si tu veux conduire, nous pouvons aussi faire comme ça.

Aiden : Salut, chérie. Une promenade à cheval pour aller pique-niquer me paraît génial. Tu as besoin que j'emmène mon cheval ? Dix-sept ? Dix-huit heures ?

Petra : Non pour le cheval. Mon frère est copropriétaire d'un ranch éducatif, alors nous avons des chevaux. Si tu peux arriver à dix-sept heures, ça nous laissera plus de temps avant que la lumière ne décline. Je préparerai le repas si tu apportes les boissons.

Elle répondit par un pouce levé à son dernier message, mais ça suffisait.

Aiden sifflait en retournant cuisiner, et des idées sur la manière dont il ferait en sorte que Petra se trémousse étaient une agréable distraction.

PETRA PASSA une merveilleuse journée avec son frère et sa belle-sœur. Ils se promenèrent dans tout le ranch de Red Boot, examinèrent tous les animaux et les lieux servant à la fois pour les mariages et le ranch éducatif.

Elle posa les bras sur la barrière et regarda le minuscule poulain blanc qui se tenait tout près de sa mère. Elle prit vite une photo et la posta dans le groupe de discussion de la famille Sorenson que leur père avait créé des années plus tôt.

> Petra : Preuve en image que je suis au ranch de Red Boot. Cet endroit est incroyable, et passer du temps avec Julia est très amusant. Oh, et Zach. Il est bien aussi. Je suppose.

— C'est vraiment magnifique ici, dit-elle à Zach en rangeant son téléphone.

Elle lui lança un coup d'œil alors qu'il s'appuyait paresseusement sur la barrière près d'elle. Elle sourit en découvrant que son regard était fixé sur Julia, qui se tenait de l'autre côté de la cour à discuter avec quelques-uns des ouvriers.

— Je suis très heureuse pour toi, grand frère. Non seulement au sujet de ton nouveau foyer, mais aussi des gens et de ton épouse. Julia est parfaite pour toi.

Son frère esquissa un grand sourire, son regard restant fixé sur Julia.

— Elle est assez parfaite, et je suis très heureux, confirma-t-il en tournant son attention sur Petra. Je serais plus heureux si tu me laissais aller tabasser ton ex, mais puisque je sais que tu es quelqu'un de beaucoup trop bien pour le permettre, concentrons-nous pour que Heart Falls devienne ton chez-toi.

Beurk.

— Allons-nous déjà avoir cette conversation ?

Zach haussa les épaules.

— Je n'aime pas qu'il t'ait fait pleurer.

Petra se retourna et posa les coudes sur la barrière derrière elle, regardant en direction des montagnes Rocheuses au loin. Des parcelles étaient jaune vif là où des mélèzes réagissaient aux températures automnales, en baisse. La neige arriverait bientôt, mais en cet instant, tout était à cheval entre le chaud et le froid.

C'était un bon endroit et un bon moment pour prendre un nouveau départ, décida-t-elle.

Elle croisa le regard de son frère.

— Curtis n'était pas celui que je croyais. Ce qui est surtout sa faute parce que c'était un con, mais en partie ma faute pour ne pas l'avoir vu avant. C'est à moi de passer à autre chose, et ce sera beaucoup plus facile à faire ici à Heart Falls que dans le Manitoba, car là-bas, partout où j'irai, quelqu'un voudra connaître en détail la raison pour laquelle nous nous sommes séparés.

— Certaines personnes à Heart Falls savent que tu voyais quelqu'un, signala Zach, grimaçant un peu. Peut-être plus que quelques-unes ? Je suis désolé, mais j'aime parler des bonnes choses.

— Et pendant un moment c'était une chose bien, lui assura Petra. Je comprends. Ce sera plus facile de dire que nous nous sommes séparés, comme ils ne le connaissent pas.

La colère réapparut dans les yeux de Zach.

— Je sais que tu ne veux pas que je lui pète les genoux, mais je suis plus que prêt à trouver un moyen de le frapper au porte-monnaie. J'ai les ressources, lui assura son frère.

Petra garda l'air impassible. Ce que Zach ne savait pas, c'était qu'elle aussi avait des compétences dans ce domaine. Résister à la tentation d'utiliser ses compétences de hackeuse récemment acquises pour détourner les finances de son ex était difficile, mais jusqu'ici elle avait gagné.

Il était hors de question de parler à Zach de ses activités annexes illégales. À la place, elle lui accorda toute son attention.

— Avec tes contacts, tu pourrais sûrement aller mettre le bazar dans ses investissements pour l'éternité. Si je me sens un jour particulièrement vindicative, je te le dirai.

Zach lui tendit la main.

— Marché conclu.

Elle utilisa sa main pour l'attirer dans une étreinte.

— Merci de m'avoir trouvé un travail.

Il lui ébouriffa les cheveux, désignant d'une main leur bâtiment administratif.

— Comme si tu avais besoin de mon aide. Tu pourrais entrer n'importe où dans n'importe quelle ville et avoir un boulot pour gérer leur service informatique, mais je suis content que tu le fasses pour nous. Mon partenaire est ravi que tu le fasses pour nous.

Le partenaire de Zach, Finn Marlette, détestait les ordinateurs, ce qui à notre époque semblait toujours drôle à Petra.

Elle se demanda brièvement quel était le travail d'Aiden et où il se trouvait sur l'échelle de la technologie.

Comme à chaque fois que ses pensées avaient dérivé vers Aiden, ce jour-là, elle se retrouva à sourire. Ils avaient un rencard de prévu, un dîner pique-nique dans deux jours. Elle ne savait toujours pas si elle était à l'aise à l'idée de le ramener ensuite au petit cottage qu'on lui prêtait au ranch de Red Boot. Cela semblait trop tôt, même si tout en elle désirait ardemment la jouissance primaire qui accompagnait du sexe vraiment spectaculaire.

Si elle était honnête, c'était sans doute trop tôt pour son *grand frère*. Il était hors de question que Zach devienne surprotecteur, pour son bien et celui d'Aiden.

Elle avait encore la question à l'esprit quand elle rejoignit Tansy et Sydney le soir suivant.

Tansy avait mis des ailes de poulet épicées dans l'*air fryer*, Sydney avait préparé une salade, et la contribution de Petra avait été de s'arrêter à l'épicerie et d'acheter trois litres de glace, avec en plus de la sauce au chocolat et de la crème à la guimauve.

Elle ne dit pas à ses amies qu'elle était tellement distraite qu'elle était retournée deux fois à sa camionnette pour prendre ses sacs de courses.

Sydney lui prit les gourmandises avec un hochement de tête appréciateur.

— Les quatre groupes alimentaires sont représentés. Nous sommes prêtes.

Tansy réfléchit.

— Les légumes, les protéines, les produits laitiers... ?

— Oh je t'en prie, rien d'aussi correct que ça, répondit Sydney en montrant d'un geste ce qui les entourait. Des ailes de poulet. De la salade, alias l'illusion de quelque chose de sain. Plus de la glace, et bien sûr, ça !

Elle sortit une bouteille de tequila.

Oh que non. Petra leva les mains pour protester.

— La dernière fois qu'on a bu de la tequila, je l'ai senti pendant une semaine entière.

— Juste un shot de bienvenue, promit Sydney.

Elle ouvrit la bouteille et remplit de petits verres, qu'elle leur tendit. Elle leva le sien en l'air.

— À Petra, qui sait botter des culs et s'imposer mais sait aussi quand il est temps de fuir.

Petra réfléchit puis se rendit compte que c'était sûrement la chose la plus sage qu'elle avait entendue de sa vie.

— Tu aurais dû dire ça quand je suis un peu pompette, parce que je t'aurais rendu hommage pendant toute l'éternité.

Sydney leva son verre en l'air et elles trinquèrent.

— À Petra.

— À Petra, répéta Tansy.

— Aux amies, renchérit Petra.

La brûlure du liquide dans sa gorge lui rappelait ce que c'était d'être en vie. Un peu de douleur mélangée à la douceur.

Son bonheur dépendait d'elle. De ses choix, de ses décisions. Même si les six derniers mois avaient été durs, et elle ne les aurait souhaités à personne, elle était là maintenant, plus forte grâce à ça.

Prête à faire la différence.

— Avant que nous ne passions à la suite, nous avons des cadeaux, dit Tansy en sortant un sac près du canapé et en le donnant à Petra. Des cadeaux de bienvenue. Des bricoles qui viennent de Sydney et moi.

— Pour prouver que nous avons anticipé, ajouta Sydney en lançant un regard noir à Tansy.

Tansy ricana.

Petra découvrit un objet dur enveloppé dans du papier de soie.

— Des bougies ? J'adore les bougies.

— On sait, dit Tansy en agitant les doigts pour qu'elle se dépêche. Déballe. Pendant ce siècle.

Aussi tentant que ce soit de taquiner son amie et de retirer lentement le papier, Petra n'avait pas la patience. Elle l'arracha, leva la bougie et lut à voix haute.

— *Je planterais une pétasse pour toi.*

Elle rit alors qu'elle scrutait le texte bien plus petit en dessous

— *Pile dans les reins.* Merci, Sydney. C'est un doux sentiment, et vraiment ton genre.

— De rien, répondit la femme menue avec un grand sourire. Quand tu veux, où tu veux.

— Lis la mienne, exigea Tansy.

Celle-là aussi fit sourire Petra.

— *MEILLEURE POTE : celle qui te dira que tu racontes des conneries mais soutiendra tous les choix stupides que tu feras quand on le lui demandera,* lut-elle avant d'étreindre Tansy. Vous êtes les meilleures.

— Nous sommes heureuses que tu sois là, dit Tansy, une touche de sérieux dans son expression. Et maintenant, mangeons.

Elles plongèrent sur les ailes de poulet et les douceurs, la conversation allant bon train plutôt que l'alcool. Cela faisait plus d'un an qu'elles n'avaient pas vraiment discuté, et elles avaient toutes de grandes nouvelles à annoncer.

— Je pourrais avoir la porte de la clinique ouverte de cinq heures du matin à plus de minuit qu'il y aurait toujours quelqu'un dans la salle d'attente, leur dit Sydney. Bien sûr, je ne le fais pas, dit-elle rapidement lorsque Petra fit mine de poser une question. J'ouvre la clinique quatre jours par semaine, en me basant sur mes priorités. Puis je fais beaucoup de visites à domicile.

Tansy leva le pouce vers Sydney tout en expliquant à Petra :

— Elle rend visite à tous les seniors qui ne peuvent pas sortir ou refusent de se faire examiner. Ils l'appellent *Capitaine Jeremiah* parce que, quand elle arrive, personne n'ose révoquer ses ordres.

— Oh, je t'en prie, dit Sydney d'un ton pince-sans-rire. C'est *Général* Jeremiah, merci bien.

— Je suis contente pour toi, dit Petra. Tu travailles sans doute quand même plus que les huit heures traditionnelles.

— Je ne pense pas qu'il y ait un seul médecin qui ne travaille que les huit heures traditionnelles, releva Sydney. Fais-moi confiance, je dors assez, surtout par rapport à l'époque de mon internat. C'est pour ça que je voulais venir à Heart Falls. Si j'avais voulu une tonne d'heures facturables, je serais allée dans une grande ville.

— On croirait que nous sommes dans une grande ville, vu la manière dont les gens se plaignent des horaires réduits, râla Tansy. Le Buns and Roses est aussi ce que nous voulons qu'il soit. Café, petit déjeuner, déjeuner. Je ne reste pas ouverte pour le dîner où les gens réservent des tables puis ne se pointent pas.

C'était une entreprise différente de celles où Petra avait travaillé.

— Ils croient vraiment qu'ils commandent ?

— Le client est roi, dit Tansy avec entrain avant de tirer la langue. Fumisteries. Je crois à l'accueil de clientèle, et je crois à l'idée de servir un bon produit, mais si ce n'est pas sur le menu, ne le demande pas. Je comprends bien que les gens ont des allergies, et je m'assure vraiment d'avoir des options disponibles pour eux, mais je n'écoute pas quelqu'un qui me dit furtivement comment préparer son omelette, y compris le nombre de poignées de sel, la température de la poêle et avec quelle spatule la retourner.

— Non ! dit Petra en ouvrant de grands yeux à cette idée.

— Oh, si. Ou en tout cas ils essaient. Puis il semble que je sois mystérieusement à court d'ingrédients.

Le sourire de Tansy était purement maléfique.

— Les chefs sont censés être un peu des divas caractérielles, dit Sydney en se calant dans son fauteuil et en posant les mains sur son ventre. Oh mon Dieu, c'était délicieux. Si tu décidais d'ouvrir un resto ouvert le soir, tu pourrais cuisiner ce que tu veux et les gens te le commanderaient en une minute.

— Pas de menu fixe, ajouta Petra. Tu cuisines ce que tu veux et ils viendront.

Tansy resta anormalement silencieuse pendant un instant. Elle se pencha en avant et parla calmement :

— Je réfléchis depuis un moment à ce que je pourrais faire. Enfin, comme boulot différent.

Sydney et Petra se redressèrent toutes les deux brusquement.

— Vous fermez le Buns and Roses ? demanda Petra.

Tansy émit un son vulgaire.

— Non, ce n'est pas ça. Nous le faisons bien tourner avec assez de personnel pour que ce soit presque la routine. Mais parfois, j'ai une folle idée où je veux cuisiner quelque chose de différent. En plus, pour dire la vérité, vivre ici au-dessus du magasin est ennuyeux depuis que Rose a déménagé.

— Tu veux une nouvelle colocataire ? demanda Petra. Parce que je ne suis pas obligée de vivre au ranch. Je pourrais venir habiter avec toi.

Tansy sourit.

— J'adorerais t'avoir comme colocataire, mais je pense qu'il y a autre chose. C'est là que Rose et moi avons trouvé notre indépendance. Maintenant qu'elle est fiancée et vit avec son Irlandais sexy, j'ai l'impression que je suis censée moi aussi me lancer dans la prochaine étape. Ce qui pourrait impliquer de ne pas rester dans l'appartement. Passer à autre chose, avancer.

Un sentiment avec lequel Petra était complètement en phase. Elle hocha lentement la tête et posa la main sur celle de Tansy.

— Eh bien, si tu changes d'avis, fais-le-moi savoir. Je suis la dernière personne qui dirait que tu as tort. J'ai déménagé dans une autre province à trente-trois ans pour prendre un nouveau départ.

Toutes deux hochèrent la tête, une expression solennelle sur le visage.

Sydney plissa le nez.

— Je sais que tu ne veux pas passer trop de temps à rabâcher ce qui s'est passé avec ton ex, mais si tu as un jour besoin d'une oreille attentive, nous sommes là pour toi.

Parce que même si Petra leur avait dit qu'elle avait rompu avec Curtis, elle était encore trop gênée pour révéler les détails.

— Je sais, et je vous aime pour ça. Mais pour l'instant, ce que nous avons besoin de savourer c'est que *nous* sommes aux commandes. Là où nous travaillons, et de la quantité de travail que nous fournissons, et de ceux avec qui nous travaillons. C'est une bonne chose, insista Petra.

— Amen, dit Tansy en levant sa cuillère de crème glacée en l'air.

Sydney hocha la tête.

— Nous sommes aussi aux commandes d'autre chose. Spécifiquement, de l'endroit où l'on joue, du temps que l'on passe à jouer, et d'avec qui on joue, dit-elle, le regard fixé sur Petra. Alors : Aiden ?

Elle éclata de rire, parce que ces deux-là s'étaient, au cours des années passées, subtilement faufilées dans son âme. Elles étaient dignes de confiance, honnêtes et c'étaient des femmes avec qui Petra était liée jusqu'au bout de ses orteils. Ce qui rendit plus facile de révéler la vérité.

— Aiden est une distraction délicieuse que j'attends avec impatience. Mais inutile de se précipiter. Parfois l'anticipation rend tout bien plus agréable.

La conversation prit un autre tournant, passa par des rires, des taquineries et une bonne amitié féminine solide. Lorsque Petra rentra chez elle plus tard ce soir-là, c'était avec le cœur rempli de bonheur et le souvenir persistant du sourire d'Aiden. Elle avait hâte d'être dans ses bras deux soirs plus tard.

L'anticipation *était* une chose merveilleuse.

4

———————

Vendredi, en milieu de matinée, la maison du ranch de Vent et Marées ressemblait déjà beaucoup plus à un foyer. Grâce à une étrange magie, les matelas et les meubles pour les chambres que Jake avait commandés des semaines plus tôt furent livrés seulement quelques minutes avant les serviettes et les draps.

Aiden et Jake firent une pause dans leur travail sur le placoplatre dans l'espace de retraite des artistes et passèrent quelques heures à assembler les lits et à disposer les meubles. Ils avaient fait des choix simples, et tout dans les chambres était coordonné. Quand Declan passa pour sa troisième tasse de café, il hocha lentement la tête avec approbation en traversant les chambres pour voir ce qu'ils avaient accompli.

— Pas mal, dit Declan.

Il s'avança vers la fenêtre dans la chambre où le matériel d'Aiden avait été fourré dans le placard pour le mettre hors du chemin du nouveau lit double. Il regarda dehors et émit un son.

— Je vais ajuster cette lumière dans la cour pour qu'elle ne brille pas toute la nuit dans cette chambre.

— Bonne idée, approuva Jake en les guidant vers la cuisine. Tu as fini la liste pour les meubles d'extérieur ? Ou trouvé un endroit pour un feu de camp ?

— J'ai commencé la liste. Je ne suis toujours pas sûr d'avoir trouvé le bon équilibre entre trop clairsemé et trop chargé. Mais l'endroit que j'ai choisi est très précis. L'un de vous devrait venir vérifier après le déjeuner pour pouvoir me dire que je suis un génie, répondit Declan en regardant autour de lui avec espoir avant que son expression ne s'assombrisse. Est-ce qu'on a des projets pour le déjeuner ? Jake, tu fixes l'emploi du temps.

— J'ai téléphoné au Buns and Roses, admit Jake. Je sais que nous avons des trucs dans le frigo, mais depuis que tous les meubles arrivés, nous y sommes allés à fond. Je préparerai le dîner.

Aiden regarda sa montre. Encore trente minutes avant le déjeuner, mais ils pourraient aussi bien prévoir ça maintenant.

— Est-ce que l'un de nous doit y aller pour chercher le repas à midi ?

Jake secoua la tête.

— Tansy a dit qu'elle avait quelqu'un qui pouvait nous l'apporter, mais de ne pas prendre cette habitude parce qu'elle ne propose pas un service de livraison à plein temps.

— Ça paraît équitable, dit Declan avec un hochement de tête. Je l'aime bien.

— Tu aimes bien toute personne qui t'embrasse sur la joue, le taquina Jake. Tu es le grand frère de combien de femmes maintenant ?

Declan haussa les épaules.

— Si Vents et Marées fonctionne, ce sera en large part parce que nous pourrons ficher la trouille aux gens qui le méritent, mais les innocents sauront qu'ils peuvent nous faire confiance.

C'était un sombre rappel à la réalité sur qui exactement viendrait vivre dans les chambres qu'ils préparaient.

Le bruit d'un véhicule à l'avant de la maison attira l'attention d'Aiden vers la fenêtre où une voiture familière s'était arrêtée. Il jura en sourdine.

— Ne me tuez pas. J'ai oublié de mentionner que j'ai reçu ce matin un texto de Danielle, mon contact au foyer d'accueil d'Alberta. Elle a dit qu'elle prévoyait de passer aujourd'hui. Je n'ai pas d'autres détails.

Ils se tournèrent tous vers la fenêtre et Jake poussa un gros soupir.

— Nous sommes loin d'être prêts, mais nous avons bien avancé. Elle veut sans doute se rassurer en vérifiant que nous avons bien acheté une propriété.

Declan posa sa tasse de café sur l'îlot et alla vers la porte de devant.

— Inutile de rester là à se poser des questions.

Aiden retrouva Danielle alors qu'elle sortait de sa voiture et regardait autour d'elle vers la maison et l'écurie. Elle approchait la soixantaine, portait une tenue élégante qui serait tout aussi allée bien dans un cadre familial qu'une salle de conférences. Il l'avait rencontrée en faisant du bénévolat pour les adolescents en difficulté, son boulot précédent dans la région de Crowsnest Pass, et il savait qu'elle avait une passion pour faire ce qui était juste, même si ça impliquait de sortir des sentiers battus.

— Danielle. C'est bon de te revoir.

— Toi aussi, répondit-elle en l'étreignant rapidement. Je sais que c'est plus tôt que tu ne t'y attendais, mais comme je passais dans le coin après une réunion à Calgary, j'ai pensé que j'allais tenter ma chance pour voir comment ça se passait.

— Nous allons te laisser faire le tour, suggéra Aiden. Si tu as des suggestions, dis-le-nous. Il se passe beaucoup de choses et on a des trucs à te dire, mais d'abord on doit s'assurer que nos plans te conviennent.

Danielle salua Jake et Declan, puis ouvrit le coffre de sa voiture et dévoila une paire de bottes.

— Je sais que c'est sûrement loin d'être prêt, mais je dois admettre que le refuge pour animaux a beaucoup de charme pour moi. Vous avez des chats ou des chiens à qui je peux dire bonjour ? Mon mari est allergique, alors c'est la seule occasion que j'ai pour câliner un animal.

Declan pencha la tête vers l'écurie.

— Viens. Je vais te faire visiter et te montrer ce que nous prévoyons pour les dortoirs des hommes.

— Quand tu auras terminé, reviens à l'intérieur. Tu pourras regarder la maison puis te joindre à nous pour le déjeuner, proposa Jake. J'ai commandé plus qu'assez, et on sera livré juste avant midi.

— Merveilleux, dit Danielle en lançant un autre regard rapide autour d'elle avant de lever ses bottes. Laissez-moi me changer, puis je serai prête pour ma visite.

Ils ne pouvaient pas faire grand-chose dans le salon pour le rendre plus cosy. Dans la cuisine, ils avaient des chaises et une table et rien d'autre pour l'instant, alors Aiden ne se donna pas la peine d'essayer. Danielle comprenait comment ça fonctionnait, qu'on ne pouvait faire qu'un certain nombre de choses à la fois.

Mais Jake posa des assiettes et des couverts sur la table.

— On devrait au moins s'efforcer de faire bonne impression, marmonna-t-il quand Aiden se mit à rire.

Puis ils se remirent tous les deux à leurs tâches jusqu'à ce que Danielle et Declan reviennent.

Aiden l'emmena faire une rapide visite. Il était vraiment heureux qu'ils aient caché leurs affaires car avec les nouveaux lits faits et les couettes bleu clair posées dessus, tout avait l'air, eh bien, joli. Accueillant.

Danielle s'arrêta et regarda la première chambre pendant très longtemps avant de les rejoindre à la table de la cuisine.

— Bon, au cas où vous vous inquiéteriez, je suis impressionnée. Je vois bien que vous êtes sérieux dans votre démarche de faire de cet endroit un refuge et un tremplin pour avoir une meilleure vie. Merci de ne pas avoir trahi ma confiance.

— Faire de Vents et Marées un lieu sûr pour ceux qui en ont besoin est notre priorité, lui assura Declan.

— Quels que soient les mécanismes de contrôle dont tu as besoin, nous les accepterons, répéta Jake. Nous y tenons, pour que tout le monde se sente en sécurité.

Elle croisa le regard de Jake.

— Merci. Je sais, et je ne me serais pas lancée dans l'aventure si je ne vous faisais pas viscéralement confiance. Alors c'est le moment d'admettre que je suis venue avec une arrière-pensée. Je sais que vous n'êtes absolument pas prêts... c'est impossible.

Danielle marqua une pause et sembla partir sur une autre piste alors qu'elle adressait sa question suivante à Aiden.

— Quand est-ce que l'intendante emménagera ?

Un sixième sens le fit hésiter. Il ne voulait pas admettre qu'ils n'avaient pas réussi à trouver quelqu'un.

— Pas avant un moment.

Danielle soupira et se réinstalla sur sa chaise comme si elle était épuisée.

— Il y avait peu de chances, mais j'avais espéré que par miracle vous auriez déjà quelqu'un en place, dit-elle en croisant chacun de leurs regards. Il y a une jeune fille dont j'ai entendu parler qui est dans une mauvaise situation. Elle a seize ans, et j'aimerais l'en sortir dans les prochaines vingt-quatre heures, mais je ne peux pas l'amener ici à moins que vous n'ayez une femme sur place.

La sonnette retentit, suivie de la porte qui s'ouvrit lentement et de Petra qui entra, les bras passés autour d'une énorme boîte.

— Hé, les gars. Désolée. Je me suis appuyée sur la porte, et elle s'est ouverte. J'ai apporté le déjeuner, expliqua Petra avant de remarquer Danielle et de ciller. Bonjour. Je suis désolée. Je ne voulais pas vous interrompre.

Près d'Aiden, Declan s'était brusquement redressé et bondissait maintenant sur ses pieds. Il se précipita et prit la boîte à Petra.

— Timing parfait. Merci beaucoup.

Il fit volte-face et posa le repas sur le plan de travail le plus proche puis, à la grande surprise d'Aiden, son frère passa un bras autour des épaules de Petra et l'accompagna vers la table juste à côté de la chaise d'Aiden.

— Petra, continua-t-il, voici Danielle.

— Ravie de vous rencontrer, dit Petra.

Elle souriait, mais sa confusion grandissait clairement.

Une main se posa sur l'arrière du col d'Aiden alors que Declan le mettait pratiquement debout. Sans savoir ce qui se passait, Aiden le suivit assez volontiers et finit debout à côté de Petra.

Son frère recula et fit un geste vers le côté.

— Danielle, j'aimerais te présenter Petra. La fiancée d'Aiden.

C'ÉTAIT en partie sa faute parce qu'elle n'avait pas prêté attention. Cela intéressait plus Petra de jeter un coup d'œil à

Aiden que d'accorder toute son attention à l'autre femme qui se trouvait assise à table. Mais... *quoi* ?

— Hum...

— Comme Aiden l'a dit, il se passe beaucoup de choses, et ça en fait partie.

Declan se retourna vers Aiden et elle, lui lança un clin d'œil sans que Danielle le voie.

— N'est-ce pas ? continua-t-il.

Petra ne savait toujours pas ce qu'elle avait entendu. Ça ressemblait affreusement au mot *fiancée*, mais ça n'avait pas de sens.

Mais l'instant d'après, Aiden glissa une main autour de sa taille et l'attira contre lui.

— Je suis ravi que Petra ait dit oui.

Il se tourna vers elle et fit semblant de lui frotter le cou avec le nez tout en chuchotant d'un ton paniqué :

— S'il te plaît, joue le jeu. Je t'expliquerai tout dès que je pourrai, mais c'est important.

Bien alors. Petra lança un coup d'œil entre Danielle, Declan et Jake, remarquant avec amusement que chacun avait une expression très différente sur le visage.

Declan continuait à la regarder fixement à sa manière quelque peu impassible mais avec un sérieux qui donna à réfléchir à Petra. Jake avait l'air horrifié. Il avait plaqué un sourire sur ses lèvres qui lui donnait l'air un peu malade.

Mais ce fut Danielle qui changea le cours des choses pour Petra. Elle semblait sincèrement soulagée et heureuse.

— Oh, je suis vraiment ravie pour toi, Aiden. Et pour vous, Petra. Aiden est un homme merveilleux.

— Je le pense aussi, avança Petra gentiment.

Mais elle glissa un bras derrière Aiden pour pouvoir lui pincer les fesses.

Qu'est-ce que c'est que ce bazar ?

Danielle se pencha en avant et parla doucement.

— Je présume que ça signifie qu'elle sait tout ce qui se passe avec le refuge et toutes les conditions requises dont nous avons discuté.

— Nous travaillons encore sur les derniers détails, dit Aiden rapidement. Mais l'essentiel, c'est que si tu as quelqu'un qui a besoin d'un endroit sûr où se cacher, nous sommes prêts pour qu'elle vienne au ranch. Petra sera là.

L'envie de maudire intensément tout le groupe et de s'en aller sans un mot de plus disparut après avoir entendu *qui a besoin d'un endroit sûr où se cacher*.

— Aiden m'informera de tout ce que j'ai besoin de savoir, assura Petra.

Danielle hocha fermement la tête et se leva.

— Merci de m'avoir proposé de déjeuner, mais avec cette bonne nouvelle, je vais m'en aller pour m'assurer de tout faire aussi rapidement et discrètement que possible. Je t'enverrai les détails par texto dès que je pourrai, Aiden. Comme toujours, si tu as besoin de quoi que ce soit, dis-le-moi, et mon mari et moi verrons ce que nous pouvons faire.

Sortir Danielle de la maison enclencha une symphonie de mouvements. Aiden tira Petra plus loin dans la maison, permettant à Jake et Declan d'escorter Danielle à sa voiture.

À l'instant où la porte d'entrée se referma, Petra se libéra de la prise d'Aiden et fila vers la fenêtre du salon.

Aiden se posta juste à côté d'elle, tous deux regardant fixement comme s'ils s'assuraient que Danielle était vraiment partie.

— Je suis presque sûre que je dois botter le cul de quelqu'un, maintenant, dit Petra aussi calmement que possible.

— On est deux.

La colère dans la voix d'Aiden était claire.

— Je suis vraiment reconnaissant que tu n'aies pas dit que

c'étaient des conneries et arrêté ça net, mais crois-moi, Declan m'a pris de court aussi.

Petra croisa son regard.

— Vraiment ?

— Il a été le seul d'entre nous à réagir promptement. J'ai failli merder avant de me rendre compte de ce qu'il faisait.

— C'est quoi ce bordel ? rugit pratiquement Jake en rentrant dans la maison, sur les talons de Declan. Ils sont fiancés ? Que va-t-il se passer quand Danielle découvrira que c'est un fichu mensonge ?

— C'est un problème pour plus tard. On trouvera quelque chose, dit Declan en s'avançant vers Petra. Désolé d'avoir lâché cette bombe sur toi. Merci de ne pas l'avoir bousillée. Viens déjeuner, et nous allons t'expliquer ce qui se passe.

— J'apprécierais, avança Petra. Et pour info, la seule raison pour laquelle je ne décampe pas, c'est ce commentaire parlant de mettre quelqu'un en sécurité. Vous avez acheté un refuge pour animaux.

— Ça le sera encore, en partie, répondit Aiden.

Il fit un geste vers la table. Il attendit qu'elle s'assoie avant de prendre une chaise en face d'elle.

— Mais nous construisons discrètement aussi une planque. Un endroit pour les gens qui n'ont pas reçu d'aide pour je ne sais quelle raison. Nous prévoyons de leur donner un foyer ici pendant aussi longtemps qu'ils en auront besoin.

— Une planque ? répéta Petra en réfléchissant à ce qu'elle savait du système social. Ça ne semble pas être le genre de choses qu'on fait en quelques mois après avoir acheté une propriété sans que beaucoup de bureaucratie ne soit impliquée.

— C'est pour ça que nous évitons la bureaucratie, avoua Jake en grommelant avant de croiser son regard.

Ses yeux gris foncé se concentrèrent vivement sur elle.

— Écoute, continua-t-il, j'ai travaillé dans le pénal pendant plus de quinze ans, et bien trop souvent j'ai vu des gens qui avaient simplement besoin d'un peu de répit pour pouvoir reprendre leur vie en main. Mais le système n'est pas organisé pour faire en sorte que ça se fasse, soit à cause d'un manque de moyens, soit par manque d'intérêt.

— J'ai fait beaucoup de bénévolat avec des ados à problèmes, avança Aiden. C'est presque impossible pour quelqu'un qui est prêt à s'investir de trouver une nouvelle voie quand il est coincé dans une mauvaise famille ou une situation difficile qui n'est pas de son choix.

Declan se racla la gorge.

— Puisque nous crachons tout, nous allons te dire que nous avons les ressources pour nous engager là-dedans, et la volonté de faire en sorte que ça marche, même si ça signifie de dire *merde* à la bureaucratie. Si c'est une idée avec laquelle tu n'es pas à l'aise, je comprendrai. Mais nous te demandons si tu peux assouplir ta morale pendant une courte période. Un des paramètres que nous avons acceptés était de toujours avoir des femmes qui travaillent dans le ranch pour que toute femme qui a besoin de se mettre à l'abri ait le soutien de ses pairs. Nous sommes en voie d'engager une intendante à demeure et une cuisinière, mais jusqu'à ce qu'elles soient en place, on dirait que nous avons besoin de toi.

— Mais en tant que fiancée d'Aiden ? demanda Petra en foudroyant Declan du regard. C'est quoi ce bazar ?

Cette fois, ce fut Jake qui soupira.

— Non, c'était une décision brillante. Danielle est encore dans le système, elle travaille secrètement en notre nom. Elle ne serait pas d'accord si n'importe quelle femme arrive temporairement au pied levé. Nous l'avons épaulée pour qu'elle aide d'autres personnes dans des situations d'urgence au cours des dernières années. Même si elle nous fait confiance, elle a aussi placé des garde-fous avec raison. Nous avons promis qu'elle pourrait approuver l'intendante avant que nous l'embauchions, mais une fiancée, c'est différent. Aucun de nous ne s'engagerait avec quelqu'un qui ne pourrait pas rejoindre notre entreprise à cent pour cent.

Petra se cala sur sa chaise, son esprit moulinant. Bien sûr, une fiancée était logique... si elle en était vraiment une.

— Quel fouillis.

Aiden se pencha en avant, les mains posées sur la table.

— Je ferai tout ce que je peux pour que ça fonctionne pour toi aussi longtemps que nécessaire. Declan a raison. J'espère que tu ne partiras pas, pour le bien de la personne qui, d'après Danielle, a besoin de notre aide dans les prochaines vingt-quatre heures.

Maudit soit cet homme. Petra croisa le regard de Declan.

— D'abord, va te faire foutre. Tu réfléchis vite mais tu es aussi un vrai abruti. Je suis partagée entre l'idée de t'admirer et l'envie de te jeter du haut d'un pont.

— Bienvenue au club, dirent Aiden et Jake avec une synchronisation presque parfaite.

Petra ricana puis pointa la boîte sur le plan de travail.

— Vous feriez bien de m'inviter à déjeuner. Je pense que la poussée d'adrénaline s'estompe, et je vais vite me rebiffer si je ne mange pas quelque chose.

Jake ouvrit la boîte et posa de quoi manger sur des assiettes pendant que Declan prenait des boissons dans le frigo.

Aiden changea de position pour se rapprocher de Petra.

— Ça va ? demanda-t-il avec douceur.

— Oh, ça va aller. Je pense. D'une manière ou d'une autre, répondit-elle en croisant son regard. C'est une sacrée situation, mais je vais le faire. Vous dites clairement la vérité, et j'ai un faible pour les gens qui franchissent les limites pour résoudre ce que le système ne peut pas arranger.

Le soulagement se lut sur le visage d'Aiden.

— Désolé que nous t'ayons mêlée à ça.

— Ouais, et tu vas être encore plus désolé. Mais nous parlerons de ces détails quand nous serons tous les deux. Nous allons avoir besoin d'un plan un peu plus développé que Declan ne le pense.

Aiden hocha la tête.

— On mange d'abord ? Ça nous donnera du temps pour parler de nos plans d'ensemble pour Contre Vents et Marées. Vents et Marées pour la communauté.

Oh, ça lui plaisait.

— C'est un nom très évocateur.

Aiden prit deux sandwichs, puis lui passa le plateau.

— C'est censé l'être. Ce que nous avons vécu tous les trois signifie que nous savons ce que c'est de faire face à un ultimatum et d'être prêt à tout faire pour en ressortir entier.

— D'accord.

Petra attendit que tout le monde ait rempli son assiette.

— Racontez-moi le plan pour que je sache dans quoi je me suis engagée. En tout cas temporairement, dit-elle rapidement à Declan. Parce que vous devez continuer à chercher cette intendante approuvée par Danielle, compris ?

— Bien sûr, dit Declan fermement.

D'après ce qu'elle en voyait, c'était une promesse solide comme le roc.

Elle se renfonça sur sa chaise et profita de l'excellent déjeuner de Tansy pendant que les trois frères brossaient le tableau de ce à quoi ressemblerait Vents et Marées, et elle écouta aussi attentivement que possible.

Le refuge pour animaux serait le lien avec la communauté. Les retraites d'artistes, avec des ateliers en petit groupe de temps en temps dans l'année, rapporteraient de l'argent pour aider à financer le ranch. En plus du reste des corvées du ranch, diriger ces deux activités créerait du travail pour les locataires temporaires pendant qu'ils prépareraient la prochaine étape.

Mais pendant tout ce temps, une partie du cerveau de Petra essayait de décider ce qu'elle allait dire à sa famille et à ses amies qui sauraient que les fiançailles étaient un mensonge. *Une petite supercherie. Une situation temporaire dans l'intérêt général.*

Seigneur, c'était pathétique même dans sa tête.

Non, elle ne ferait pas ça seule. Aiden allait devoir l'aider. Mais plus les frères en révélaient, plus elle se rendait compte qu'elle ne pouvait pas partir.

Pas maintenant.

5

Aiden ne savait pas qui il devait frapper en premier. Declan pour l'avoir mis dans cette situation ou lui-même parce que l'image de Petra de nouveau dans son lit était saisissante et impérieuse, et il devait absolument éviter d'y penser.

Il s'agissait de Vent et Marées, point.

Peut-être après que la supercherie serait terminée, ils pourraient tester à nouveau quelques ressorts du matelas, mais pour l'instant, Aiden était déterminé à rester un pur gentleman et à ne faire preuve que de respect envers elle pour l'aide qu'elle avait été forcée de leur offrir.

Vie de merde. Il allait totalement casser la figure de Declan, à la première occasion.

Le repas était terminé, et Petra, qui avait passé l'essentiel de son temps à hocher la tête, attrapa Aiden par le bras.

— Toi et moi. Il faut qu'on parle, tout de suite.

— *No problem*, répondit-il avec un coup de menton vers Declan. Ça te va si je peaufine les chambres et le reste ?

— Ne te gêne pas. Tu as moins de vingt-quatre heures. Fais-

59

toi plaisir, dit Declan avant de croiser de nouveau le regard de Petra. Merci. Nous trouverons un moyen de nous rattraper.

— Je n'ai pas besoin de compensation, dit Petra en levant le menton. Pas pour avoir fait ce qu'il fallait.

— Bien, dit Declan.

Il hocha vivement la tête avant que Jake et lui n'emportent les restes du déjeuner, les fourrent dans le frigo et quittent la pièce.

Le grand espace dégagé semblait soudain affreusement petit. Aiden croisa les bras sur son torse et se cala sur sa chaise.

— Alors. La logistique.

— Dans quelle mesure es-tu bon menteur ? demanda Petra.

Ses yeux étincelaient, son expression était sérieuse.

— Aussi bon qu'il le faut, avança-t-il.

Un énorme soupir souleva les épaules de Petra.

— Il faut que tu sois très bon, le prévint-elle. Et aussi, je comprends la nécessité du secret, mais ma demande est non négociable. Mon frère et ma belle-sœur doivent connaître la vérité. Parce qu'autrement, cette supercherie ne passera pas.

C'était compliqué, mais il comprenait.

— Tu leur fais confiance ?

— Plus qu'à toi, avança Petra d'un ton pince-sans-rire.

Aiden émit un son moqueur.

— C'est recevable. Quelqu'un d'autre ? Enfin, nous n'allons pas crier que nous sommes fiancés sur tous les toits, mais c'est une petite ville. Je comprends comment ça fonctionne.

Elle fit la grimace.

— Tu n'as pas eu le choix, avec Declan qui a parlé à tort et à travers comme ça, mais voilà le rebondissement. Je voyais quelqu'un, mais j'ai rompu récemment.

Merde. Il la regarda attentivement.

— Vraiment ? Bon sang, je suis désolé.

— Inutile d'être désolé, mais c'est pour ça que mon frère

doit connaître la vérité. Et mes deux meilleures amies, qui sont solides comme le roc. Quand les autres en ville entendront que tu es mon fiancé, ils ne cilleront pas. Cette partie-là pourrait être à ton avantage. Certaines personnes présumeront que tu es le gars que mon frère a mentionné en passant. Mon ex n'est pas du coin, mais du Manitoba, où je vivais avant.

Ce qui était une bonne nouvelle pour Vents et Marées, mais quand même.

— Mais ça te convient ? Après avoir été aussi proche de quelqu'un, faire semblant d'être avec moi pourrait être pénible.

— Seulement s'il s'avère que tu es un abruti, répondit Petra en haussant un sourcil. J'ai tout arrêté quand j'ai découvert que *lui* était un abruti, et c'est tout ce que tu as besoin de savoir là-dessus. Mais ça veut dire que je suis un électron libre. Je ne t'aurais pas embrassé l'autre jour si ce n'était pas le cas. Ne gâche pas ton énergie à te sentir désolé pour moi.

— D'accord.

L'esprit d'Aiden passa tout de même en revue les possibilités sur ce que le gars avait fait pour foirer aussi affreusement et songeait combien il serait agréable de frapper ce fumier.

— Ce qui veut dire que ça nous ramène à la logistique, parce que l'heure tourne, continua-t-il. D'abord les priorités. Tu dois emménager, et nous devons nous assurer que la nouvelle ouvrière – c'est comme ça que nous appelons nos locataires – peut prendre possession d'une chambre confortable.

Petra lui lança un sourire ironique.

— Je parlais justement à Tansy de mes choix de logement. Je suppose que ça rend cette décision plus facile, dit-elle en se levant, avant de sortir son téléphone. Au lieu de notre pique-nique, est-ce qu'un dîner avec mon frère te convient ?

Seigneur.

— Bien sûr.

Le grand sourire de Petra devint carrément machiavélique.

— Est-ce que j'ai mentionné que j'étais la plus jeune de ma famille ?

— Génial. Un grand frère protecteur ? demanda Aiden avec un clin d'œil. C'est bon. Je peux le gérer.

— Oh, je suis sûre que tu pourras t'en sortir avec Zach. Ce sont mes quatre sœurs aînées dont tu devrais t'inquiéter...

— *Quatre* ? répéta Aiden, son cœur se serrant. Peut-être que je devrais commencer à courir maintenant, juste par prudence.

Elle rit, puis lui tapota la joue.

— Zach est le seul qui vive à Heart Falls. Les autres, nous pouvons les ignorer pendant un moment parce que nous n'irons pas claironner à qui veut l'entendre nos fiançailles. Je dois rassembler mes affaires, mais ça ne prendra pas longtemps puisque je ne les ai pas déballées. Alors d'abord, laisse-moi t'aider à préparer la chambre de la nouvelle ouvrière. Et puis tu pourras me faire visiter pour que je sache où tout se trouve. Si je vous aide, et je prévois de le faire, je dois connaître la configuration des lieux. Je ne signe pas pour être l'intendante et la cuisinière, mais je ferai ma part. Comme si j'étais une colocataire.

— D'accord. Et je te promets de rendre ça aussi simple que possible pour toi.

— Je te promets de faire en sorte que mon frère et ma belle-sœur t'écoutent pendant que tu expliqueras la situation, même si je ne peux pas te promettre qu'ils ne te lanceront pas des menaces.

— Je comprends. J'ai aussi des frères, dit Aiden en penchant la tête vers la fenêtre où Jake et Declan étaient visibles, à décharger des planches d'une camionnette. Les menaces de mort et de démembrements sont comme de petites tapes.

Pendant l'heure qui suivit, ils travaillèrent aisément ensemble, l'esprit vif de Petra faisant sourire Aiden de nombreuses fois avant qu'elle n'abandonne.

— Je vais intervenir à l'avance pour que le dîner se passe mieux, dit Petra en faisant la grimace. J'espère que tu n'as pas trop de cadavres dans le placard, mec.

Aiden fronça les sourcils.

— Je croyais que tu voulais que je sois là pour expliquer les choses à ta famille ?

— Oh, tu fourniras ta part d'explications. Mais donner à Zach deux heures pour fouiller dans ton passé le rendra bien plus raisonnable. À moins que lesdits cadavres ne provoquent des problèmes.

C'était un domaine dans lequel Aiden n'avait aucune inquiétude.

— Il ne trouvera rien.

Petra plissa le regard.

— C'est une formulation intéressante.

Aiden lui lança un grand sourire mais ne mentionna pas que le contact de Jake remontant à son passage dans la police s'était assuré que tous leurs casiers soient blancs comme neige et très, *très* banals.

— Amuse-toi bien, et je serai là avec quelques minutes d'avance. Si c'est plus sûr de quitter le pays, envoie-moi un texto.

Petra se mit à rire en s'éloignant.

Il affichait encore un sourire quand il retrouva ses frères dans l'écurie.

Ils n'étaient pas aussi calmes et sereins en marquant une pause pour accorder toute leur attention à Aiden.

Oublions ça. Declan était calme, comme d'habitude, mais Jake tempêtait en plaçant son carnet sous son bras.

— Elle est toujours d'accord ?

— Elle dit que oui, avança Aiden d'un ton pince-sans-rire. Je ne l'ai pas fait fuir pendant l'heure écoulée.

— Je t'ai dit que tout allait bien, Jake. Tu dois te détendre et faire plus confiance à mon instinct, dit Declan en penchant la tête vers Aiden. Nous nous sommes décidés sur les logements, pour l'instant. Tu es encore dans la maison... pour la sécurité des dames. Tu prends la chambre que je devais utiliser.

— C'est logique.

Même si c'était assez près pour que la tentation que représentait Petra au bout du couloir soit une épine dans le pied.

— Je vais au ranch de Red Boot ce soir pour rencontrer son frère. Elle insiste pour qu'il connaisse la vraie situation, et je suis d'accord.

— Il est fiable, dit Declan en hochant la tête. Jake, arrête avec ton air renfrogné. Tu as fait une recherche des antécédents et validé tout le monde au ranch de Red Boot quand nous nous sommes renseignés sur Heart Falls.

— Plus il y a de gens qui savent ce que nous faisons, plus il y aura de questions en suspens, gronda Jake. C'est ça que je critique.

— Alors plus vite tu prendras contact avec certaines de tes relations dans l'armée et la police montée qui veulent passer du temps ici, et mieux ce sera. Et puis contacte le thérapeute et vois si Kevin peut avancer son arrivée. Des groupes de personnes en place à qui nous faisons confiance aideront à te calmer, à défaut d'autre chose.

Aiden prit le carnet sous le bras de son frère et jeta un coup d'œil à la check-list détaillée de la journée qui restait à terminer.

— Je peux m'occuper des tâches sept et huit avant de partir. Dès que je me serais fait une idée sur le frère de Petra, je vous enverrai une confirmation par texto pour qu'on s'assure que Danielle nous envoie toujours cette nouvelle ouvrière.

— D'accord, dit Declan en haussant un sourcil vers Jake. Tu as réussi à faire sortir ton balai du cul ou pas ?

— Va te faire foutre, répondit Jake en soupirant. Bien. Utilise ton instinct, Aiden. Nous soutiendrons ton plan.

Aiden voulait arriver en avance, mais au final, il était plus de dix-sept heures lorsqu'il remonta l'allée vers le ranch de Red Boot. Des clôtures droites comme un *i* couraient depuis les bâtiments à proximité vers le lointain à l'ouest. Des chalets rustiques de location soignés étaient alignés stratégiquement pour que chacun se retrouve différemment face au paysage sublime des montagnes Rocheuses du côté ouest, où les contreforts vallonnés étaient teintés par le soleil automnal.

Petra l'avait informé que le dernier de la rangée était le logement de Zach et Julia. Alors qu'Aiden s'éloignait rapidement de sa camionnette, le sac à main de Petra qu'il avait trouvé sur le banc près de la porte d'entrée sous son bras, un homme solidement bâti s'avança sous l'avant du porche et croisa les bras sur son torse. Son expression et son langage corporel déclaraient son hostilité.

Au diable tout ça. Aiden choisit le passif agressif et agita gaiement la main en montant les marches deux par deux.

— Vous devez être Zach. Ravi de vous rencontrer enfin. Petra m'a tellement parlé de vous !

Ses lèvres tressaillirent.

— Vraiment.

Aiden lui tendit sa main libre.

— Bien sûr. De plus, votre travail caritatif avec Sorenson Enterprises est remarquable. Vous n'avez pas aussi hérité du gène d'inventeur de votre père, n'est-ce pas ?

Zach haussa un sourcil.

— Vous avez pris vos renseignements.

— J'ai pensé que vous feriez des recherches sur moi et mes proches quelques minutes après avoir entendu le bazar dans lequel nous avons entraîné Petra, dit Aiden en haussant tranquillement les épaules. Nous comprenons.

— Je voulais vous tuer, mais entre Petra qui m'a dissuadé et ma curiosité, vous avez un sursis.

Aiden laissa apparaître son grand sourire.

— C'est toujours mon option préférée. Si vous devez essayer de me frapper, nous pourrons le faire plus tard. J'ai faim.

— *Essayer* de vous frapper ? répéta Zach en secouant la tête avec désapprobation. Je vous en prie.

— Je suis le plus jeune de trois frères, l'informa Aiden. Je suis rapide.

— Alors vous allez vous enfuir ?

— Esquiver, faute de mieux. Ouais, acquiesça Aiden.

Alors même que Zach souriait en réponse, un gros soupir résonna derrière lui, où Petra se dressait dans l'embrasure de la porte.

À côté d'elle se trouvait une deuxième femme aux cheveux roux foncé, avec un grand sourire, et de la curiosité dans ses yeux vifs. Elle leur fit signe d'entrer.

— Si vous en avez terminé avec la dose obligatoire *d'échanges de menaces* de la soirée, entrez. Le dîner est prêt.

CELA AURAIT DÛ ÊTRE DIFFICILE, ou au moins gênant, mais à la minute où ils se mirent à table, c'était comme si Aiden était un ami de la famille depuis des années au lieu d'être un nouveau venu.

— Je ne peux pas vous révéler tous les détails, précisa-t-il au début en croisant leurs regards les uns après les autres. Par certains aspects, moins vous en saurez, mieux ce sera, mais Petra assure que vous êtes dignes de confiance. Ce qui veut dire que vous comprendrez que, lorsque je ne répondrai pas à une question, ce sera pour votre sécurité et celles des autres.

— Je veux seulement savoir deux choses, dit Julia en les regardant tous les deux. Combien de temps est-ce que cette supercherie doit durer ? Et que se passera-t-il quand ce sera terminé ?

Bonnes questions. Petra se tourna vers Aiden.

— Je ne sais pas pour la première, mais je pense qu'il est possible d'avoir une séparation amicale. Aucun de nous n'aura besoin de quitter la ville ou quoi que ce soit de drastique.

— Absolument. Une décision mutuelle pour redevenir des amis. Ce serait mieux que ni l'un ni l'autre ne soit le méchant de l'histoire qui a tout annulé. Vents et Marées prévoit d'être là pour des années.

— Le ranch de Red Boot ne va nulle part, et aussi longtemps que Petra voudra rester en ville, ce sera chez elle, dit Zach en lui tendant les pommes de terre.

Aiden accepta le plat et en plaça une bonne ration sur son assiette.

— La durée dépendra du temps qu'il nous faudra pour trouver notre intendante-cuisinière et du nombre d'ouvrières que nous aurons en attendant. Et de l'intérêt des gens pour notre situation. Si la femme qui arrive demain a besoin que tu restes quelques mois pendant qu'elle retrouve son équilibre, j'espère que ça te conviendra.

Petra agita la main.

— Je n'imaginais pas que les fiançailles seraient instantanément annulées. Mais tu sais que je ne suis pas thérapeute.

— Ce n'est pas ton rôle. Nous avons un expert formé qui nous rejoindra bientôt. Je m'attends à ce que beaucoup des gamines – pardon, les ouvrières du ranch – te cassent les oreilles, à la fois parce que tu seras dans la maison et parce que tu es une femme. Nous recevrons tous de rapides leçons de Kevin quand il arrivera pour savoir comment rediriger ces conversations vers lui.

Le sourire d'Aiden s'adoucit, devenant un peu triste.

— C'est difficile à comprendre avec nos têtes et nos cœurs, mais certaines ouvrières viendront à Vents et Marées et repartiront quelques jours plus tard. Ce sont celles qui ont un meilleur endroit où vivre pendant qu'elles feront des changements, et nous ne serons qu'un endroit sûr sur leur trajet. Celles qui auront besoin d'un foyer pourraient être là pendant un moment. Nous ne saurons pas grand-chose sur elles avant qu'elles n'arrivent, même pas leurs noms, parce que jusqu'à ce qu'elles passent la porte, elles ont le droit de changer d'avis et de dire non, et moins nous en saurons sur elles, plus elles seront en sécurité.

Zach posa quelques questions, et Petra aussi. Puis Aiden inversa les rôles et fit parler Zach et Julia du ranch de Red Boot.

Ils faisaient tourner des assiettes de tarte lorsque Petra reçut un coup de coude de sa belle-sœur.

Julia se rapprocha.

— Il est charmant.

Petra examina de nouveau Aiden, admirant sa silhouette musclée pendant qu'il parlait avec Zach. Aiden avait été très divertissant la nuit où ils avaient couché ensemble des années plus tôt, et encore une fois récemment quand ils s'étaient embrassés.

Charmant n'était que le début, pour le décrire.

— Tu baves, dit Julia doucement.

Petra s'essuya la bouche puis se raidit lorsque Julia éclata de rire.

— Tu es une vraie idiote.

— Peut-être, mais tu étais à deux doigts de le dévorer des yeux. Tu es sûre que tu sais ce que tu fais ?

L'inquiétude teintait la voix de Julia.

Ce qui était gonflé, venant d'elle. Petra haussa un sourcil.

— Quoi ? Tu as un problème avec de fausses fiançailles ? Vraiment ?

Julia rougit.

— Zach et moi n'étions pas faussement fiancés.

— Oh, excuse-moi. Vous faisiez semblant de sortir ensemble et vous vous êtes accidentellement mariés, déclara Petra en regardant fixement le plafond avant de réfléchir. Ouais, je vois, c'est complètement différent.

Julia se mit à rire doucement.

— Je pensais simplement que ce serait très tentant pour toi de t'impliquer davantage. Il a l'air d'être un mec bien avec de fortes valeurs morales et un corps sexy.

Petra faillit projeter par le nez l'eau qu'elle buvait et lança un regard noir à Julia.

— Les commentaires sur son corps ne sont pas appréciés.

— Je dis ça comme ça. Il est tentant, et tu es un peu sous le coup d'une déception amoureuse en ce moment, dit Julia en grimaçant. Je ne voulais pas dire ça, mais...

— Tu fais preuve d'une incroyable retenue et tu ne demandes pas ce qui s'est vraiment passé la première fois qu'Aiden et moi nous nous sommes rencontrés pour que nous soyons tous les deux prêts à prendre des risques comme ça.

Julia roula des yeux.

— Je t'en prie. Comme si ce n'était pas évident.

Non. Elle n'allait pas se faire avoir. Petra se rapprocha et chuchota sa réponse.

— C'est le stratagème préféré de mon frère. Faire semblant d'en savoir plus qu'il ne sait et espérer qu'on vende la mèche. Aucune chance, sœurette.

Une moue incurva la bouche de Julia.

— C'est pas juste. Tu connais mes meilleures cartes.

— J'ai confiance en Aiden.

Ses paroles sortirent si facilement que Petra cilla.

Julia s'appuya contre elle.

— Tu as aussi un cœur en or, et aider les autres appuie sur tous tes points sensibles. Je dis simplement que nous sommes là pour toi, même quand tu plonges dans le grand bain.

— Vents et Marées ne demande qu'une plongée ou deux.

— Les boulets de canon sont ce que je préfère, renvoya Julia.

Petra rit.

De l'autre côté de la table, Zach agitait les mains en l'air avec enthousiasme tout en racontant une histoire. Aiden hocha la tête, mais son regard était sur Petra, et pendant un instant, ce fut comme s'il n'y avait qu'eux deux dans la pièce.

Le sourire doux et espiègle d'Aiden provoqua des papillons dans son ventre. Le grand inconnu était juste là, et il fallait avancer pour découvrir ce qui pourrait se passer ensuite.

Aiden allait avancer avec elle.

Ça semblait bien trop simple. Bien trop normal. Mais après beaucoup de choses qui n'avaient été ni *simples* ni *normales*, Petra s'en réjouissait.

Aiden insista pour aider à débarrasser et à faire la vaisselle après le repas. Les bras chargés d'assiettes, il lança un clin d'œil à Julia.

— Nous allons laisser ton mari passer du temps avec sa sœur pour qu'elle puisse un peu plus œuvrer à le convaincre que je ne vaux pas la peine qu'on me tire dessus.

Julia roula des yeux.

— Ce n'est pas de lui qu'il faut s'inquiéter s'il s'agit de te faire tirer dessus, annonça-t-elle.

Il cilla puis lança son doux sourire vers Petra.

— Je l'aime bien.

— Parfait. C'est une tireuse d'élite à quarante mètres, le prévint Petra.

— Elle est aussi urgentiste. Si elle te tire dessus, elle te rafistolera ensuite, souligna Zach.

— Voilà qui a l'air intrigant. Dites-m'en plus, dit Aiden en emportant les assiettes vers le plan de travail pendant que Julia répondait.

Zach tendit la main vers Petra.

— Viens t'asseoir sur la terrasse et dis-moi que tout va bien.

Elle glissa les doigts sous son coude, le tira et à la place le fit descendre en direction du manège.

— Avance. Je dois rassembler mes affaires et les mettre dans la camionnette. Je suppose que je déménage ce soir.

Zach se promena près d'elle silencieusement pendant un moment.

— Tu es sûre que ça te convient, sœurette ?

— Plus que ça. Je pense que j'en ai besoin, répondit Petra en posant brièvement la tête sur son épaule avant de se redresser et d'accélérer le rythme.

— De mentir à toute la communauté ?

— De créer la différence.

Petra regarda les superbes montagnes autour d'elle. Heart Falls était un lieu idéal pour créer un nouveau départ, mais avoir seulement de jolies choses autour d'elle n'allait pas suffire.

— Curtis a joué des tours à mon assurance, admit-elle.

Zach jura tout bas puis lui adressa un sourire très faux.

— S'il te plaît, dis-moi quand tu auras décidé qu'il serait plus beau sans ses bras.

— Tu sais que ça n'arrivera jamais, alors abandonne cette idée de vengeance.

Petra s'arrêta près du manège et se baissa pour caresser les naseaux du poulain qui venait à leur rencontre.

Zach s'appuya sur la clôture et la résignation remplaça son expression de mécontentement.

— Alors vivre à Vents et Marées te permettra de créer la différence ?

— Pour une femme qui a besoin d'un endroit sûr où atterrir... oui. Plus que ça, je ne sais pas. Et d'une certaine manière, je m'en fiche. Si je peux aider *une* personne, je veux le faire.

Bon sang. Les larmes lui montaient aux yeux, spontanées et malvenues. Petra les effaça de la main, tournant la tête sur le côté.

— Hé, petite. Pas de ça, maintenant.

Zach l'attira près de lui et lui appuya la tête contre son torse. Une parfaite étreinte de grand frère, exactement ce dont elle avait besoin.

— Tu as toujours trouvé les meilleurs moyens de vivre de nouvelles choses. Bon, très bien. Je te soutiendrai là-dessus. Nous ferons fonctionner les fiançailles et garderons le silence avec le reste de la famille. Tu devras bien choisir les photos que tu postes. Tiens-t'en à tes habituels *ooh* et *aah* au sujet de tes nièces et neveux comme on s'y attend de ta part.

Il la serra encore une fois avant de la lâcher.

Petra inspira profondément.

— D'accord. Je ferai quand même le travail que j'ai promis pour le Red Boot, mais peux-tu me donner deux jours avant que je commence ? Seulement le temps que je trouve mes marques à Vents et Marées.

— Pas de problème. Prends le temps nécessaire.

Ils allèrent vers la maison, discutant doucement. Quand ils

revinrent, Julia et Aiden les attendaient sous le porche. Julia tenait une tasse de thé entre ses mains, et tous deux riaient.

Zach ronchonna.

— Ton *fiancé* est bien trop charmant.

— On pourrait dire la même chose de toi, dit Petra en esquivant le léger coup de Zach. Combien de fois t'es-tu fourré dans les problèmes, grand frère ? Et combien de fois as-tu échappé à la punition en baratinant ?

— Je suis un saint, avança Zach, ce qui fit éclater de rire Julia.

Il s'avança vers elle, le doigt contre ses lèvres.

Aiden s'approcha de Petra.

— Tu as des choses à déménager ? demanda-t-il.

Elle hocha la tête.

— Pas une tonne, mais tu peux m'aider à charger, répondit Petra en levant les yeux vers la maison avant de secouer la tête. Vous deux, les mots ne suffisent pas pour exprimer à quel point vous êtes adorables. Merci pour le dîner.

— Merci de me faire confiance, ajouta Aiden.

— Assure-toi de conserver cette confiance, répondit Julia avec douceur.

Zach regarda Aiden encore un instant, puis hocha la tête.

— Bonne chance. J'espère que votre nouvelle ouvrière s'adaptera rapidement.

— On reste en contact, promit Petra avant de se diriger vers le chalet où étaient rangées ses affaires.

En relativement peu de temps, elle quittait déjà son nouveau départ pour quelque chose de complètement différent.

C'était drôle à quelle vitesse la vie pouvait changer.

6

———

Sydney souleva docilement le carton que Petra lui indiquait, mais son expression correspondait au ton de sa voix : une sorte de mélange entre l'incrédulité et l'amusement.

— Tu emménages dans l'ancienne maison de la grand-mère de Tansy.

— Tu tiens mes affaires de salle de bains, alors oui. Suis-moi. Tansy a dit qu'elle arriverait dans cinq minutes, alors s'il te plaît retiens tes questions pour que je n'aie à tout vous expliquer qu'une seule fois.

— Bien, accepta sans mal Sydney. Est-ce que je dois prendre la bouteille de tequila que j'ai dans la camionnette pour cette conversation ?

— Tu as de l'alcool dans la camionnette ? C'est une chose dont je devrais m'inquiéter ? demanda Petra en s'arrêtant net pour regarder son amie. Je ne plaisante même pas. Pas du tout.

Sydney balaya son inquiétude d'un revers de main, poussant Petra dans la maison avec le carton dans ses bras.

— Je l'ai au cas où j'irais chez un ancien et qu'il joue les emmerdeurs pour accepter d'être soigné. En plus, c'est moins cher que du whisky, alors je n'hésite pas à leur faire prendre un shot ou deux puis à verser une autre dose sur un endroit que je dois désinfecter rapidement.

Petra ne pouvait imaginer qu'un médecin de campagne s'en sorte avec ce genre de traitement médical. C'était peu orthodoxe, mais c'était ce qui devait se passer pour apporter de l'aide.

Comme le concept derrière Vents et Marées.

Au moins, sa conscience n'avait aucun problème à embrasser pleinement la supercherie. Maintenant, il fallait s'assurer que les autres personnes les plus importantes de sa vie soient au courant et partantes.

Elles étaient de retour à la camionnette, prenant le troisième et dernier chargement, lorsque Tansy se gara avec son mini-van effroyablement cabossé. Elle rappliqua et attrapa une valise, secouant la tête en même temps.

— J'ai vraiment hâte que tu expliques ce qui se passe. Parce que ce texto que tu as envoyé nous demandant de ramener nos fesses au refuge pour animaux et d'être prêtes à la boucler et à avaler la clé était énigmatique, même pour toi.

— Tout prendra sens, promit Petra.

Sydney pencha la tête pour regarder les trois camionnettes garées à l'autre bout du parking, près du deuxième bâtiment fraîchement rénové.

— Les gars ne t'aident pas à emménager ?

— Ils l'auraient fait, mais Aiden m'a suggéré de vous appeler.

Plus elle y pensait, plus Petra appréciait cette idée de génie.

Il avait aussi marmonné quelque chose parlant de rester à distance des compétences de Sydney avec les couteaux jusqu'à ce qu'il ait le champ libre, ce qui était très intelligent de sa part.

— Ça ne me dérange pas de faire les basses besognes, mais

s'il te plaît, satisfais ma curiosité dès que possible, ordonna Tansy. Et j'ai une tarte dans la fourgonnette si nous avons besoin.

Le rire de Sydney fut rapide et vif.

— Fais attention. Petra va s'inquiéter que tu aies une tarte dans ta fourgonnette. C'est une habitude dangereuse. Ça pourrait devenir addictif, tu sais.

Tansy baissa la voix et murmura :

— Ça a commencé assez innocemment. C'était juste quelques chaussons aux pommes, et l'instant d'après je sortais la pécan et la citrouille tous les soirs.

Ce qui fit que toutes trois riaient alors qu'elles empilaient les cartons libellés *manteaux* et *chaussures* près de la porte puis emportaient les dernières valises dans la chambre principale.

Petra tapota le lit.

— Asseyez-vous.

Sydney haussa un sourcil puis s'adressa à Tansy.

— Ça doit être important. Elle s'assure que nous soyons stables pour que nous ne tombions pas à la renverse.

Un autre rire moqueur s'échappa. La tension qui était lentement montée pendant que Petra réfléchissait à la manière d'annoncer la nouvelle à ses amies se dissipa rapidement grâce aux personnalités de Sydney et Tansy.

Malgré tout, Petra s'assura qu'elles étaient bien installées avant de s'asseoir sur sa valise et de leur faire face.

— J'emménage pour aider les frères Skye avec une petite supercherie pour une juste cause. Nous nous fions tous à vous en vous révélant un grand secret, mais je sais que vous soutiendrez à cent pour cent ce que je suis sur le point de vous dire.

Il ne lui fallut pas longtemps pour révéler les grandes lignes de ce qui se passait, notamment parce que Tansy et Sydney restèrent silencieuses, même si Tansy se tortilla beaucoup, serrant les lèvres pour s'empêcher de lâcher des questions.

Mais lorsque Petra s'arrêta et regarda ses amies, dans l'expectative, elle était là. La réaction exacte qu'elle avait espérée.

Sydney hocha fermement la tête, même si elle avait toujours l'air un peu inquiète.

— Je te soutiens. Et puis tu diras aux garçons que, s'ils ont besoin d'aide médicale pour une de leurs ouvrières, surtout celles qui sont trop nerveuses pour aller à l'hôpital, ils n'auront qu'à me le dire immédiatement.

C'était une chose à laquelle Petra n'avait pas pensé, mais elle était sûre qu'ils en seraient reconnaissants.

— Je transmettrai.

Tansy leva le menton.

— Tu as tout mon soutien, ce qui veut dire que les gars aussi. Nous savons tenir nos langues. On dirait que c'est quelque chose qui pourrait créer une grande différence dans la vie des gens. Ça vaut la peine de mentir un peu, je pense.

Elle regarda la pièce autour d'elle, puis dehors avant de croiser de nouveau le regard de Petra.

— Mais j'ai deux questions, continua-t-elle. Comment ça marche avec le truc qui couve entre Aiden et toi ?

Petra réfléchit sérieusement à la question. Elle appréciait Aiden, et ce désir torride entre eux était réel, mais aucun d'eux n'était un adolescent sans le moindre contrôle.

— Les fausses fiançailles et le fait que je vive ici constituent une situation temporaire pour aider quelqu'un qui en a besoin. Si quoi que ce soit doit se passer entre Aiden et moi, ça pourra attendre un moment plus approprié.

Tansy marmonna quelque chose à voix basse, trop bas pour que Petra le saisisse, mais Sydney l'entendit puisqu'elle ricana.

— C'est vrai.

— Partage avec toute la classe, l'avertit Petra.

Le grand sourire de son amie redoubla avant que Tansy n'admette :

— J'ai dit *bon courage avec ça*. Enfin, est-ce que tu as vu les vagues de chaleur qui émanent de vous deux ? Les phéromones sexuelles étaient presque écrasantes.

Bien sûr, elle ne les avait pas vues, mais Petra les avait senties et savait exactement de quoi parlait Tansy. Malgré tout...

Petra se redressa et esquiva en enchaînant.

— Quelle est ta deuxième question ?

C'était clairement une tentative d'éviter cette discussion, mais heureusement Tansy l'accepta.

— Je réfléchis un peu à quelques suggestions pour la personne qu'ils pourraient engager comme intendante et cuisinière. Peux-tu dire à Declan de prendre contact avec moi ? J'ai besoin de connaître quelques autres détails sur le salaire et le reste.

Une autre idée brillante.

— Bien sûr, mais je pense que ce sera Jake qui t'appellera. C'est lui qui semble gérer ces aspects.

Tansy haussa les épaules.

— Ça me va. Bon, déballons un peu pour pouvoir passer à la partie de la soirée où on mange la tarte aux pommes.

C'était aussi simple que ça.

Peu après vingt-deux heures, les feux arrière rouges de Tansy disparaissaient au loin alors qu'elle tournait sur la voie rapide principale et retournait à Heart Falls.

Sydney la regarda partir avant d'examiner Petra une dernière fois.

— On dirait que tu es décidée, mais j'espère que tu sais que nous veillerons sur toi.

— Je ne voudrais pas qu'il en soit autrement, dit Petra à son amie, sincèrement.

Elle resta sous le porche pendant un moment une fois qu'elles furent parties, regardant les montagnes à l'ouest. Le ciel était complètement noir, seules des étoiles étincelaient ici et là, transperçant les nuages. Au loin, des coyotes hurlaient, et quelques grenouilles et grillons encore là chantaient la sérénade à la nuit. Elle n'avait vu aucune trace des frères Skye, mais une odeur de fumée flottait dans l'air, qu'elle soupçonnait venir d'un feu de camp.

Elle pouvait aller les retrouver, mais décida de s'abstenir, retourna dans la maison et se promena lentement à l'intérieur.

Elle regarda dans les tiroirs et les placards presque vides de la cuisine. Le lieu n'avait que le strict minimum, mais ça ne prendrait pas longtemps pour le rendre cosy, surtout si une autre femme était là pour l'aider.

Petra regarda dans la chambre qu'ils avaient aménagée pour la nouvelle ouvrière du ranch. Elle resta là un instant et envoya toute l'énergie positive possible dans l'espace. Avec un peu de chance, la jeune femme trouverait le calme et le courage, et même les rires, pendant son séjour à Vents et Marées.

Petra avança un peu plus loin, lança un coup d'œil dans la pièce où les affaires d'Aiden étaient soigneusement organisées. Elles n'étaient pas nombreuses, mais bon, elle-même n'avait que ce qui tenait dans sa camionnette. Pas grand-chose pour plus de trente ans de vie.

Pourtant bien plus que certaines des ouvrières du ranch auraient en arrivant.

Cette pensée lui fit voir son existence sous une toute nouvelle perspective.

Elle ferma la porte de sa propre chambre et se mit à

déballer ses affaires. Ensuite, elle prit une douche rapide et se coucha dans les tout nouveaux draps du lit deux places.

Ça aurait pu être quelques minutes plus tard, ou des heures, mais elle était au chaud, à l'aise et pratiquement endormie lorsque des bruits de pas résonnèrent dans le couloir et que la porte de la chambre d'Aiden se referma.

Petra s'endormit en se demandant si l'impression d'être au bon endroit était aussi claire parce qu'elle était réelle ou parce qu'elle voulait tellement que ce soit vrai.

AIDEN SE RÉVEILLA comme il s'était endormi – bien trop conscient de la présence de la femme dans la chambre à côté de la sienne. Ce que Petra utilisait comme crème ou comme shampooing suffisait à faire réagir son satané corps.

Il s'habilla rapidement et se dirigea vers la cuisine. Peut-être que s'il préparait du café, cela chasserait son odeur de sa tête.

Une fois que la cafetière fut en route, il vérifia sur le frigo le planning des repas que Jake avait préparé et commença à sortir les ingrédients sur le plan de travail.

Le jambon grillait sur la poêle électrique multifonction et la pâte à pancakes était prête quand le premier membre de sa famille apparut.

— Tout est prêt ? demanda Jake en reniflant d'un air appréciateur.

— Les pancakes sont sous contrôle. Tu peux verser le jus d'orange. Est-ce que tu as vu Declan ce matin ?

— Il m'a fait signe de la main en disant qu'il arriverait bientôt. Petra est réveillée ?

Aiden vérifia la chaleur de la plancha puis la baissa un peu.

— Je n'ai encore rien entendu. Et si tu lui envoyais un texto pour lui dire que le petit déjeuner sera prêt dans quinze minutes ?

— Ça roule.

Ils accomplirent leurs tâches en silence. Jake termina puis remplit son mug de café et s'affala sur une chaise devant la table.

Aiden lui lança un coup d'œil.

— Tu broies du noir.

Jake le regarda de travers, puis poussa un énorme soupir.

— Seigneur, j'espère que ça va marcher.

— Tu dois faire un peu confiance au karma, avança Aiden avec autant de positivité que possible. Une personne à la fois. Un jour à la fois.

— Je sais, et je crois en ce que nous faisons, répondit Jake avec une grimace avant de croiser le regard d'Aiden. Je pensais que nous aurions plus de temps avant que les choses ne se lancent. Enfin, les chambres de retraite pour les artistes ne seront pas prêtes avant des mois. J'utilise ça comme cible pour me faire à l'idée de... tout le reste.

— Je comprends.

Aiden retourna les pancakes sur la poêle et réfléchit. Étant donné le besoin de Jake de tout aligner correctement, et avec toutes ses check-lists qu'il tenaient prêtes, l'énorme changement dans les plans devait faire entrer son cerveau en ébullition.

— Si je peux faire une suggestion ? continua-t-il.

Jake émit un son moqueur.

— Je reconnais ce ton-là. N'essaie pas de me conseiller, monsieur le thérapeute.

L'amusement le gagna. Peut-être que, dans une autre vie, Aiden aurait suivi une formation officielle. Pour l'instant, tout ce qu'il faisait, c'était suivre son instinct. Malgré tout, les gens semblaient l'écouter quand il suivait son intuition. Une des raisons pour lesquelles ils étaient ici, à mettre en place Vents et Marées.

— Un conseil en tant que petit frère, alors. Nous avons tout notre temps pour tout mettre en place pour les clients qui paient. Quant à l'ouvrière du ranch qui est sur le point d'arriver ? Elle aura besoin de choses à faire pour la distraire.

Aiden regarda Jake écarquiller les yeux alors qu'il comprenait. Jake était doué pour faire des listes. Pas si génial que ça pour se rappeler l'élément humain qui allait avec.

— Danielle nous fournira les détails que nous devons connaître pour la protéger et l'aider à trouver son indépendance. Mais trop de temps pour se complaire dans des souvenirs de ce qui s'est mal passé, ce n'est pas ce que nous voulons.

— C'est une remarque valable. Je vais faire une liste des corvées actuelles que même une débutante pourra gérer seule. C'est une bonne idée ?

— C'est un excellent point de départ, dit Aiden.

Le regard de Jake fila sur le côté, puis il se leva lorsque Petra entra dans la pièce.

— Bonjour.

Petra s'arrêta. Son sourire absorba Jake avant que son regard ne se tourne vers Aiden, qui venait de transférer la première fournée de pancakes sur une assiette.

— Bonjour. Je peux faire quelque chose pour t'aider ?

— Tout est sous contrôle. Je suis le premier cuisinier aujourd'hui, l'informa Aiden. Prends un café et détends-toi. Declan va bientôt arriver.

— O.K.

Elle passa à côté de lui, ouvrit le bon placard et attrapa un mug.

Joli. Elle assimilait déjà les lieux.

— Je suppose que tu t'es bien installée ? Comment ça s'est

passé avec tes amies hier soir ? En dehors du pouce levé que tu as envoyé... Merci d'ailleurs.

— Vraiment bien, répondit-elle en remplissant son mug avant de se retourner vers la table et de marquer une pause. Jake, j'espère que tu ne prévois pas de te lever à chaque fois que je quitte la table.

— Seulement quand la politesse l'exige, lui assura Jake avec un grand sourire.

— Tu t'y habitueras.

Aiden versa la nouvelle fournée de pâte et retourna le jambon en parlant. Il lança un coup d'œil par-dessus son épaule à temps pour voir l'amusement de Petra alors qu'elle prenait un siège et que Jake se rasseyait.

— Notre père était très à cheval sur les bonnes manières, continua-t-il. Si Jake gardait ses fesses sur une chaise alors qu'il y a une femme debout dans la pièce, Jeff tendrait la main d'outre-tombe pour lui donner une tape sur la tête.

— Une tape amicale que j'ai appris à éviter rapidement pendant qu'il nous élevait pour ne pas devenir des garnements, l'informa Jake.

— Si je suis censée faire partie de la famille, tu n'as pas besoin d'être formel avec moi, lui rappela Petra.

— Ne pas être poli avec la famille est pire que de ne pas l'être avec un inconnu, dit Declan fermement en refermant la porte derrière lui avant de traverser la pièce en chaussettes. Bonjour, Petra. Étais-tu confortablement installée hier soir ?

— La chambre est super. Et j'adore que vous ayez des poulets et des coqs. Mes parents en avaient dans la ferme, et ça m'avait manqué de me réveiller avec ce son.

Ha. Aiden plaça le jambon sur une assiette et la posa sur la table puis marqua une pause pour lancer un sourire narquois à Jake.

— Tu vois ?

— Tu es un con, lui dit posément Jake.

— Je suis un con qui a raison, rétorqua Aiden avant de pousser l'assiette de jambon vers Petra, confuse. Jake pensait que nous devrions éviter d'avoir des coqs parce que les gens ne les aiment pas.

— Non, le corrigea Declan. Je suis presque sûr qu'il a dit qu'il n'en voulait pas parce que *lui* ne les aime pas. C'est pour ça que je me suis assuré que nous en ayons une pleine basse-cour avec un coq en pleine gloire.

Petra riait en prenant un morceau de jambon avant de faire passer l'assiette autour de la table.

— Oh, la famille.

Le reste du repas fila, une petite montagne de pancakes fut engloutie, ainsi que les tranches de jambon qu'Aiden avait préparées. Petra leur parla de la proposition de Sydney en tant que médecin de l'ombre et de l'offre de Tansy de les aider à trouver une intendante.

— Tu as de bonnes amies, dit Jake doucement.

— Les meilleures, acquiesça Petra avant de se tapoter le ventre. C'était délicieux, Aiden, mais ne t'attends pas à ce que je mange autant tous les matins. Je ne suis pas un cow-boy qui travaille dur.

— Non, mais tu fais partie de la maisonnée maintenant, dit Declan d'un air pensif. Tu dois dire à Jake quels sont tes plats préférés pour qu'ils puissent être ajoutés à la rotation.

— Jake est notre préparateur de plans, expliqua Aiden.

Elle sourit.

— Vous feriez bien d'espérer que mes préférés ne sont pas ce que vous aimez le moins.

— Tant que ça se mange, dit Declan en haussant les épaules. Il n'y a pas grand-chose que tu pourrais mettre sur la table sans qu'on le démolisse.

— En parlant de ça... commença Petra en se tournant vers

Jake. Quand tu mettras au point le programme des menus, tu pourras m'ajouter comme cuisinière. Le même nombre de repas que chacun de vous.

Declan secoua la tête.

— Nous ne nous attendons pas à ce que tu...

— Si je vis ici, je m'attends à faire ma part, le coupa Petra. Et aussi, lequel d'entre vous est le planificateur général pour ce que je vous dois pour le gîte et le couvert ?

— Ah non, bordel !

Aiden n'avait pas pu s'en empêcher. Un coup de pied vif dans le tibia le fit de nouveau jurer alors qu'il lançait un regard noir à Jake.

— Petra a déjà entendu des jurons, et c'était justifié, ajouta-t-il.

— On ne jure pas à table. On ne jure pas devant les dames, répondit Jake en tournant un sourire angélique vers Petra. Mais je suis d'accord avec Aiden. Tu nous aides beaucoup. On ne s'attend pas à ce que tu paies pour le privilège de vivre avec nous.

— Je paierais pour le loyer et le repas où que je vive, signala Petra.

— Pas ici, dit Declan en ajoutant sa voix au refrain. Si tu veux nous aider à cuisiner et à faire le ménage jusqu'à ce que nous engagions quelqu'un à plein temps, on apprécierait, mais on ne l'attend pas.

Elle leva fermement le menton.

— Bien. Je ne vais pas me disputer avec vous sur le problème du loyer, mais je veux être sur l'emploi du temps. C'est logique, tu sais. La jeune femme qui va arriver s'attendra à ce que je travaille *un peu* par ici.

C'était vrai. Aiden commença à empiler les assiettes.

— Tu as le temps de faire une réorganisation, Jake ?

— Ouais, ainsi que cette liste de corvées dont nous avons

parlé, répondit Jake en quittant la table avant de hocher la tête poliment vers Petra. Nous t'introduirons comme chef cuisinière pour quelques repas dans la prochaine rotation parce que nous avons déjà fait les courses pour la semaine prochaine. En attendant, n'hésite pas à préparer des douceurs. Nous le faisons tous de temps en temps.

— Pas de problème, lui assura-t-elle.

— Je reviendrai plus tard pour accrocher de nouvelles patères à l'entrée. On ne devrait sans doute pas accabler cette femme, dit Jake en prenant la porte.

Petra haussa un sourcil.

— Il parle de moi, ou de la nouvelle ouvrière ?

Declan répondit posément, amusé :

— Les deux ?

Aiden se mit carrément à rire.

— Je sors aussi. Dis-moi si tu as besoin de quoi que ce soit, déclara Declan en quittant la pièce aussi silencieusement qu'il y était entré.

Aiden attrapa les assiettes devant lui et se dirigea vers l'évier, parlant à Petra par-dessus son épaule.

— Tu peux m'aider à laver la vaisselle, ou tu as des choses à faire ce matin ?

— Je n'ai aucune autre tâche pour la semaine à venir à part m'installer ici. À quelle heure Danielle doit-elle arriver ?

Petra s'avança devant l'évier et ouvrit l'eau chaude.

— Vers dix heures, d'après son texto de ce matin.

Elle hocha la tête.

— Je vais laver, tu essuies et tu ranges jusqu'à ce que j'aie compris où tout va.

Aiden attrapa un torchon sec et se tint prêt, s'appuyant contre le plan de travail alors qu'elle versait du liquide vaisselle dans l'eau et commençait à laver les verres.

— Nous tournons avec la vaisselle la plus basique pour

l'instant. Declan a suggéré que nous attendions le cuisinier ou la cuisinière qui décidera ce dont il ou elle aura besoin. Alors laver devrait être simple. Nous avons un lave-vaisselle de taille industrielle en commande, mais il n'arrivera pas avant un moment.

— Des assiettes de petit déjeuner pour quatre ce n'est pas grand-chose à laver à la main, dit Petra en se lançant dans sa tâche.

— La vaisselle pour cinq, ça commence ce soir. À l'avenir, nous pourrions nous retrouver avec une maison pleine et avoir jusqu'à douze personnes à table.

Il sourit lorsqu'elle siffla.

— Ouais, continua-t-il. C'est pour ça que le lave-vaisselle est en chemin.

Petra lava silencieusement pendant un moment puis croisa sans détour son regard.

— Je suis contente de participer. Je suis contente d'être là, au début de Vents et Marées.

Il y avait de la pure sincérité dans ses yeux.

Une soudaine étincelle de quelque chose de brûlant et de doux enflamma le cœur d'Aiden. Rien de sexuel, même si elle appuyait sur tous ses points sensibles avec son T-shirt gris clair et son jean passé sur ses courbes douces. La sensation de participer à quelque chose de plus grand qu'il ne s'y serait jamais attendu était présente, ainsi qu'un sentiment de justesse.

Il ne s'agissait pas *uniquement* de la tension sexuelle entre eux, et c'était agréable.

— Je suis content aussi.

La sonnette retentit, faisant voler en éclat leur lien paisible.

Un instant plus tard, la porte d'entrée s'entrouvrit, et Danielle lança un salut.

— Bonjour. Il y a quelqu'un ? Nous sommes en avance.

7

— Nous sommes ici, répondit Aiden.

Petra sortit rapidement ses mains de l'eau, attrapa le torchon que tenait Aiden et se sécha précipitamment. Elle s'avança légèrement derrière lui, et s'arrêta une seconde trop tard lorsqu'il se figea tout d'un coup. Leurs corps entrèrent en contact, alors lorsqu'il prit brusquement une grande inspiration, elle le sentit.

Ce n'était pas Danielle qui entrait dans la pièce qui avait provoqué sa réaction, mais la silhouette fine derrière elle. La jeune fille se glissa par l'embrasure de la porte et se plaça aussi près du mur que son sac à dos le lui permettait. Comme si elle était un caméléon, et que si elle se tenait suffisamment immobile, elle deviendrait invisible.

Elle était mince... trop mince, pensa Petra. La silhouette légère de la jeune fille aurait toujours l'air délicate, mais sa peau blanche était pâle comme un linge, comme si elle n'avait jamais été au soleil. Elle donnait l'impression qu'une bourrasque risquait de l'emporter. Le contraste de ses seins développés sur un si petit corps semblait déplacé, et Petra devinait déjà un des problèmes auxquels elle avait dû faire face par le passé. Cette jeune fille qui était assez jeune pour que toute trace de rondeur enfantine n'ait pas disparu de son visage présentait les courbes d'une femme beaucoup plus âgée.

Ses cheveux brun foncé pendaient en un épais fouillis, et des touffes négligées s'emmêlaient autour de son visage. Elle gardait la tête baissée vers le sol, mais ses yeux étaient relevés et méfiants comme si elle observait pour pouvoir esquiver si nécessaire.

Malgré tout, Petra lisait une force cachée dans son regard. Gris pierre, mais intelligent, comme les yeux d'un chat qui analyse et qui juge. Vif et alerte. Elle n'avait pas encore perdu tout espoir.

Danielle continua, d'une voix légère comme un souffle, pleine de délicatesse.

— Nous nous sommes retrouvées un peu en avance et la circulation était incroyablement fluide. Je savais que ça ne vous dérangerait pas, alors nous sommes venues directement ici. Jennifer, viens faire connaissance avec Aiden et Petra. Ils seront tes hôtes pendant quelque temps.

Aiden parla doucement.

— Salut, Jennifer.

La manière dont la jeune fille tressaillit quand il lui parla n'échappa à personne dans la pièce, mais elle s'éloigna du mur de quelques pas pour rester en partie cachée derrière Danielle.

— Salut.

Le cœur de Petra se serra. Elle n'avait aucune idée de ce que la jeune fille avait traversé, mais cet instant était plus que gênant. Ce n'était pas ce qu'aurait dû susciter l'arrivée dans le sanctuaire de Vents et Marées, et plus le silence planait dans l'air, plus elle savait au fond d'elle que c'était son moment.

Elle agit à l'instinct, passa devant Aiden et croisa les bras sur sa poitrine. Petra regarda délibérément la jeune fille de haut en bas, puis hocha la tête avant de parler aussi directement qu'elle l'aurait fait avec ses amies.

— Bonjour, Jennifer. C'est ton foyer aussi longtemps que tu en auras besoin.

Jennifer hocha la tête mais ne croisa pas directement le regard de Petra.

— Alors, pour commencer, comment veux-tu qu'on t'appelle ? demanda Petra.

La jeune fille leva enfin la tête, la mine confuse.

— Comme un nom inventé ?

— Tu peux choisir quelque chose de complètement différent si tu veux, mais je pensais plutôt que les Jennifer se font rarement appeler par leur prénom complet. Je connais des Jen et des Jennie, expliqua Petra en haussant les épaules. Réfléchis-y.

Elle se tourna vers Danielle, s'excusant mentalement auprès d'Aiden pour avoir pris le contrôle de la situation.

— Y a-t-il autre chose à récupérer dans la voiture ?

— Non. Jennifer a toutes ses affaires avec elle, répondit Danielle. Mais j'ai des coordonnées pour Aiden.

Petra agita la main comme si c'était sans importance, même si ce devait être des informations plus détaillées concernant l'histoire de Jennifer. Cela avait beau être important, l'accueil était encore plus essentiel.

— Nous allons vous laisser vous en occuper alors. Jennifer, nous allons t'installer dans ta chambre dans une minute. Aiden et moi faisions la vaisselle, et je déteste laisser un boulot à moitié fini. Pose ton sac à dos et viens m'aider.

Puis sans attendre de voir si la jeune fille la suivait, elle retourna à l'évier.

Des murmures flottèrent dans l'air derrière elle, mais rien d'autre que le silence de la jeune fille. Petra se mit à ranger les affaires – se plantant sans doute royalement, mais cela détourna son attention de Jennifer pendant quelques instants.

En partie pour voir ce qu'elle faisait quand personne ne la regardait.

Petra se retourna pour attraper des verres et étouffa un hoquet lorsqu'elle découvrit que Jennifer était arrivée jusqu'à l'évier sans faire craquer une seule lame du plancher, alors même qu'elle portait une paire de chaussures à épaisses semelles. Elle se déplaçait comme un fantôme.

— Ça te dérange de laver la vaisselle ? demanda Petra.

— Non.

Petra pointa l'évier du doigt.

— Il y a des gants en dessous si tu veux. Une de mes sœurs aînées les utilise tout le temps pour protéger sa manucure. Mes mains sont dans un état affreux la plupart du temps, et je me fais rarement faire une manucure, alors je ne me donne jamais la peine d'en mettre.

Jennifer plongea les mains dans l'eau et prit une profonde inspiration, la relâchant lentement avant de tendre la main vers la première assiette.

— Aiden dit que le nouveau lave-vaisselle est en chemin, mais en attendant, nous devons faire la vaisselle à la main. Tu préfères laver ou essuyer, d'habitude ? demanda Petra.

Jennifer haussa les épaules.

— Moi aussi. Ni l'un ni l'autre ne me dérangent, sauf lors du Thanksgiving où ma sœur Rachelle a sorti la vaisselle de son mariage et mis la table de manière formelle... ce qui veut dire quatre ou cinq assiettes et verres par personne. Puis, à la dernière minute, elle a décidé que ces trucs chics ne pouvaient pas aller dans le lave-vaisselle.

Petra laissa le bol mélangeur qu'Aiden avait utilisé pour ses pancakes sur le plan de travail pour plus tard, puis se rapprocha dans l'espoir d'attirer le regard de Jennifer.

— Il y avait vingt-quatre personnes à table pour ce repas, ajouta-t-elle.

Les yeux de la jeune fille se tournèrent vers elle pendant une seconde.

— *Vingt-quatre ?*

— J'ai une grande famille, souligna Petra d'un ton pince-sans-rire. Et certains avaient amené des amis. Ça a été un cauchemar de laver tout ça à la main. Nous avons proscrit la vaisselle chic aux repas de famille après ça.

Jennifer continua à laver, mais elle regarda Petra d'un peu plus près.

Ouais, son énorme famille était habituellement un super sujet pour *briser la glace*.

Elle raconta ses accidents de vaisselle préférés, y compris la fois où Zach et les beaux-frères avaient décidé de créer un assistant de lavage en utilisant des poulies et des leviers. Le désastre qui en avait résulté avait fini par une inondation qui avait coulé dans les escaliers quand l'un d'eux avait retiré le contrôle des robinets et qu'ils avaient bizarrement bloqué l'accès sous l'évier et ne pouvaient pas arrêter l'arrivée d'eau.

Quand la vaisselle fut propre et rangée, Danielle et Aiden avaient disparu sous le porche. Petra avait moins remarqué la porte qui s'était fermée que le relâchement subtil des épaules de Jennifer.

Si elle continuait à être aussi nerveuse à chaque fois qu'un gars arrivait, avec trois frères dans la maison à intervalles réguliers, ça allait être problématique. Ignorant ce que Jennifer avait traversé, elle ne portait pas de jugement sur sa réaction. Mais cultivait plutôt l'espoir fervent qu'ils surmontent cette étape rapidement pour le bien de tous.

Ça devait être dur d'avoir constamment peur de son ombre.

Elles s'essuyèrent toutes les deux les mains, puis Petra pencha la tête vers la partie logement de la maison.

— Maintenant, la grande visite. Tu auras une chambre pour toi et une salle de bains partagée. Tu peux verrouiller la porte de la salle de bains du côté de la deuxième chambre pour l'instant si tu veux puisqu'il n'y a personne dedans. Et il y a une serrure sur ta porte qui donne sur le couloir aussi, dit Petra, en ouvrant la voie sans vérifier que Jennifer la suivait.

Le bruit régulier du talon de ses bottes sur le plancher rappela quelque chose à Petra. Elle s'arrêta près de la chambre et fit signe à la jeune fille de passer devant elle.

— Je ne pense pas que ton sac est assez grand pour que tu aies une paire de baskets ou des pantoufles, n'est-ce pas ?

Jennifer regarda la chambre, tournant la tête d'un côté à l'autre alors que ses yeux s'ouvraient grand comme des soucoupes. Elle ignora complètement la question.

— C'est pour moi ?

— Ouais. Tu es chargée de la garder propre, mais si c'est assez propre pour qu'il n'y ait pas de risque d'incendie ni de nourriture qui pourrit, je ne suis pas difficile. Il y aura quelques tâches auxquelles tu participeras dans la maison, mais nous verrons ce qui sera ajouté d'autre à cette liste quand Aiden et Danielle auront parlé, d'accord ?

La jeune fille cilla intensément et leva la tête de façon à regarder à travers la pagaille de ses cheveux et examiner Petra de haut en bas.

— Est-ce un bon endroit où vivre ?

C'était le genre de question qui devrait être chuchotée ou directe, mais le pur espoir pur dans la voix de la jeune fille brisa presque le cœur de Petra.

Elle leva le menton.

— Je ne suis pas du genre à rester là où ça craint. Crois-moi là-dessus.

Elle eut un rire moqueur. Comme l'attestait le fait qu'elle

avait déraciné toute sa vie pour échapper à la gêne de croiser son ex ou les amis de celui-ci. Ou sa fiancée.

— Je m'attends à ce qu'il y ait une courbe d'apprentissage entre nous tous pendant que nous mettrons les choses en place, continua Petra en agitant une main autour d'elle. Si tu n'as pas remarqué, tu es la première arrivée. Ce qui veut dire que tu vas nous aider à trouver ce que nous faisons bien et ce que nous faisons mal.

— Si vous ne me faites pas de mal ou que vous n'essayez pas de m'enlever mon pantalon, je pense que c'est déjà une belle amélioration.

C'était sorti d'un ton plus sec et avec plus d'ardeur que Jennifer n'en avait montré depuis qu'elle avait passé la porte.

Petra sentit un éclair de colère monter en elle, puis redescendre. Pas contre cette pauvre enfant, mais contre les connards qui avaient fait prononcer une telle phrase à une jeune fille.

— Si quelqu'un essaie le premier, j'ai une amie qui l'empoissonnera, et j'enterrerai le corps six pieds sous terre.

Petra se rapprocha, posa les mains sur ses hanches et offrit la pure vérité à Jennifer.

— Et si quelqu'un essaie le second, j'ai une amie qui sait comment retirer des parties vitales de son anatomie, alors il n'essaiera plus jamais. Avec qui que ce soit.

Un des premiers vrais sourires qu'elle lui ait vus apparut sur le visage de la jeune fille.

Donc les menaces sanguinaires étaient la solution. C'était bon à savoir.

S'attarder sur cette idée n'aiderait pas la tension de Petra à revenir à la normale.

— Continuons la visite, Jennifer. Par ici c'est la salle de bains. Il n'y a rien de trop...

— Attendez, l'interrompit la jeune fille en se rapprochant. Je veux qu'on m'appelle Jinx.

Petra réfléchit, son visage devait être partagé entre l'amusement et une exaspération adulte.

— Vraiment ?

La jeune fille leva le menton.

— Vous avez dit que je pouvais choisir un nom.

Petra haussa un sourcil.

— En effet. D'accord, Jinx, je vais te montrer le reste de la maison, puis nous verrons si Aiden a terminé pour aller voir l'écurie.

Jinx. Petra ne savait pas si ce prénom signifiait ce que la jeune fille ressentait ou ce qu'elle souhaitait aux gens autour d'elle. Mais pour l'instant, c'était une décision ferme qu'elle avait prise pour elle-même, alors Petra gérerait tous ceux qui ne suivraient pas le mouvement.

Ce ne fut que lorsque la porte se referma derrière lui qu'Aiden se rendit compte de la fureur qu'il avait retenue.

Danielle posa une main douce sur son épaule, lui faisant quitter le porche pour aller vers l'écurie.

— Qu'est-ce qui t'a le plus atteint ? L'expression dans ses yeux ou le fait qu'elle soit si jeune ?

— Tout.

À ses pieds, Dixie geignit doucement, sentant la colère d'Aiden. Il lui donna une brève caresse puis s'éloigna, inspirant profondément pour essayer de chasser en partie la rage de son corps.

— Je ne pense pas que ce serait une bonne chose si je rencontrais un jour les gens qui ont mis cette expression sur son visage, ajouta-t-il.

— Fais-moi confiance, avança Danielle, J'ai une image assez nette de ce que je leur ferais si c'était possible. Mais pour l'instant, le plus important est que Jennifer soit sortie de cette situation et se trouve dans un lieu où sa vie peut s'améliorer.

C'était là-dessus qu'il devait se concentrer au lieu d'utiliser ses ressources pour découvrir qui avait besoin d'être enterré dans une fosse improvisée.

— Ça ne va pas le faire, prévint-il. Qu'elle soit ici comme ouvrière de ranch. Elle est bien trop jeune pour que ça fonctionne.

— Je suis d'accord. Je ne m'en étais pas rendu compte avant d'aller la chercher aujourd'hui. Parfois, les filles de cet âge peuvent se faire passer pour plus âgées, mais elle a l'air jeune. Plus jeune qu'elle ne l'est.

Danielle avait pratiquement rugi ses mots.

Chercher une solution aida Aiden à contrôler sa colère.

— J'ai peut-être une idée.

Ils étaient arrivés dans l'écurie, et de l'autre côté du passage ouvert, Jake et Declan posèrent leurs outils et s'approchèrent rapidement d'eux.

— Elle est la bienvenue ici, mais je ne pense pas que ce sera bref, continua-t-il en secouant l'enveloppe que Danielle lui avait donnée. À moins qu'il n'y ait quelque chose là-dedans qui atteste qu'elle a un lieu de repli sûr ailleurs.

Danielle secoua la tête puis leva le menton vers ses frères, leur donnant à tous des informations.

— Ses parents sont morts quand elle avait cinq ans, alors elle est placée en famille d'accueil depuis un moment. La paperasse donne d'autres détails, mais pour résumer, elle a eu deux placements stables. Il y a un an et demi, le couple plus âgé avec lequel elle était depuis huit ans n'a plus pu l'accueillir pour cause de problèmes de santé. Sa nouvelle famille a un long passé d'accueil et de bons antécédents. Ils ont un fils à peu près de l'âge de Jennifer et une fille légèrement plus âgée, et ça aurait dû être une combinaison parfaite. En fait, ça a été un désastre. Ils ont persuadé la police qu'elle fait des caprices et provoque des problèmes, que c'est pour ça qu'ils sont fermes. Je suis convaincue qu'il se passe quelque chose de plus grave. À ma connaissance, elle a fugué au moins trois fois. Je n'ai pas réussi à convaincre quelqu'un de regarder de plus près, alors je suis intervenue et je lui ai demandé discrètement si elle voulait partir.

— C'est comme ça que tu vas présenter les choses ? demanda Jake. Que cette fois elle a réussi à fuguer ?

Danielle hocha la tête.

— Elle a laissé des signes indiquant qu'elle allait vers Toronto. C'est un endroit assez vaste pour qu'une fille comme elle y disparaisse, et c'est assez loin de Red Deer pour que je ne pense pas que qui que ce soit se donne la peine de la chercher.

— Red Deer n'est pas si loin de Heart Falls. Tu penses que c'est sûr pour elle ici ? demanda Aiden doucement.

— Plus sûr que là où elle se trouvait, répondit Danielle sèchement avant d'inspirer profondément. Elle affirme qu'elle n'a pas besoin de voir un médecin, qu'elle n'a pas été violée, mais elle présente tous les signes d'abus sexuels.

Un autre accès de fureur saisit Aiden à cette pensée.

Danielle lui lança un sourire contrit.

— Vous êtes sa meilleure chance en ce moment, dit-elle.

— Alors elle restera ici, avança Declan sans hésitation.

— Elle est vraiment nerveuse, dit Aiden en s'adressant à ses frères. Petra va souvent devoir mener la danse sur ce coup-là.

Ils hochèrent tous deux la tête.

— Elle est trop jeune pour être ouvrière de ranch. Mais elle pourrait faire partie de la famille. Declan.

Son frère croisa son regard.

Aiden détestait aborder le sujet, mais c'était nécessaire.

Cela ne faisait que trois ans que l'épouse de Declan, Sadie, était morte. Peu de temps après son décès, les frères Skye avaient sérieusement commencé à préparer la mise en place de Vents et Marées. Ça ne rendait pas pour autant la perte moins douloureuse pour son frère.

— Les parents de Sadie étaient famille d'accueil eux aussi. Maintenant, ils vivent assez isolés alors ils ne seront pas au courant, et il n'y a pas de lycée dans leur nouvelle région. Comme ça Jennifer pourra quand même révéler les parties de son passé qu'elle veut sans devoir faire comme si ses vrais parents étaient encore présents. Cette idée te convient ?

Declan n'hésita pas une seconde.

— Bien sûr. Que Jennifer vienne ici serait logique. Nous pourrons ajouter qu'elle prévoit d'aller à l'université à Calgary après son diplôme.

— Je vais me mettre en relation avec mon contact, avança Jake. Lui obtenir une pièce d'identité, la faire figurer dans le système scolaire. Ça ne devrait pas prendre longtemps.

— Je vais faire semblant de ne pas avoir entendu ça, dit calmement Danielle. Contactez-moi si vous en avez besoin, mais à partir de maintenant, je vais me tenir à distance des détails autant que possible. Jennifer a mon numéro en cas d'urgence, et je passerai parfois pour voir comment elle va, mais moins il y aura d'interactions entre nous une fois que les gens sauront qu'elle a disparu, mieux ce sera.

Jake lui serra la main.

— Si tu as besoin de nous, appelle. C'est pour ça que nous sommes là. C'est pour ça que nous construisons Vents et Marées.

Declan pencha la tête vers la maison.

— Si tu n'as rien besoin de nous dire de plus, je vais te raccompagner à la maison. Tu pourras dire au revoir à Jennifer, et je lui parlerai de son rôle dans la famille.

— Merci d'être des hommes à qui je peux faire confiance. Je ne ferais pas ça si je ne croyais pas que vous étiez solides comme le roc, dit Danielle en croisant leur regard chacun à leur tour avant de poser brièvement la main sur le bras d'Aiden. Et Dieu merci pour Petra. Tu t'es trouvé une merveilleuse femme.

Le compliment ne fit que susciter une nouvelle vague de frustration chez Aiden alors que Danielle rejoignait Declan et qu'ils se dirigeaient vers la maison.

Petra *était* une femme bien. Heureusement qu'elle était intervenue pour les aider.

Mais c'était aussi exaspérant parce qu'Aiden pensait que c'était une femme bien avant tout ça, et maintenant, les chances qu'il fasse quelque chose de ce qu'il y avait entre eux avaient temporairement disparu.

À cet instant, tout ce qui avait de l'importance était de s'assurer que la vie de Jennifer s'améliore après l'enfer qu'elle avait traversé.

Il passa à côté de Jake et alla vers l'écurie, gagné par la fureur. Il enfonça le poing dans un sac de grains posé sur un ballot à proximité. La douleur subite qui remonta le long de son bras perturba à peine le feu qui brûlait en lui.

Dixie geignit tout bas, s'éloigna un peu mais refusa de partir.

— C'est aussi affreux que ça ? demanda Jake doucement en s'approchant derrière lui.

— C'est un putain de bébé, rugit Aiden. J'ai traversé la pièce, et elle m'a regardé comme si...

Il ferma les yeux et serra son poing lancinant, essayant d'expulser la colère.

— Si je retrouve un jour le salopard qui a mis cette expression dans ses yeux, il poussera son dernier souffle.

Ce n'était certainement pas un aveu à faire à son frère, qui avait passé quinze ans dans les forces de police.

Mais lorsque Jake parla, ce fut sans réprobation.

— Je te comprends. Et je suis pour l'essentiel d'accord avec toi, mais nous devons laisser tomber cette merde. Elle est sortie d'une situation dangereuse, et nous devons l'aider à avancer. Nous devons faire de cet endroit un lieu où elle peut s'épanouir. Si nous devons supporter quelques mouvements de recul et des regards fixes comme si nous étions le croque-mitaine jusqu'à ce qu'elle apprenne qu'elle peut nous faire confiance, je peux gérer. Toi aussi.

— On conseille le thérapeute, hein ? gronda Aiden dans une tentative de retourner à la normale.

— Habituellement tu donnes de bons conseils, admit Jake. Elle a besoin de temps pour se remettre de ses traumatismes passés, et comme tu l'as suggéré, quelques bonnes vieilles corvées et un espace familial sûr pourraient être le meilleur moyen d'y arriver.

C'était vrai, mais une autre chose devait changer.

— Je ne pense pas que ça va le faire si je dors dans la maison, dit Aiden. Même pas en stipulant que je suis là pour leur sécurité.

— Viens pieuter avec nous mais laisse Dixie dans la maison avec les filles, suggéra Jake. Problème résolu.

Un petit rire inattendu lui échappa.

— Dixie ?

Il s'agenouilla et passa la main sur ses oreilles, acceptant les léchouilles qu'elle lui offrit instantanément pour qu'il se sente mieux. Aiden hocha lentement la tête vers son frère.

— Ça fonctionnera, conclut-il.

La pensée des trois filles dans la maison calma en partie de l'agitation d'Aiden. Surtout parce que l'une d'elles était une chienne de garde bien entraînée avec des dents très aiguisées.

Jake pencha la tête vers la maison.

— Tu veux que je t'aide à prendre tes affaires pour que tu

puisses déménager ? Peut-être que si nous y allons maintenant, Petra pourra nous donner l'air moins effrayant.

Peut-être, mais Aiden pensait connaître une méthode encore meilleure.

— Faisons en sorte que Jennifer vienne rencontrer Dixie dehors. Les filles pourront explorer le refuge pour animaux, puis venir jusqu'au feu de camp. Les animaux sont le meilleur genre de distraction, suggéra Aiden.

— Bonne idée.

Son frère s'avança vers la stalle la plus proche, tapotant les naseaux du cheval qui s'avança et passa la tête par-dessus la barrière. Jake soupira.

— Une liste ne suffira pas, n'est-ce pas ? continua-t-il. Ça va impliquer d'improviser souvent.

— Ouais.

Jake soupira de nouveau.

— Je déteste improviser.

Aiden caressa de nouveau la tête de Dixie et inspira profondément plusieurs fois, s'efforçant de trouver une base paisible. Non, ce ne serait pas un pas en avant après l'autre sans quelques ratés sur le chemin, mais ça en vaudrait le coup. C'était la vérité à laquelle il devait s'accrocher.

Contre vents et marées, ils feraient en sorte que ça marche.

8

Petra venait juste de donner un aperçu à Jinx des autres chambres, y compris la sienne, quand on frappa à la porte d'entrée.

Jinx se cacha instantanément derrière Petra bien que le son soit immédiatement suivi par l'appel enjoué de Danielle.

— Rebonjour, mesdemoiselles. Je me prépare à partir mais je voulais vous dire au revoir d'abord.

— Tu avais besoin d'autre chose de la part de Danielle ? demanda Petra avec douceur à la jeune fille.

Jennifer, ou Jinx, comme Petra devait se mettre à penser à elle, secoua la tête.

— Declan doit vous parler à toutes les deux, mais je n'ai pas besoin de participer à cette conversation, dit Danielle en traversant la pièce et en s'arrêtant à quelques pas de Petra et Jinx. Tu es en sécurité ici. Mais j'espère que tu trouveras aussi un moyen d'être heureuse.

Jinx hocha la tête puis s'avança maladroitement pour lui tendre la main.

— Merci de m'avoir crue. Je sais que vous avez pris un grand risque pour m'aider, et j'apprécie. Je ne l'oublierai pas.

Danielle prit délicatement les doigts tendus de Jinx puis sourit à Petra. Elle articula silencieusement le mot *merci* puis se retourna pour partir.

Juste devant la porte ouverte, Declan serra la main à Danielle, attendant qu'elle soit montée dans sa voiture avant d'entrer. Il fit lentement quelques pas dans la pièce, ses chaussettes glissant sur le sol dans un doux murmure. Il essayait de se rendre aussi petit et peu intimidant que possible, ce qui était absurde étant donné sa carrure et sa musculature impressionnante.

Encore une fois sur la brèche. Petra les présenta.

— Jinx, voici Declan, le grand frère d'Aiden. Considère-le comme ton propre Bibendum Chamallow[1].

Declan eut un rire narquois.

— Merci pour l'image.

Jinx se plaça encore une fois contre le dos de Petra.

— Pouvons-nous parler dehors ?

— Installons-nous à la table, suggéra Petra.

Ils prévoyaient de faire de la maison le lieu de rassemblement de la famille et des ouvrières. Ce serait dur à réaliser si Jinx ne pouvait même pas s'asseoir à table sans être effrayée.

Alors, encore une fois, Petra prit les rênes. Indiquant les chaises, elle plaça toute la surface brute et massive entre elles et leur problème actuel.

— Declan, tu t'assois là. Jinx, tu prends cette chaise et je vais m'asseoir à côté de toi. Ça te va ?

Jinx hocha silencieusement la tête.

---

1. NdT : Référence au personnage du film *Ghostbusters*.

Petra s'assit, Jinx s'assit, puis Declan s'installa là où elle lui avait dit, directement en face de Jinx.

Petra croisa le regard de Declan.

— Je lui ai demandé comment elle voulait être appelée, et elle s'est décidée sur le prénom *Jinx*.

Declan haussa un sourcil, mais son expression était pensive plutôt que dédaigneuse.

— Ça me plaît. Et ça va avec ce dont je dois vous parler. Nous avons discuté du nom de famille que tu devras utiliser. Nous ne savions pas que tu étais aussi jeune, Jinx. Ce qui veut dire que tu ne peux pas être ouvrière de ranch. Tu dois faire partie de la famille.

Le corps entier de la jeune fille se raidit, et les poings sur ses cuisses se serrèrent si fort que ses articulations blanchirent.

— Quel genre de famille ?

— J'étais marié à une femme merveilleuse qui est morte il y a trois ans.

De l'autre côté de la table, le colosse s'adoucit. Son expression était si triste que Petra aurait voulu l'étreindre.

— Tu pourrais être la sœur adoptive de Sadie, ce qui ferait de toi ma belle-sœur. Ça mettrait treize ans entre vous deux, mais ce n'est pas choquant dans le cas d'une famille d'accueil. Ses parents ont récemment déménagé dans une partie retirée de Saskatchewan, alors personne ne trouvera bizarre que tu viennes terminer le lycée ici. Tu pourrais partir à Calgary pour aller à l'Université dans quelques années. Ça veut dire que tu n'auras pas à retenir de mensonges sur tout ton passé. Juste les dernières années.

Petra garda une expression aussi neutre que possible, mais elle était médusée. Ce n'était pas le bon moment pour s'exclamer quelque chose comme *Je ne savais pas que tu avais été marié* ou *Je suis vraiment navrée pour ta femme*. Parce que Declan avait à l'évidence aimé son épouse très profondément.

Les mains de Jinx se détendirent, et elle hocha lentement la tête.

— C'est logique. Et c'est bien de limiter les mensonges.

Elle leva un peu la tête pour regarder Declan dans les yeux.

— Je suis désolée. Pour votre épouse.

Declan ne sourit pas, mais ses traits s'adoucirent.

— Moi aussi.

Le téléphone de Petra vibra à l'arrivée d'un message. Elle le sortit de sa poche et jeta un coup d'œil à l'écran.

> Aiden : Quand vous aurez terminé de parler avec D, tu pourrais amener Jennifer à l'écurie ? Nous voudrions qu'elle fasse connaissance avec les chiens.

> Aiden : Oh merde. J'espère qu'elle n'a pas peur des chiens.

> Aiden : Tu peux le découvrir, en douceur, et me dire ?

Elle leva les yeux et découvrit que Jinx et Declan la regardaient. Petra posa son téléphone face retournée contre la table.

— Désolée. C'était impoli. Aiden veut savoir si tu as peur des chiens.

— Non, répondit Jinx en cillant. Je devrais ?

De l'autre côté de la table, Declan eut un petit rire.

— Nous avons des chiens de garde bien dressés. Je parie qu'Aiden pense que l'un d'eux pourrait peut-être être à toi. Si tu veux, il pourrait vivre dans la maison avec toi.

— Un chien ? répéta Jinx, qui hocha lentement la tête avant d'expirer posément. Ça me plairait.

Son front se plissa.

— Quel sera mon nom de famille ? demanda-t-elle.

— Le nom de jeune fille de ma femme était Tremont. Tu

serais Jinx Tremont. Enfin, tu serais encore Jennifer Tremont pour les autorités, mais c'est un changement simple que nous pouvons effectuer facilement. Je pense que ça sonne bien, pas toi ?

Jinx opina du chef puis regarda la table entre eux et lui lança un demi-sourire contrit.

— Désolée d'avoir aussi peur...

Declan leva une main pour l'interrompre.

— Tu n'as pas besoin de t'excuser. Ni maintenant, ni jamais. Je ne pense pas que tu ressentiras ça éternellement, mais jusqu'à ce que tu apprennes que tu peux nous faire confiance, nous aurons quelques moments gênants. C'est normal. Je jure que mes frères et moi ne ferons *jamais* quoi que ce soit pour te blesser, et nous ferons tout ce que nous pouvons pour empêcher ceux qui t'entourent de te blesser. Quoi qu'il en coûte. Peut-être que c'est difficile à croire pour l'instant, mais c'est bon. Tu peux continuer à avoir peur, nous ne le prendrons pas mal. Dis-nous simplement si nous devons reculer et te laisser plus d'espace, dit-il en regardant la salle à manger et le salon. C'est ici qu'il y a la nourriture, alors je ne pense pas que tu pourras nous convaincre de ne pas nous pointer au moins trois fois par jour.

Jinx baissa le menton puis le redressa d'un air volontaire.

— C'est logique. J'aime bien manger aussi.

— Bien. Je prévois de m'arranger pour que tu sois mon assistante quand ce sera mon tour de cuisiner, dit Petra en se penchant vers Jinx. Je ne suis pas très bonne cuisinière, alors tu pourrais être très heureuse de m'aider. Ça donnera plus de plats mangeables lors de mes repas.

Cette fois, Jinx rit carrément.

— O.K., dit-elle avant de croiser timidement le regard de Declan. Pouvons-nous aller voir les chiens maintenant ?

— Merveilleuse idée. Laisse-moi prévenir Aiden que nous

arrivons, dit Petra en attrapant son téléphone pour répondre à son message.

> Petra : La jeune fille qui sera désormais connue sous le nom de Jinx nous a informés qu'elle n'a pas peur des chiens, et j'ai déjà dit prem's pour qu'elle soit mon assistante dans la cuisine. Nous vous rejoignons. Ne t'occupe pas de prendre l'air moins effrayant. Jinx sait qu'elle doit te le dire si tu te conduis mal.

Un instant plus tard, Aiden répondit :

> Jinx ? Ça marche. Venez d'abord au bâtiment du refuge pour animaux. Elle pourrait aussi bien en profiter pour connaître la configuration des lieux.

Petra hocha la tête en se tournant vers Jinx.

— Tout est prêt. Allons à l'écurie.

Il était clair que Jinx n'avait pas beaucoup d'expérience avec les animaux à la manière dont elle ne cessait de regarder dans l'écurie avec des yeux écarquillés... mais des yeux écarquillés pleins de curiosité et non pas de peur.

Elle laissa Petra la guider pour caresser les naseaux d'un cheval. Elle prit deux chatons l'un après l'autre et les câlina.

Mais ce fut lorsqu'elles rencontrèrent la magnifique golden retriever près du feu de camp que quelque chose s'épanouit sur le visage de la jeune fille.

Aiden tenait la laisse de la chienne, mais il était clair que c'était plus pour la forme qu'autre chose. La chienne s'immobilisa parfaitement quand il s'arrêta et s'avança silencieusement quand il ajusta sa posture, se décalant de quelques pas sur la droite.

— Jinx, j'aimerais que tu fasses la connaissance de Dixie. Dixie, dit Aiden à l'animal.

La chienne leva instantanément les yeux vers lui, tournant toute son attention sur lui.

— Voici Jinx. Veille.

Le postérieur de la chienne s'agita alors qu'elle remuait la queue, mais elle ne bougea pas, elle pencha la tête vers Jinx et haleta un peu, faisant pendre le bord de sa langue.

— Tends-lui la main, indiqua Aiden. Puis dis : *Viens, Dixie*, et elle viendra à toi. Si ta main est tendue, elle pourrait te lécher une fois ou deux, mais ensuite elle s'assiéra et attendra. Prends le temps de t'habituer à elle. Tu peux la grattouiller le long du museau ou entre les yeux si tu veux, mais du moment que tu la laisses te renifler et te dire bonjour, c'est tout ce que tu as à faire.

— Ça te va ? demanda Petra.

Jinx hocha la tête et tendit la main bien plus vite que Petra ne s'y attendait, même si elle avala péniblement sa salive avant de suivre les instructions d'Aiden.

— Viens, Dixie.

Dixie couvrit la distance et son museau toucha le centre de la paume de Jinx. Puis elle se rassit sur le sol, agitant de nouveau la queue en lui offrant un grand sourire canin.

Jinx leva la main avec hésitation pour caresser la tête de la chienne, mais le regard de Petra dériva vers les frères. Regarder trois hommes adultes essayer de se rendre les plus petits possibles était amusant, ou aurait vraiment pu l'être si la raison pour laquelle c'était nécessaire n'avait pas été aussi triste.

Malgré tout, les présentations se passaient bien, et lorsque Jinx leva les yeux vers Declan et lui lança un vrai sourire, l'espoir gonfla la poitrine de Petra.

— Elle est gentille. Qu'est-ce que je dois savoir d'autre ?

Declan pencha la tête vers son frère.

— Aiden devra te l'apprendre. Dixie est sa bestiole, bien plus qu'au reste d'entre nous.

— Mais ne t'en soucie pas, se dépêcha d'ajouter Aiden lorsque l'expression de Jinx se troubla. Nous avons d'autres chiens, et nous allons en avoir encore d'autres, alors ça ne me gêne pas d'en partager un avec toi. Dixie est une chienne spéciale, et la règle impose que ce soit la personne qui a le plus besoin d'elle qui l'ait.

— Elle est câline, déclara Declan en secouant la tête comme s'il était quelque peu dégoûté. Les chiens ne sont pas censés être câlins.

Jinx baissa la tête, mais Petra entendit un son moqueur, et lorsque la jeune fille leva les yeux vers Declan, une touche d'amusement s'attardait dans son regard.

Ils retournèrent vers la maison. Jinx resta près de Petra, mais avec Dixie assez près pour lui frôler les jambes et pousser le museau contre la main qu'elle gardait le long de son corps, c'était un trajet plus positif que Petra ne l'avait espéré.

Aiden et Declan s'installèrent sur le banc sous le porche pour enlever leurs bottes lorsque le calme de Jinx disparut en un clin d'œil. Petra lança un coup d'œil autour d'elle pour voir ce qui avait pu provoquer ce changement.

— Qu'est-ce que vous faites ? demanda Jinx.

Aiden rangea ses bottes de cow-boy sous le banc puis lui lança un coup d'œil, l'air surpris.

— Nous ne portons pas de bottes de travail dans la maison.

— C'est le meilleur moyen de prendre un coup de torchon sur le derrière, acquiesça Jake en utilisant le tire-botte pour retirer les siennes.

C'était la règle avec laquelle avait grandi Petra elle aussi, alors il lui était naturel de se pencher pour se préparer à délacer ses chaussures. Mais elle marqua une pause lorsque Jinx s'éloigna lentement vers le bord du porche, ne se collant plus aux basques de Petra.

Ce fut par pur instinct que Petra se redressa pile à la

seconde où Jinx se retournait et descendait rapidement les marches, avant de courir sur le chemin, filant à toute vitesse vers la route principale.

~

— *JINX*.

Le cri de Petra résonna alors qu'elle s'élançait du porche derrière la jeune fille.

— Qu'est-ce que c'est que ce bazar ? demanda Jake sèchement en essayant de renfoncer ses pieds dans ses bottes pour les rattraper.

Je ne l'avais pas vu venir, celle-là, pensa Aiden. Lui aussi renfilait ses bottes lorsque Declan posa une main sur son épaule.

— Petra s'occupe d'elle.

Tous trois restèrent sous le porche, se sentant plutôt inutiles alors que les deux femmes discutaient à peu près à mi-chemin dans l'allée. Jinx se tenait immobile, fixant le sol pendant que Petra agitait vigoureusement les bras. Il n'y avait pas de cris, mais à l'évidence une conversation très intense, en tout cas du côté de Petra.

— Je me demande de quoi il s'agit, dit Declan doucement alors que Petra tendait la main à Jinx.

La jeune fille accepta à contrecœur et laissa Petra la ramener vers le porche.

Dixie zigzaguait entre elles, inquiète parce que quelque chose n'allait pas et qu'elle ne savait pas quoi.

Quand elles furent à portée de voix, Petra croisa le regard d'Aiden.

— Juste un léger malentendu. Tout va bien, mais j'ai besoin que Jake et Declan rentrent dans la maison et qu'ils y restent un moment si ça ne les dérange pas.

Aiden n'avait jamais vu ses frères disparaître aussi vite.

— Aiden reste parce que j'ai besoin de son aide, dit Petra fermement, en l'attrapant par la main et en l'attirant sur le banc près d'elle. Tu peux t'asseoir là, Jinx.

Elle indiqua le banc de l'autre côté de la porte. Jinx s'y dirigea docilement.

C'était comme du jonglage, se rendit compte Aiden. Il ne devait pas bouger trop vite de peur d'effrayer la jeune fille, mais quelque chose n'allait pas.

— Que puis-je faire ? demanda-t-il tout bas à Petra.

— Dans la chambre, il y a une paire de baskets au bas de mon placard. Si tu peux les prendre avec une paire de chaussettes, ce serait bien.

Petra retira ses chaussures, parlant calmement à Jinx pendant qu'Aiden entrait dans la maison.

— Tu te souviens de ce qu'on a dit, ce n'est pas grave d'avoir peur ? Nous n'allons pas toujours faire les choses correctement, mais tu dois nous faire assez confiance pour nous dire quand quelque chose t'effraie au lieu de simplement t'envoler.

Aiden n'entendit pas ce que Jinx répondit parce qu'il était dans la maison, écartant les questions de ses frères de la main alors qu'il se pressait vers la chambre de Petra pour trouver les chaussures demandées.

Rien n'avait laissé pressentir que ce serait aussi dur, se rendit-il compte en se précipitant pour retourner sous le porche. Toute cette affaire d'aider les gens. Curieusement, il avait supposé que, parce qu'ils avaient besoin d'aide, ça ferait bouger les choses plus facilement, et peut-être que d'une certaine manière aurait-il raison pour *certaines* personnes.

Mais quand il arriva sous le porche et trouva Petra agenouillée devant Jinx, le pied de la jeune fille dans sa main, il intégra qu'ils commençaient par quelqu'un qui serait peut-être leur plus grand défi.

Jinx était assise toute raide, regardant fixement Petra.

Cette dernière avait les traits crispés lorsqu'elle accepta les chaussures et les chaussettes.

— Tu peux expliquer ce qui s'est passé, là ? Parce qu'Aiden et moi n'allons pas l'un sans l'autre, et je ne veux pas devoir servir d'intermédiaire tout le temps. Je sais qu'il y a des choses que tu veux garder secrètes, et c'est bon pour l'instant. Mais il y a des choses que tu dois dire aux gars, compris ?

Aiden se plaça derrière Petra et s'assit au bord du porche. C'est alors qu'il remarqua que la plante des pieds de Jinx portait des cicatrices. Pas simplement des lignes pâles, mais des callosités et des sillons marqués, des blessures assez graves pour abîmer la peau.

Une main entoura son poignet, et il se rendit compte qu'il serrait la hanche de Petra.

— Qui t'a fait ça ? demanda-t-il à Jinx.

— Moi. En fuguant, répondit Jinx avant de déglutir péniblement. Je ne me sentais pas en sécurité, alors je me suis enfuie. Ils n'ont pas aimé ça, alors ils m'ont enlevé mes chaussures. La fois suivante où je me suis enfuie, je suis sortie par ma fenêtre. Je ne savais pas que quelqu'un avait cassé tout un tas de bouteilles de bière en dessous.

Elle leva la tête et croisa le regard d'Aiden. Ses yeux se tournèrent vers Petra puis revinrent sur lui.

— J'ai quand même fui parce que je me suis dit que même si mes pieds étaient entaillés, c'était mieux que de rester là-bas.

Nom de Dieu.

— Nous ne te retirerons pas tes chaussures, lui assura-t-il. C'est une habitude, c'est tout. Pas de chaussures d'extérieur dans la maison. Mais si tu veux porter des chaussures tout le temps, vas-y. Aucun de nous ne dira quoi que ce soit.

— Tu as compris ? demanda Petra.

La jeune fille hocha la tête.

— Il faut que tu nous dises si ce que nous faisons a quelque chose d'effrayant pour toi. Nous n'exigeons pas de connaître toute ton histoire, dit Petra rapidement, mais nous ne pouvons pas réparer ce qui est brisé si tu ne nous dis rien. Donne-nous une chance.

— Peux-tu le faire ? Essayer ? demanda Aiden.

— Je vais essayer.

Jinx accepta les chaussettes et les enfila rapidement, tournant toute son attention vers les baskets jusqu'à ce qu'elles soient bien attachées. Elle hocha rapidement la tête puis leva les yeux vers Petra.

— Je n'aime pas être aussi effrayée. Je ne veux pas l'être, mais parfois...

Elle prit une inspiration tremblante.

— Vous n'allez pas me renvoyer, n'est-ce pas ?

— Absolument pas, lui assura Petra. Mais on devrait défendre notre déjeuner avant que Jake et Declan ne mangent tout.

— Mes frères sont une horde de sangliers quand il s'agit de vider le contenu du réfrigérateur, avança Aiden avec autant de légèreté qu'il put en rassembler. Petra a raison. Hésite trop longtemps, et nous ne grappillerons que des miettes.

Ils étaient à peine entrés dans la pièce que Petra fit signe à Jinx d'attendre.

— Un instant. Moi aussi j'ai des trucs chics d'intérieur. J'ai juste besoin d'un instant pour les trouver.

Elle soupira puis fit la tête, adressant une grimace à Jinx qui restait près de la porte.

— J'ai la mémoire d'une passoire parfois, continua-t-elle. Heureusement, j'ai aussi la technologie.

Petra attrapa son téléphone et ouvrit une appli, puis avança comme si elle suivait un compas. Les cartons qu'elle avait laissés près du portemanteau furent rapidement réorganisés pour que celui du bas soit remis sur le dessus et empilé contre le mur.

Une nette exclamation d'approbation retentit alors qu'elle sortait un sac à dos en lançant un grand sourire à Jinx.

— Je savais qu'elles n'étaient pas loin. Heureusement qu'il y a les AirTag, dit Petra en secouant le sac à l'envers, et une paire de pantoufles tomba au sol.

Elle les enfila puis fit tranquillement un geste vers la table de la cuisine.

— Je suis prête si tu l'es.

Il était impossible de ne pas rester bouche bée. Aiden resta immobile un instant et admira simplement les dragons brillants qui ornaient les pieds de Petra. Ça ressemblait plus à des chaussettes qu'à des pantoufles, avec des ailes chatoyantes aux couleurs de l'arc-en-ciel qui couvraient toute leur surface, comme si deux dragons allaient se poser.

Jinx les regarda fixement aussi, la bouche légèrement entrouverte.

— Au cas où tu te demanderais, Petra est unique en son genre, l'informa Aiden.

Petra retroussa les lèvres et lui lança un baiser.

— Tout comme toi.

Elle passa le bras autour des épaules de Jinx et la guida vers la table.

Aiden se dépêcha de lancer un hochement de tête rassurant à ses frères.

— Nous avons accidentellement touché un des points sensibles de Jinx, mais c'est réglé. Et Jinx a déjà fait un ajout positif à nos règles. Des chaussures pour la maison sont désormais une option ici à Vents et Marées.

— On peut gérer ça, dit Jake tranquillement avant de pencher la tête sur la gauche. Il y a de quoi faire des sandwichs sur le plan de travail. Préparez ce que vous voulez manger, puis rejoignez-nous à table.

Quand ils furent tous installés, Aiden se trouvait en tête de table, Petra à sa droite, en face de Jake, avec Jinx près d'elle, directement en face de Declan. Dixie était posée sur son arrière-train entre Jinx et Petra, les observant d'un regard qui semblait dire qu'elle n'arrivait pas à croire sa chance.

Aucun d'eux ne dit quoi que ce soit lorsque Jinx glissa discrètement à la chienne des morceaux de son sandwich pendant le repas.

Jake ouvrit une de ses listes de tâches sans fin et commença à la lire.

Declan écouta et hocha la tête, mais il haussa les épaules quand Jake lui demanda s'il avait à ajouter.

— J'ai assez à gérer avec les animaux puisque nous n'avons pas de bénévoles de la communauté en ce moment, dit-il en regardant Jinx. Puisque tu ne sembles pas avoir de problèmes avec les animaux, j'aimerais bien que tu m'aides pour certaines des corvées.

Elle hocha lentement la tête puis lança un coup d'œil sur la gauche lorsque Aiden parla.

— Des corvées, oui, mais nous devons t'inscrire au lycée. Ce qui veut dire que tu dois faire ta propre liste, peut-être avec l'aide de Petra. Le genre de choses dont tu auras besoin, comme des vêtements et tout le reste.

Jinx écarquilla les yeux.

— Est-ce qu'il n'y a aucun risque à aller au lycée ?

Aiden secoua la tête.

— Nous devons nous occuper de la paperasse, mais ça ne devrait pas être trop long. Alors tu as le temps de faire ta liste d'affaires à acheter.

— Je connais quelqu'un à qui nous pouvons demander de l'aide, proposa Petra. Ça fait longtemps que j'ai quitté l'école, alors même si ça ne me gêne pas du tout de t'emmener faire du shopping, je ne te serai pas très utile pour décider du style.

Jinx, nouveau membre de leur famille, prit une petite bouchée puis la mâcha minutieusement comme si elle réfléchissait sérieusement.

— Je n'ai besoin de rien.

Un rire moqueur échappa à Aiden avant qu'il ne puisse le retenir

— Eh bien, c'est un ramassis de...

Il marqua une pause.

— Conneries ? suggéra Petra.

Cette fois, Jake se mit à rire.

Petra se pencha vers Jinx avec un air conspirateur.

— Ils détestent les jurons. Je suis presque sûre que tu as déjà entendu *conneries*.

— Les mots et leur signification, dit Aiden. Mais notre père disait que nous n'étions pas censés dire ces choses devant des dames. Ce que Petra sait très bien et trouve hilarant.

— Parce que ça l'est, dit Petra, amusée. Mais pour revenir au sujet, je suis d'accord avec Aiden. Jinx, tu as besoin d'affaires. Un téléphone, des chaussures et toutes les fournitures scolaires traditionnelles, et ça fait partie de la vie ici. Tu as le droit d'avoir ce dont tu as besoin. Peut-être que ça te paraît bizarre, mais c'est normal. Tu ne nous dois rien à part essayer de trouver la meilleure nouvelle vie possible.

Les larmes montaient aux yeux de Jinx. Et même si Aiden était partant à cent pour cent pour des émotions positives, ça semblait être une bonne occasion de ne pas perdre de temps.

Il se leva et prit son assiette.

— Si tout le monde sait ce qu'il a à faire pour le reste de la journée, j'ai du placo qui m'attend.

Il revint vers la table, posa une main sur l'épaule de Petra, et se pencha pour lui parler doucement à l'oreille.

— Envoie-moi un message si tu as besoin de moi.

Elle tourna un peu la tête et leurs joues se frôlèrent. Il était bien trop conscient de la proximité de ses lèvres.

— Deux pas en avant et un en arrière, c'est quand même un progrès, releva-t-elle posément.

Amen.

Declan était près de lui lorsque Aiden sortit.

— Cette pauvre gamine.

— Elle a encore beaucoup de cran. Enfin, elle est morte de trouille pour l'instant, mais une fois qu'elle aura retrouvé son équilibre, je pense qu'elle s'en sortira.

— Mais je suis content que personne d'autre n'arrive pour l'instant, dit Declan. Sauf qu'il faut qu'on prenne contact avec Kevin.

— Jake a dit qu'il s'en occuperait cet après-midi.

Parce qu'avoir un thérapeute formé sur la propriété aussi vite que possible était nécessaire.

APRÈS AVOIR INSTALLÉ la dernière plaque de placo et commencé à passer l'enduit dans les pièces qui seraient utilisées pour la retraite des artistes, Aiden retourna dans la maison, avec l'intention de prendre une douche rapide puis de déplacer ses affaires dans l'écurie quand Petra le surprit. Elle lui fit signe de la rejoindre dans un coin du salon.

Il fallait qu'il pose la question.

— Tu as des AirTag dans tes *pantoufles* ?

Elle cilla puis roula des yeux.

— Non, dans mon sac à dos. J'ai la mauvaise habitude de laisser des choses derrière moi. J'en ai eu marre de perdre mes affaires, alors j'ai anticipé et je les ai cousus dans tous mes sacs principaux.

— C'est logique.

De l'autre côté de la pièce, Declan préparait le dîner. Jinx se tenait à quelques pas du plan de travail à côté de lui, coupant des légumes pour une salade.

— C'est bien plus prometteur que je ne l'avais imaginé, dit Aiden doucement à Petra avant d'examiner son visage. Je n'ai pas reçu de messages de ta part. Je suppose que l'après-midi s'est bien passé ?

Elle haussa les sourcils.

— Nous n'avons pas eu d'autres crises de panique. Jinx a été super pour donner un coup de main avec les animaux. Quand nous sommes revenues ici pour consulter les informations en ligne sur le lycée, ça s'est mieux passé que je ne m'y attendais.

Elle inspira profondément et son regard fila vers la cuisine alors qu'elle baissait la voix :

— Nous avons un problème.

— Crache le morceau. Il n'y a rien de pire que mon imagination qui s'emballe.

Petra regarda ses mains comme si elle les examinait de près.

— Jinx est contente d'avoir Dixie dans sa chambre. Elle dit qu'elle n'a jamais eu de chien, et que c'était gentil que mon fiancé soit prêt à partager le sien.

— Bien sûr, dit-il en lui attrapant les doigts pour l'empêcher de gigoter. Petra. Qu'est-ce qui *ne va pas* ?

Elle soupira.

— Jinx dit qu'entre Dixie dans sa chambre et toi et moi dans la chambre principale, elle se sent suffisamment en sécurité pour dormir ce soir.

— Mais je ne dors pas...

Petra haussa un sourcil.

Bon, il n'était pas toujours aussi lent.

— Oh.

— Ouais, *oh*.

Cette fois, elle l'avait dit d'un ton amusé.

Le cerveau d'Aiden tourbillonna à l'idée de tout ce que ça impliquait.

— Elle veut un gars dans la maison, mais elle n'appréciera sûrement pas que je ne sois pas dans la même pièce que toi, où tu pourras garder un œil sur moi, n'est-ce pas ?

— Si nous pensons aux pires des cas, ouais. C'est aussi ce que je me suis dit, confirma Petra en le regardant dans les yeux. Alors, colocataire. Je suppose que tu pourrais aussi bien déménager tes affaires chez moi. Mais je te préviens tout de suite, je prends le côté droit du lit.

9

Toute la journée n'avait été qu'une succession de poussées d'adrénaline. Quand tout fut lavé et rangé après le dîner et qu'ils furent tous rassemblés dans le salon du côté où se trouvait la télé, les nerfs de Petra vibraient d'une manière inhabituelle.

Elle était assez intelligente pour connaître les causes – la sympathie pour Jinx et ce qu'elle devait ressentir, à défaut d'autre chose –, mais cela laissait Petra un peu incertaine.

Remplie d'émotions conflictuelles. La colère, la frustration, l'espoir et la peur de faire ce qu'il ne fallait pas ou de dire quelque chose qui fissurerait le courage fragile de Jinx.

C'était aussi parfaitement naturel de ressentir l'attirance qui existait entre Aiden et elle. À chaque fois que leurs regards se croisaient, un frisson remontait le long de l'échine de Petra et les souvenirs l'envahissaient. La délicieuse nuit qu'ils avaient passée ensemble était une scène qu'elle rêvait de pouvoir rejouer immédiatement.

Et maintenant ils devaient partager une chambre ?

Ils avaient donné à Jinx le fauteuil inclinable géant, à peine assez grand pour elle et Dixie. La chienne avait tiré parti des privilèges de la maison avec grand enthousiasme en rampant sur les genoux de Jinx et en s'allongeant sur l'accoudoir.

Petra restait debout, gênée, réfléchissant à ses options, jusqu'à ce que Jake se plante à l'avant de la pièce et prenne la direction des opérations.

Il lui fit signe d'aller vers le canapé.

— Nous ne sommes pas à Vents et Marées depuis assez longtemps pour avoir beaucoup de routines établies. Puisque je suis celui qui a le bon sens du timing et de l'organisation…

— Et un côté autoritaire encore meilleur, marmonna Declan.

Aiden se mit carrément à rire en s'installant sur le canapé près de Petra et Jake se renfrogna.

— Ne fais pas cette tête. Faire en sorte de nous rapprocher et de nous rassembler comme un troupeau est une des choses que tu préfères, frangin.

Au lieu de leur lancer un regard noir, Jake leva les yeux au ciel.

— Vous avez fini de jouer les humoristes ?

— Je suis presque sûr d'avoir quelques autres répliques, répondit Aiden instantanément.

Declan ne dit rien cette fois-ci. Il sourit simplement d'un air narquois en regardant la tasse de café qu'il avait remplie après la fin du repas.

Jake secoua la tête, mais ce n'était pas lui que Petra regardait avec fascination. Les bras autour de l'encolure de Dixie, Jinx avait les yeux écarquillés comme si leur numéro comique la fascinait.

Petra ne pensait pas que leurs railleries enjouées étaient fausses — trop d'affection sincère transparaissait dans la manière dont les frères se parlaient. Mais Jinx le buvait comme du petit-lait, et plus les gars se taquinaient alors que Jake s'asseyait à côté de Declan et commençait à mettre à jour la liste du planning, plus sa bouche s'ouvrait de surprise.

C'était un agréable moment en famille, normal, d'après ce que Petra pouvait en dire. Pas très différent de ce qu'elle et sa propre famille étaient habituellement.

Ce qui voulait dire que ce genre de railleries légères ne ressemblait sûrement en rien à ce que Jinx avait connu depuis longtemps, si tant est qu'il en ait déjà connu.

Petra avait rapidement survolé les papiers qu'Aiden lui avait mis dans la poche et qui donnaient les grandes lignes de ce qu'on avait dit à Danielle de la situation de la jeune fille. Jinx en dirait plus sur son passé dans les jours à venir une fois qu'elle serait prête, mais pour l'instant, il s'agissait de construire la confiance une heure à la fois.

Ce qui voulait dire que Petra avait cette première soirée à surmonter aussi.

Suivie d'une nuit à partager un lit avec Aiden.

Que voulait-elle ?

C'était une chose d'avoir chamboulé toute sa vie pour les aider – et plus la journée avançait, plus Petra était heureuse d'avoir été au bon endroit au bon moment pour ça. Mais est-ce que ça voulait dire qu'elle devait suspendre ses propres désirs lorsqu'il s'agissait d'Aiden et elle ?

Coucher ensemble lui offrirait la parfaite poussée d'endorphines pour gérer la situation actuelle.

Un coude s'enfonça légèrement dans ses côtes.

— Le prof veut savoir pourquoi tu ne participes pas, la taquina Aiden.

Petra cilla et découvrit tous les regards rivés sur elle. Elle était tellement plongée dans ses pensées qu'elle avait perdu le fil de ce qui se passait.

— Désolée, tu vas devoir répéter.

— Garde ta nana éveillée, ronchonna Jake avant de se retourner à ses papiers.

Aiden passa un bras sur le dossier du canapé, ce qui rapprocha Petra de lui. Il lui sourit et haussa les sourcils.

— On ne peut pas rendre le boss mécontent.

Seuls les yeux de Jinx étaient posés sur eux, et son langage corporel était plus raide qu'avant. Petra se tourna, remontant ses jambes sous elle. Le bras d'Aiden retomba même s'ils restèrent côte à côte. Elle lui planta le doigt dans le torse, amusée.

— Tu n'as pas besoin d'encouragement pour être distrait. Quelle était la question, Jake ?

— Au final, nous aurons différentes activités de prévues le soir. Comme les devoirs, ou la préparation de l'atelier des artistes. Mais pour l'essentiel, nous prendrons la soirée pour nous détendre. Je t'ai demandé si tu voulais partager ce qui va sur *ta* liste pour des activités détente le soir.

Ellesentit une vague de chaleur la submerger quand Aiden posa une main sur sa cuisse. Ses mains, partout sur elle... C'était une activité relaxante du soir qui n'allait *pas* être nommée pour l'instant, bien qu'elle lui soit venue brusquement à l'esprit.

Petra réfléchit puis en énuméra plusieurs facilement.

— Je fais du crochet. En général, je lance un podcast et j'en fais pendant une heure ou deux. Parfois je mets une série ou j'écoute de la musique. D'habitude, je fais une promenade à pied le soir, mais c'est parce que mes boulots requièrent souvent que je reste assise longtemps. Comme mon arrivée à Vents et Marées est encore récente, je n'ai pas encore trouvé ma nouvelle routine.

— J'ai habituellement eu ma dose de travail physique le soir, dit Declan, mais ça ne me dérange pas d'écouter de la musique ou ce genre de chose. J'aime bien sculpter, et c'est agréable d'avoir quelque chose qui se passe à l'arrière.

Jinx fronça les sourcils.

— Pourquoi vous ne faites pas ce que vous faites toujours ? Vous n'avez pas besoin de changer les choses parce que je suis là.

Aiden se pencha en avant, les coudes sur ses genoux.

— C'est très gentil, mais nous ne faisons pas d'efforts et ça ne nous dérange pas, Jinx. Tu fais partie de cette famille désormais, et ouais, parfois les familles font des trucs stupides, mais normalement elles font de leur mieux pour agir intelligemment, comme nous permettre de passer du temps ensemble d'une manière qui soit confortable et rende tout le monde heureux.

— Considère que c'est une routine familiale, intervint Declan. Qui sait ? Peut-être que tu voudras apprendre à sculpter. C'est toujours une bonne chose d'avoir un expert pour te montrer.

— Je vais mettre ça sur ma liste, alors, dit Jake. Trouver un expert en sculpture pour enseigner à Jinx...

Declan se gratta entre les yeux en utilisant son majeur.

— Tu jures encore. Tu sais que Jeff ne te laisserait pas t'en sortir comme ça, railla Jake.

Petra se mit à rire. La gêne qu'elle avait ressentie fondait lentement devant le lien puissant qui unissait les frères.

— D'accord, alors cherchons des idées pour la soirée familiale de Vents et Marées. Pour l'instant, nous n'avons pas grand-chose sur le calendrier comme sorties possibles, alors il n'y a aucune raison pour que nous ne traînions pas ensemble ici, ou près du feu, ou des choses comme ça, n'est-ce pas ? Mais pas de travail.

— Pas de travail, acquiesça Jake. Les urgences, ça arrivera, et une fois que Jinx sera au lycée, elle pourrait avoir des devoirs à faire après le dîner, alors nous devrons effectuer quelques ajustements. Mais pour l'instant, si nous laissions la météo décider ?

Jinx leva à peine les doigts, comme si elle demandait la permission de parler.

Petra résista à l'envie de lui dire qu'ils n'étaient pas à l'école. Elle le comprendrait un jour.

— Qu'y a-t-il ? demanda-t-elle.

— J'aime bien la musique. Et les podcasts, et les séries, mais il y a des trucs que je n'aime pas...

Dixie, qui se trouvait près de Jinx, frotta son museau contre elle, geignant doucement alors qu'elle cherchait ce qui contrariait le nouveau membre de la famille dont elle était responsable. Jinx caressa la tête de la chienne puis leva résolument la tête et regarda Petra dans les yeux.

— Il y a des choses que je ne regarderai pas. Rien de violent ou de cruel, ni des trucs sexuels, juste pour info.

Les frères hochèrent tous instantanément la tête, la mine sombre. Cette fois, Petra dut lutter pour son langage corporel ne trahisse pas ses émotions. Cette jeune fille... Maudits soient les gens qui s'étaient occupés de Jinx avant et avaient permis à son monde d'être si souillé qu'elle devait demander de la simple décence.

Jake leva son carnet, parlant tout en écrivant.

— Jinx a le dernier mot sur nos divertissements, dit-il en traçant une coche bien visible puis en croisant le regard de la jeune fille. Le plus simple c'est de nous dire ce que tu veux regarder ou écouter, puis on s'occupera du reste.

Declan se redressa sur son siège.

— Attends. Qu'est-ce que tu aimes regarder ? demanda-t-il à Jinx d'une voix faussement horrifiée. Je ne supporte pas ces émissions de chasseurs immobiliers. Un ramassis de bêtises, avec des gens qui se plaignent de la petite taille des placards.

Jinx ricana, un sourire hésitant lui étirant les lèvres.

— Je pourrais faire une liste de choses que j'aime bien, et vous pourrez la regarder.

— La musique aussi, suggéra Aiden. Fais la liste de tes artistes et genres préférés, des choses comme ça. Parce que nous pouvons nous relayer pour écouter les trucs des autres, mais je ne supporterai plus jamais George Strait en boucle.

— Nous ferons une liste, Jinx, dit Petra en posant la main sur celle d'Aiden et en la tapotant avec amusement. Souvenez-vous les garçons, les écouteurs, ça existe. Parfois nous pouvons écouter nos propres sélections et être dans la même pièce. C'est aussi une possibilité.

Jinx regarda autour d'elle avec plus de curiosité que de peur.

— Alors que fait-on ce soir ? Puisque nous n'avons pas encore de listes ?

Jake jeta un coup d'œil à sa montre.

— C'est une belle soirée. Chacun pourrait vaquer à ses occupations pendant un moment, et à vingt et une heures, nous nous retrouverons près du feu de camp pour passer une heure à n'écouter que le crépitement du bois. Je ne sais pas si tu peux faire du crochet dehors, Petra, mais Declan peut sculpter. Ou peut-être qu'Aiden peut apporter sa guitare.

Sa guitare ?

Mais Petra n'allait pas révéler qu'elle ne savait pas que son *fiancé* savait jouer.

— Ça te paraît bien, Jinx ? Nous avons un sac de vêtements à passer en revue que ma belle-sœur a déposé, mais nous devrions pouvoir terminer assez rapidement. C'est un peu de travail, mais je pense que c'est important.

— D'accord.

Aiden, assis à côté de Petra, se rapprocha avant qu'elle ne puisse se lever. Alors que les autres se mettaient debout et s'éparpillaient dans différentes directions, il posa les lèvres près de son oreille et chuchota discrètement :

— Tu dois me dire si tu veux que j'aille chercher mon sac de couchage pour dormir par terre. Ou est-ce que ça ne te dérange pas que je partage ce lit avec toi ? Je ne m'attends à rien.

Petra se sentit à nouveau chavirer, le cœur en pagaille.

Au moins, elle connaissait une partie de la réponse sans hésiter.

— Nous sommes des adultes. C'est un lit *queen size*. Je pense qu'on peut le partager, sans rien attendre de plus.

Il hocha fermement la tête en reculant avant de se lever.

Petra le suivit pour rejoindre Jinx qui l'attendait à l'entrée de l'aile des chambres.

Le regard observateur de Jinx passa sur eux, mais même la conscience de devoir bien se tenir ne put empêcher Petra de poser les yeux sur le mouvement harmonieux des fesses musclées d'Aiden alors qu'il avançait avec assurance devant elle en direction de leur chambre.

Cet homme était très beau. Partager un lit sans rien attendre de plus ?

Bon sang. Elle allait entrer en combustion spontanée.

Petra ne savait pas garder un air impassible.

Aiden mit cette découverte de côté et réfléchit à l'info plus intéressante que leur dernière et brève discussion lui avait fournie.

Elle avait eu l'air déçue. Il avait essayé de rendre l'idée de partager un lit moins gênante, et elle avait tout à fait eu l'air déçue. Ce qui était à la fois intéressant et super frustrant.

Non. C'était intéressant. Il allait partir là-dessus.

Il se glissa dans la chambre principale et rangea le reste de ses affaires. Cela ne lui prit qu'un moment avant qu'il ne soit de retour dans le couloir. Les voix dans la chambre de Jinx portaient distinctement jusqu'à lui.

— Ce ne sont que quelques affaires pour t'aider en attendant que nous trouvions le temps d'aller au magasin. Ce qui ne prendra pas longtemps, promit Petra.

— La seconde main ne me dérange pas.

Petra émit un son vulgaire.

— La seconde main c'est très bien, mais tu auras aussi quelques affaires neuves. Parce qu'en tant que cinquième fille de ma famille, laisse-moi te dire que de la seconde main *seulement*, ça craint.

Aiden s'assura de faire un peu de bruit en se rapprochant.

— Excusez-moi, mesdemoiselles.

Elles levèrent les yeux de leur tâche, le corps de Jinx se mettant en alerte comme il s'y attendait.

— Petra, continua-t-il, je vais aller donner un coup de main pour les corvées. Je te retrouverai au feu de camp, d'accord ?

Elle eut l'air interloqué pendant un instant avant que quelque chose dans son expression ne s'adoucisse lorsqu'elle se rendit compte qu'il agissait comme on l'attendait d'un fiancé.

— D'accord.

Elle hésita avant qu'un sourire carrément espiègle n'apparaisse sur son visage.

— Tu devrais apporter ta guitare.

Que le diable emporte Jake. Aiden lui rendit son sourire.

— Entendu.

Il marmonnait encore des jurons dans sa barbe quand il tomba sur son frère dans l'écurie. Littéralement : il manqua d'envoyer Jake s'étaler dans le foin.

— Abruti. *Aiden peut apporter sa guitare*, hein ?

— Hé, tu es le talentueux de la bande. J'ai pensé que ça serait dommage de gaspiller tes leçons.

Jake esquiva le coup de poing d'Aiden, mais tout se faisait dans la bonne humeur.

Ils firent le tour ensemble pour gérer les quelques corvées du refuge pour animaux.

Il n'y avait pas encore beaucoup d'animaux dans l'écurie. Le couple à qui ils avaient acheté le refuge avait fait du super boulot pour trouver des foyers à la plupart des animaux avant de mettre le ranch en vente. L'accord des frères Skye pour que les animaux qui restaient soient inclus était inhabituel.

Peu de gens acceptaient un établissement associatif à plein temps en achetant un ranch.

— Nous attendons le printemps prochain pour remettre le refuge pour animaux en activité, n'est-ce pas ? demanda Aiden.

Jake hocha la tête.

— Declan a déjà fait passer le mot, s'il y a une urgence, nous prendrons les animaux en charge, mais nous avons besoin de finir les rénovations et d'assurer notre gagne-pain d'abord.

À peine une demi-heure plus tard, après s'être occupé des chats et de quelques chevaux que Declan avait déjà ajoutés à leurs propres montures, Jake partit d'un côté pour démarrer le feu, et Aiden de l'autre pour prendre sa guitare. Dès qu'il eut donné un coup de main pour placer les chaises autour du feu de camp, il ignora tout le reste, s'assit et commença à jouer.

Sa mère l'avait inscrit à un cours de guitare, et après son décès, Jeffrey s'était mis en quatre pour s'assurer que les leçons continuent. Aiden avait assez d'années derrière lui pour pouvoir, une fois lancé, regarder fixement les flammes et laisser la musique le traverser.

Le feu de camp se trouvait dans un léger creux sur le côté du bâtiment. La configuration du terrain cachait en partie la vue imprenable mais impliquait qu'ils pouvaient rester là même quand le vent se levait, nichés dans un endroit sûr où simplement être eux-mêmes.

Un endroit où se détendre et balayer le stress de la journée.

Jinx. La première arrivée à Vents et Marées. La première à rejoindre la famille, et la chanson sous les doigts d'Aiden passa de quelque chose de léger et doux à une mélodie espiègle et fantasque. Comme si des fées voletaient, convoquant de la magie autour de lui.

Les filles arrivèrent à ce moment-là. L'admiration brillait dans les yeux de Petra alors qu'elle s'asseyait sur la chaise à côté de lui, Jinx sur le siège voisin. Dixie se retourna puis s'installa sur les pieds de la jeune fille, pendant que Petra sortait un petit ouvrage en laine d'un panier qu'elle posa sur le sol.

Ses frères arrivèrent. Declan ouvrit son canif, prit place sur le bord de son siège pour continuer à travailler sur une souche d'arbre qu'il avait trouvée. Il était à peu près à mi-chemin de faire émerger le petit visage d'un gnome de l'écorce rugueuse.

Pendant ce temps-là, Aiden jouait. La musique classique qui n'aurait pas dû cadrer aussi bien au décor, et le faisait pourtant, tournoyait autour d'eux dans un rythme agréable. La cadence de ses doigts résonnait dans l'air et créait sa magie alors que le soleil plongeait derrière les montagnes et que le ciel s'emplissait lentement d'une magnifique couleur or.

L'expression sur le visage de Jinx était tout aussi époustouflante que le coucher du soleil. Comme si elle n'arrivait pas à croire où elle se trouvait ni combien sa vie avait changé.

Lorsqu'elle posa la tête sur le dossier de la chaise Adirondack et ferma les yeux, ses doigts caressant lentement le museau de Dixie, Aiden sourit.

Il y avait peut-être tout un tas d'autres choses à régler, y compris mettre au clair l'histoire de Jinx pour que les mensonges qui devraient être racontés à la communauté fonctionnent, mais ici et maintenant...

C'était la famille qu'il avait rêvé de créer. C'était pour ça qu'ils étaient là.

Ils restèrent autour du feu pendant presque une heure. Jinx bougeait de temps en temps pour changer de position, y compris en se levant, s'étirant et faisant le tour de leurs chaises avec Dixie qui marchait à ses côtés.

Aiden jouait. Petra faisait du crochet. Une petite lumière pendue à son cou, dirigée sur ses doigts, les mettait en évidence pendant qu'ils s'activaient à un rythme tranquille. Les doigts de Declan glissaient aussi sur le bois, et à eux trois, ils créaient une symphonie artistique, chacun à sa façon.

Quant à Jake ? Il avait un carnet sur les genoux, écrivait quelques lignes puis le fermait. Le rouvrait, écrivait encore un peu. À chaque fois qu'il le refermait, il regardait fixement le feu, agitant la tête en rythme avec ce qu'Aiden jouait.

Après avoir fait le tour de ses proches, Aiden se laissa dériver avec la musique. Une occupation facile et satisfaisante jusqu'à ce qu'il se rende compte que la plupart du temps il regardait Petra, admirant la manière dont la lumière se reflétait sur ses cheveux, appréciant le petit froncement de sourcils qu'elle avait lorsqu'elle recomptait ses mailles, puis souriait, contente, et se remettait au travail.

Le feu crépitait, et quelque part au loin un hibou hulula. Les petits bruits de l'automne se mélangeaient à sa guitare et se joignaient au concert.

Petra leva les yeux et lui sourit, et à l'intérieur, quelque chose de plus que le désir palpita. C'était bizarre. Qu'elle soit là, à faire semblant de faire partie de sa famille... c'était totalement faux, et pourtant ça semblait absolument vrai.

Aiden laissa la confusion qui lui nouait les tripes se mêler à la musique et s'éloigner pour l'instant.

Petra fut la première à faire un geste pour mettre fin à la soirée. Elle rassembla son projet et le glissa dans le panier.

— Je sais que Jinx n'a pas encore de cours, mais autant établir une bonne routine. Il est temps de se préparer à se coucher, informa-t-elle la jeune fille.

Ce qui était brillant, se rendit compte Aiden. Une occasion pour elle d'échapper à la compagnie des gars sans que Jinx ait d'émotions négatives.

Jinx se leva et Dixie se blottit instantanément sous sa main. Elle lança un coup d'œil aux frères d'Aiden puis croisa son regard.

— Cette musique ne me dérange pas. Vous êtes doué.

— Merci, petite. Dors bien, d'accord ? Petra et moi sommes au bout du couloir si tu as besoin de quoi que ce soit, mais n'hésite pas à verrouiller ta porte. Dixie s'occupera de toi.

Elle hocha la tête puis agita la main pour souhaiter bonne nuit à Jake et à Declan.

— Merci de m'avoir donné un endroit où vivre.

— C'est normal, répondit Jake avec douceur.

— Bonne nuit, Jinx. À demain matin, répondit Declan.

Alors qu'elles s'éloignaient, Jinx lança plusieurs coups d'œil par-dessus son épaule avant de se presser derrière Petra.

Aiden gratta des accords ouverts jusqu'à ce qu'elles soient hors de portée de voix.

— J'espère sérieusement que l'univers nous donnera la sagesse de faire ça bien.

— Amen, marmonna Jake avant de fixer son regard sur Aiden. Tu dors dans la maison. Si tu as besoin de quoi que ce soit, n'importe quand, envoie un texto.

— Et traite Petra avec respect, ajouta Declan fermement.

Il agita la main vers Aiden, geste qui eut sans doute l'air plus menaçant qu'il n'en avait l'intention parce qu'il tenait encore son cran d'arrêt entre ses doigts.

— Elle a fait des trucs incroyables et géré tellement de choses au cours des dernières vingt-quatre heures ! continua-t-il. Elle est la clé pour que ça fonctionne, alors ne fous pas tout en l'air.

— Je sais, insista Aiden. Je sais.

Jake soupira et se renfonça sur sa chaise.

— Nous savons ça aussi. Que tu n'es pas un con, mais bon sang, toute cette affaire est devenue très vite compliquée.

— Tu l'as dit, déclara Declan en haussant les épaules. Assure-toi simplement de bien réfléchir, Aiden. C'est tout ce qu'on te demande. Que Petra parte parce que tu l'as énervée serait un désastre.

C'était comme si ses frères pensaient qu'il n'avait aucun self-control. Il les regarda de travers.

— Je ne prévois pas de merder. Je ne prévois pas de *foutre* quoi que ce soit en l'air.

Ce n'était pas *complètement* un mensonge. En rêver et fantasmer n'était pas la même chose que le prévoir.

Quelques minutes plus tard, après de fermes accolades dans le dos et quand ses frères lui eurent souhaité bonne nuit, Aiden se glissa dans la maison aussi discrètement que possible. Une lumière brillait sous la porte de la salle de bains reliée à la chambre de Jinx. Les griffes de Dixie cliquetaient sur le parquet dans un rythme régulier pendant que la chienne faisait les cent pas.

C'était mieux qu'une caméra de surveillance, Aiden devait l'admettre. Si Jinx était effrayée et décidait de s'enfuir, Dixie resterait collée à ses basques.

Il alla à la chambre principale et se rattrapa avant de frapper. À la place, il ouvrit la porte et jeta un coup d'œil à l'intérieur. Le son de l'eau qui coulait dans la salle de bains le fit hésiter.

Petra. Nue dans la douche...

Bon sang. Il expiait des péchés passés.

Aiden alla jusqu'au dressing, retira ses vêtements et les accrocha sur la patère sur le mur du fond. Il garda son boxer, puis jeta un autre coup d'œil dans la chambre.

L'eau s'était arrêtée mais toujours aucun signe de Petra.

C'étaient de vraies conneries. Il pouvait rester dans le dressing et se cacher comme une vierge effarouchée ou aller se brosser les dents comme un putain d'adulte.

Un pas dans la chambre, et il se figea. Petra se tenait devant le lavabo, les cheveux enroulés dans une serviette en équilibre sur le dessus de sa tête. Elle se brossait vigoureusement les dents tout en le regardant dans le miroir avec amusement.

Les dragons étaient de retour à ses pieds, et une robe de chambre chatoyante recouvrait le reste de son corps du cou aux chevilles. Les couleurs de l'arc-en-ciel et les rayures dansaient devant ses yeux en des kaléidoscopes psychédéliques.

— Je crois que je suis devenu aveugle, dit-il en clignant énergiquement des yeux avant d'aller vers le deuxième lavabo.

Petra sourit malgré sa brosse à dents avant de cracher et de se rincer la bouche. Elle rangea ses affaires et lui lança carrément un grand sourire.

— J'aime bien les couleurs vives.

Que Dieu lui vienne en aide.

— Tant mieux pour toi.

Elle se remit à rire puis se pencha pour retirer la serviette de sa tête et se sécher les cheveux.

— Merci aussi pour la super musique. C'était une chouette conclusion pour la fin d'une journée stressante.

— Tu penses que Jinx va vraiment dormir ce soir ? demanda-t-il.

L'amusement entre eux retomba alors que la question flottait dans l'air.

Petra hocha lentement la tête.

— Dixie est d'une aide précieuse. Je pense que Jinx a de l'*espoir*. Je pense que c'est le mieux que nous puissions attendre, pour commencer.

C'était la conclusion parfaite et un terrible détonateur en même temps. Parce qu'Aiden venait de se rendre compte que c'était ce qu'il voulait non seulement pour Jinx, mais aussi pour lui-même. Peut-être pour Petra et lui.

De l'espoir.

L'espoir d'un avenir où ils pourraient être ensemble.

10

———————

Depuis qu'Aiden avait apporté ses affaires dans la chambre, Petra s'était représenté leur situation d'une douzaine de manières. À chaque fois, elle avait changé d'avis sur ce qui était bien ou mal jusqu'à s'enchevêtrer dans un nœud inextricable.

Mais pendant qu'elle était assise près du feu, à écouter la musique d'Aiden, elle avait pris conscience de la vérité. Elle rendait tout bien plus compliqué que ça n'avait besoin de l'être. Si pour l'instant il fallait surmonter une journée à la fois pour Jinx, ce devrait être la même chose pour eux. Aiden et elle s'en étaient très bien sortis durant la seule nuit qu'ils avaient passée ensemble.

S'ils pouvaient profiter de merveilleux moments de distraction ici et maintenant, ça ne la dérangeait pas du tout.

À la manière dont il faisait semblant de ne pas la regarder, le cerveau d'Aiden était à l'évidence aussi perturbé que le sien l'avait été. Tout son langage corporel lorsqu'elle le frôla en passant pour se diriger vers le lit disait qu'il était très conscient de sa présence, et très intéressé.

Elle savait ce qui se passait. Elle imaginait ses frères lui disant de *ne pas merder*. Ou encore pire, lui imposer des règles sur ce qu'il pouvait faire ou non.

Petra avait largement dépassé le stade où elle laissait d'autres personnes dicter quoi faire quand il s'agissait de sa vie sexuelle. Ça ne voulait pas dire qu'elle ne pouvait pas apprécier de taquiner sérieusement Aiden sur le contraste entre la manière dont il agissait maintenant et l'autre soir au bar, où il avait été très entreprenant et enjoué.

Un exemple concret ? Il essayait clairement de cacher qu'il avait une érection.

Assez. Il était temps de cesser la politique de l'autruche. Elle s'arrêta près du lit et se retourna vers lui.

Il se tenait près du lavabo, dos tourné vers elle alors qu'il rinçait sa brosse à dents comme si sa vie en dépendait. Son regard restait fixé sur les robinets, évitant le miroir qui montrait le reflet de Petra.

— Tu espères que je vais disparaître entre les draps et que tu n'auras pas à me faire face avant demain ? demanda-t-elle.

Aiden émit un petit rire, mais le son semblait anormal. Une réaction de stress plus qu'un véritable amusement.

Il se retourna et baissa instantanément les yeux alors qu'elle dénouait la ceinture de sa robe de chambre.

— Tu as dit que tu voulais le côté droit du lit.

Il saisit l'essuie-main sur le mur et se sécha fébrilement les mains, tenant suspicieusement bas le bout de la serviette pour bloquer la vue sur son entrejambe.

Trop drôle.

— Il faut qu'on parle.

Il releva les yeux pour croiser son regard, qui ne les lâcha pas.

— Ouais ?

Elle laissa la ceinture tomber de ses mains, et l'avant de sa robe de chambre s'ouvrit en grand. Le regard d'Aiden oscilla vers sa poitrine nue pendant quelques secondes avant de revenir sur son visage.

Cet homme avait de la volonté. Elle devait le reconnaître.

— Tu te souviens du jour où nous nous sommes rencontrés ? demanda-t-elle.

La passion s'embrasa dans ses yeux.

— De chaque détail.

Petra hocha la tête.

— Moi aussi. Et tu te rappelles quand nous nous sommes retrouvés lundi dernier au Rough Cut ?

Il hocha lentement la tête, la serviette pendait toujours devant lui.

— Pourquoi ai-je l'impression qu'on me tend un piège ?

Elle se mit à rire, arrêta son cinéma et s'approcha de lui. Elle posa une main sur son torse nu, l'odeur d'Aiden l'entoura alors qu'elle respirait profondément, de délicieux effluves de bois et de musc lui emplissant les sens.

— Je ne joue pas, Aiden. Nous avons peut-être un gros boulot à faire ici avec Jinx et la mise en place de Vents et Marées, mais ça ne veut pas dire que ça doit compliquer ce qui existe entre *nous*. Nous avons déjà partagé un lit, et c'était franchement amusant. Je suis partante pour recommencer si toi, tu es intéressé.

Il lança la serviette sur le meuble de toilette et glissa les mains sur les hanches de Petra.

— Tu sais que je suis intéressé. Je suis simplement inquiet. Et si nous...

Il s'interrompit, le visage anxieux.

Petra parla posément.

— Et si nous agissions simplement comme des adultes ? On se promet de se parler et de ne pas faire des suppositions. On promet de ne pas se mentir. Et si nous choisissions de foncer au lieu d'essayer d'imaginer et de gérer chaque situation cauchemardesque avant même qu'elle ne se produise ?

Il resserra les doigts un instant avant d'inspirer profondément.

— Alors tu dis que nous sommes suffisamment adultes pour pouvoir nous mettre au lit, profiter l'un de l'autre, et demain nous nous lèverons et ferons ce qu'il y a à faire. En tant qu'amis.

Petra hocha la tête.

— Du moment que tu n'as perdu aucune de tes techniques, le taquina-t-elle en caressant son torse de ses paumes avant de les glisser sur sa nuque.

Le geste effaça l'espace qui les séparait, faisant monter la température.

Il relâcha sa prise de fer autour de ses hanches, descendit lentement pour prendre ses fesses dans les paumes et l'attirer contre son torse solide.

— Amis. Amants. Pour l'instant.

Elle jouait avec les cheveux sur sa nuque.

— Si l'un de nous veut arrêter, on arrêtera, tout comme on l'a dit pour les fausses fiançailles. Nous sommes suffisamment adultes pour pouvoir simplement dire qu'il est temps de passer à la suite.

Les yeux d'Aiden dansèrent sur son visage, mais son expression était bien trop solennelle étant donné qu'ils parlaient de sexe.

— Jinx est importante. Je comprends ça. Mais ça, c'est important aussi. Pour toi *et* moi, ajouta Petra.

Aiden élimina le moindre atome d'air entre eux.

— Je ne crois pas qu'on m'ait fait un jour d'aussi jolies avances. Mais il y a encore un truc que je dois savoir puisque nous ne l'avons pas abordée correctement la première fois que nous avons fini dans un lit.

— Quoi donc ?

Elle réussit à peine à prononcer ces paroles, les derniers mots étaient un peu haletants. Aiden l'avait soulevée dans ses bras pour effectuer les derniers pas qui les séparaient du lit. Elle lui lança un grand sourire.

— À part admettre que j'apprécie ton comportement d'homme des cavernes.

Il la balança sur le matelas et se jeta pratiquement sur elle, la clouant sur place alors qu'il lui taquinait le cou de son nez.

— Quand je t'aurai bien détendue et que tu seras repue, est-ce que tu seras câline ? Ou est-ce que tu vas me jeter de mon côté du lit, et me maudire si je te touche pendant la nuit ?

Son poids au-dessus d'elle faisait remonter des vagues de plaisir le long de sa colonne vertébrale. Elle griffa légèrement son buste avec ses ongles.

Aiden expira brusquement et posa les dents contre son cou, le mordillant.

Il était assez lourd pour l'immobiliser pendant qu'il taquinait sa peau avec ses dents et sa langue, allumant un désir brûlant dans ses nerfs. Elle écarta davantage les genoux, et les hanches d'Aiden s'installèrent plus intimement entre ses cuisses.

Elle inspira profondément, et ses seins frôlèrent les poils épars sur son torse.

— *Hummmm*, sympa.

Le petit rire d'Aiden la submergea alors qu'il s'appuyait sur son coude gauche et se redressait assez pour la regarder dans les yeux.

— Tu es facilement distraite, chérie. Tu prévois de répondre à la question ?

Une question ?

— Il y en avait une ?

Il frôla ses lèvres des siennes.

— Tu es du genre câlin ou pas ?

— Inquiète-toi de ça plus tard, râla-t-elle.

Elle glissa les doigts dans ses cheveux et tira dessus, l'attirant vers elle.

— Pour l'instant, embrasse-moi, ordonna-t-elle.

Aiden lui lança un grand sourire.

— Ferme les yeux.

Elle ne posa pas de question et fit simplement ce qu'il ordonnait.

Les ténèbres l'enveloppèrent comme une lourde couverture, et chaque frôlement de leur peau était terriblement plus intense. Aiden ne dit rien d'autre, mais elle écouta.

Et attendit.

Et ressentit.

Il frôla ses côtes d'un doigt et remonta vers sa poitrine. Des frissons de désir précédaient son contact, sur sa peau, et lorsque la paume d'Aiden l'enveloppa, elle se cambra à son toucher. La respiration d'Aiden s'accéléra, mais la caresse resta lente, délibérée. Un assaut sur ses sens tel le goutte-à-goutte régulier d'une pluie faible.

Sa main lui malaxa le sein, et son pouce glissa d'avant en arrière sur l'extrémité tendue du son mamelon. Ses lèvres retournèrent sur son cou, et la sensation papillonnante au fond d'elle non seulement redoubla, mais s'intensifia à l'extrême. Il la lécha, la mordit, marqua légèrement sa peau de ses ongles.

Lorsqu'il changea de position et que le matelas s'inclina sous son poids, elle garda les yeux étroitement clos pour s'empêcher de regarder parce que ne pas voir faisait follement picoter sa peau.

Lorsque les lèvres d'Aiden entourèrent son mamelon, Petra soupira de plaisir.

— Oh mon Dieu. Ne t'arrête pas, ordonna-t-elle. De me toucher, de m'embrasser. Tout. Continue. C'est *tellement* bon.

Ce rire grave et sexy lui répondit, et elle fut certaine que c'était une de ses nouvelles choses préférées. Son amusement, teinté de désir et d'excitation. Un écho auditif de ce qui traversait son corps.

— Garde les yeux fermés, lui rappela Aiden doucement, les lèvres près de son oreille le temps d'un souffle. Ressens. Profite. Parce que moi, je ne vais m'en priver.

Puis il posa les lèvres sur les siennes et l'embrassa. Un baiser profond, dévorant et intense, comme en proie au désir le plus exigeant. Elle savait exactement ce qu'il ressentait. Ses mains continuèrent à sillonner son corps, une légère griffure par ci, un pincement par là. Une caresse régulière sur ses côtes et son ventre, avant de se diriger vers son sexe.

Lorsque les doigts d'Aiden se faufilèrent entre ses replis, il eut un murmure approbateur en les écartant avant de plonger les doigts dans son intimité.

— Tu rends ça si dur d'y aller lentement.

— Alors accélère.

Petra sourit en direction du plafond, les yeux toujours bien clos.

Aiden changea de position, prit ses deux seins entre ses paumes et taquina le bout de ses mamelons de la langue. Il les mordilla un peu, consumant sa résistance et faisant monter le plaisir jusqu'à ce qu'elle se cambre. Elle désirait plus. Elle voulait sentir sa bouche partout sur elle.

Elle replongea les doigts dans ses cheveux et tira dessus, essayant de le guider là où elle le voulait.

Il émit un autre petit rire, mais cette fois il était machiavélique.

— Tu ne commandes pas.

— Que tu dis, marmonna Petra.

Elle se tortilla et descendit sur le lit. Elle gardait les yeux fermés parce que désormais cela l'amusait beaucoup, mais elle bougea assez vite pour le retourner sur le dos. L'effet de surprise lui permit de se retrouver assise sur ses cuisses, et ses doigts taquinèrent la ligne ferme des muscles de sa ceinture d'Adonis.

— Tu disais quelque chose sur le fait que je ne commandais pas ? demanda-t-elle.

Il lui attrapa les hanches et l'attira vers lui. Un mouvement naturel empli d'une telle force que Petra poussa un petit cri.

— Tu veux jouer ? Alors joue. Mais seulement de la manière que je te permets.

Petra baissa la tête.

— Tu remarques que j'ai toujours les yeux fermés.

— Bien. Garde-les comme ça jusqu'à ce que je te dise le contraire.

Un frisson la traversa puis rebondit pour s'installer au fond de son intimité.

— Pourquoi est-ce que ça m'excite autant ?

— Arrête d'essayer d'analyser, Petra. Laisse-toi simplement porter.

Il l'attira vers lui de façon que son clitoris soit juste sur le renflement épais de son membre.

— *Oh.*

— Tu veux avoir le contrôle, n'hésite pas.

Comme elle ne bougea pas pendant une seconde, Aiden resserra les doigts, la déplaça et la plaça tout à fait sur son membre. Le plaisir tourbillonna et palpita en elle.

— Comme ça, suggéra-t-il.

Elle n'avait pas besoin de plus d'encouragement. Petra écarta encore un peu les genoux, appuya les mains contre son torse et inclina le bassin. Le lent mouvement était incroyable, et elle entendait presque son propre corps chanter de plaisir.

— Oh, ouais. C'est ça. Continue.

Elle se balança de nouveau, entamant un rythme. La

respiration d'Aiden s'accéléra, la sienne aussi. Même s'ils ne couraient pas un marathon, les halètements et les souffles irréguliers qui leur échappaient s'en rapprochaient.

Aiden lui taquina les seins avec les doigts. Cette sensation supplémentaire intensifia l'excitation qui montait entre ses jambes, et elle accéléra le tempo. Elle poussa plus fort, enfonça les ongles dans les méplats fermes de son torse musclé, lui donnant quelque chose auquel s'accrocher pendant qu'elle s'approchait de plus en plus. L'orgasme était tout *près*.

— Ouvre les yeux, ordonna Aiden.

Elle les ouvrit brusquement, croisa son regard, et ce fut le feu d'artifice. Le désir explosa et elle tomba en chute libre tandis que le monde s'estompait. Les étoiles, la lune et tout l'univers tourbillonnèrent alors qu'elle regardait dans ses yeux rieurs.

Un ricochet de plaisir la frappa, puis un autre, et elle gémit. Le son était long et tremblant en quittant sa gorge.

Une seconde plus tard, elle se retrouvait dos sur le matelas, Aiden les avait fait rouler.

Cela ne dérangea pas du tout Petra. Il ne lui restait plus de muscles pour se soutenir de toute façon.

SEIGNEUR, elle était magnifique.

Pas seulement habillée avec son jean usé, ses cheveux doux lâchés sur ses épaules. Pas seulement quand elle le taquinait, les yeux brillant de malice.

L'un et l'autre le faisaient réagir, mais la voir exploser d'extase était un vrai miracle.

Elle était étendue sur le lit, les cheveux en pagaille sur l'oreiller. Les paupières baissées et l'air comblé alors qu'il glissait deux doigts dans son intimité et la caressait paresseusement à l'avant, faisant durer son plaisir aussi longtemps que possible.

— C'était le pied.

Ses lèvres se retroussèrent comme les babines un chat qui serait entré dans une crémerie.

— Tellement le pied, putain, continua-t-elle. J'ai pris mon pied ? Les deux, en fait.

— Je me souviens de ça chez toi, dit-il en la caressant encore, les doigts arqués pile comme il fallait.

Elle inspira profondément, ses hanches décollant du matelas.

— Quoi ?

Le mot était essoufflé et à peine audible.

Les lèvres d'Aiden tressaillirent sous l'amusement.

— Le sexe te fait vraiment vite planer.

Elle croisa son regard et s'humecta les lèvres.

— Est-ce que tu dis que je suis une fille facile ?

Il modéra son rire parce qu'il ne voulait pas qu'il porte dans le couloir jusqu'à Jinx. Un bon rappel de la raison pour laquelle il avait été sur le point de prendre une direction différente de celle que prévoyait Petra.

— Ça veut dire que c'est un plaisir d'être avec toi, chérie. Tu es une merveille.

Petra glissa les doigts dans ses cheveux puis lui caressa la joue du dos de la main.

— À ton tour. À *notre* tour.

— À mon tour, acquiesça-t-il.

Elle découvrirait bientôt qu'il n'y aurait pas de *notre tour* pendant un moment.

Avant qu'elle ne puisse le ramener entre ses cuisses, il s'agenouilla au-dessus d'elle, reproduisant presque la position qu'elle avait prise avec lui. Un peu plus haut et sans s'appuyer sur elle pour que son poids ne l'écrase pas.

Aiden laissa son regard errer. Une fichue perfection reposait sous ses yeux, ses mamelons étaient des délices tendus sur des éminences magnifiquement crémeuses.

Il émit un murmure joyeux.

— Je me demandais si mes souvenirs étaient faux. Il était impossible que tu aies les seins les plus parfaits du monde, mais il semble que si.

Elle ouvrit la bouche pour dire quelque chose, mais un grognement bas fut tout ce qui s'échappa alors qu'il prenait ses deux seins dans ses paumes et taquinait de nouveau ses mamelons.

Il se souvenait aussi de ça dans les moindres détails. Ses seins étaient sensibles, et elle aimait qu'il joue avec. Ce qui voulait dire qu'elle devrait apprécier la suite presque autant que lui.

Presque. Il n'était pas un saint au point de ne pas prendre aussi son propre plaisir. Il s'avança lentement et glissa doucement son membre entre ses deux seins.

Elle écarquilla les yeux et s'humecta de nouveau les lèvres.

— Tu as besoin de lubrifiant pour ça. Tu veux que je te suce pour t'humidifier ?

Putain. Elle était chaude comme la braise.

— Et comment.

Il se redressa et plaça l'extrémité de son membre sur sa lèvre inférieure. Un grondement remonta dans sa gorge alors qu'elle le taquinait de sa langue et la glissait sur le point sensible sous son gland.

— Ouvre la bouche. Aspire-moi, ordonna-t-il.

Elle s'exécuta et passa la langue sur toute sa longueur. Si Aiden n'avait pas déjà eu des projets, il aurait perdu pied à ce moment-là alors qu'il enfonçait son membre, reculait et se noyait dans les sensations.

Il effectua encore deux allers-retours puis ressortit avec un bruit sec.

Elle claqua les lèvres et les incurva, faisant apparaître un sourire de jubilation.

— Tu n'as pas besoin de t'arrêter, le taquina-t-elle en haletant.

— Une autre fois. J'ai déjà des projets, répliqua-t-il.

Il se glissa à nouveau entre ses seins et grogna à cette sensation. Il fallut que Petra le lubrifie avec sa bouche encore trois fois avant que le mouvement ne soit parfait, puis Aiden cessa de s'inquiéter des délais et de la logistique pour les nouveaux arrivant à Vents et Marées. Il oublia qu'ils devraient manœuvrer prudemment avec Jinx ainsi que tout ce qu'il y avait à faire pour que le refuge soit financièrement viable.

Il oublia tout, sauf qu'il était dans ce lit avec la douce et généreuse Petra.

Elle posa les mains sur les siennes, qui recouvraient ses seins, l'encourageant à les serrer plus fort.

Puis elle pencha carrément la tête en avant pour que, à chaque fois que son membre sortait de la vallée entre ses seins, sa langue en caresse l'extrémité.

Putain de merde.

Si ça n'avait pas été aussi bon, il aurait été gêné de la vitesse à laquelle il perdait le contrôle.

Heureusement, cet instant ne visait pas à impressionner qui que ce soit. Il s'agissait de donner du plaisir et d'en recevoir. Il céda et accepta le cadeau qu'elle lui offrait, brûlant, obscène et parfait.

Aiden se força à ouvrir les yeux pour regarder Petra alors qu'elle lui souriait sans la moindre honte. Son sexe tressaillit et ses bourses se vidèrent.

Des filets de semence reposaient sur le haut de sa poitrine

ainsi que sur son menton, et une expression absolument ravie recouvrait son visage.

Aiden roula sur le côté et s'écroula sur le dos, lui attrapant la main qui reposait entre eux.

— Putain de merde.

Elle se mit à rire mais ne bougea pas.

— Au temps pour ma douche prise à l'avance, le taquina-t-elle.

— Ouais, mauvais planning de ma part. Désolé.

Mais il riait aussi.

Elle se glissa hors du lit et l'eau se mit à couler.

Aiden se redressa et se dirigea lui aussi vers la salle de bains. Il attrapa un gant pour faire un brin de toilette, puis arrangea les draps et les oreillers et remit le lit en ordre.

Quand Petra réapparut, portant cette fois un short de pyjama vert pâle et un débardeur assorti, il était de nouveau au lit et avait remis son boxer.

Il tira le drap près de lui et tapota le matelas.

— Comme demandé. Le côté droit du lit est à toi.

Elle se coucha et s'allongea sur le côté pour lui faire face. Ses paupières étaient lourdes, mais son cerveau tournait toujours à un million de kilomètres heure.

— Tu t'es décidée ? demanda-t-il.

Elle haussa un sourcil.

— Est-ce que tu es du genre câline ou pas ?

L'expression de Petra devint immédiatement joyeuse.

— Oui, mais je préfère être celle qui tient l'autre dans ses bras. Ou me blottir comme ça, face à face.

Hum.

— Ça me va. Essayons d'abord ça.

Il plaça son bras droit sous sa tête et souleva la couette, encourageant Petra à se glisser contre son torse.

Elle se rapprocha et entremêla ses jambes aux siennes pour se retrouver blottie contre lui, juste sous son menton.

Aiden déposa un baiser sur son front puis la rapprocha encore plus.

— Demain nous gérerons la suite. D'accord ?

— Ouais. Des vêtements pour Jinx, la routine pour la maison. L'inscription au lycée et...

Il interrompit la liste en lui penchant la tête en arrière et en déposant un bref baiser sur ses lèvres. Elle cilla lorsqu'il recula.

— *Demain.*

Elle émit un petit rire moqueur alors que ses paupières commençaient à se fermer.

— Nous devons aussi prévoir l'histoire de nos fiançailles, tu sais. Parce que les gens poseront la question.

Il ne répondit pas, mais c'était vrai. Tout s'était produit avec la force d'un rouleau compresseur, à un rythme tellement effréné qu'ils n'avaient pas eu le temps de parler de ces détails. Il se dit fermement à lui-même qu'ils s'en inquiéteraient le lendemain matin avant que son cerveau ne tourne en boucle.

Petra était brûlante entre ses bras, sentait divinement bon, et il avait encore les endorphines d'un super orgasme qui vibraient à travers son corps.

S'endormir, c'était comme tomber dans un petit bout de paradis.

Lorsqu'il se réveilla, il s'était retourné. Il faisait désormais face au bord du lit, Petra était placée contre son dos, le bras passé sur lui. C'était comme s'il portait un sac à dos chaud et doux. Il prit un instant pour apprécier la situation avant de se détacher aussi prudemment que possible pour éviter de la réveiller.

Les yeux toujours fermés, elle avait la bouche entrouverte et le plus mignon des petits ronflements s'échappait d'entre ses lèvres.

Il fallut un instant à Aiden pour s'habiller et sortir de la chambre, puis il avança discrètement dans le couloir avant d'arriver dans l'espace de vie.

Le dimanche matin. Encore une chose qu'ils devraient décider en tant que famille. À ce stade, aucun d'eux dans la maison n'allait à l'église, mais cela pourrait changer. Il était logique d'avoir un jour de repos, même si l'église n'avait rien à y voir. Un plan pour plus tard quand ils n'auraient pas autant de choses sur l'emploi du temps.

Il vérifia le planning de cuisine. Le nom de Declan était sur la liste.

Au diable tout ça.

Ça ne dérangeait pas Aiden de s'en occuper deux jours de suite du petit déjeuner, surtout qu'il se sentait vraiment bien. Le sexe avait cet effet sur les hommes, se dit-il alors qu'il remplissait la cafetière et sortait de quoi préparer le petit déjeuner.

La cafetière était pleine lorsqu'il entendit des griffes de chien cliqueter sur le parquet derrière lui. Dixie bondit dans la cuisine, et se précipita pour toucher affectueusement les tibias d'Aiden.

Jinx entra une seconde plus tard, portant un autre vieux jean et un sweat-shirt large. Son visage était propre et ses cheveux en fouillis étaient relevés en un chignon inégal. Elle le regarda avec méfiance mais agita légèrement la main alors que Dixie revenait précipitamment à ses côtés.

— Tu as bien dormi ? demanda Aiden.

Elle hocha la tête, regardant la cuisine comme si elle prévoyait de s'enfuir et cherchait le meilleur chemin.

Il fit un geste vers le plan de travail à un mètre sur sa gauche, où il avait laissé un grand saladier, une douzaine d'œufs et quelques autres ingrédients.

— Si tu pouvais me donner un coup de main, j'apprécierais.

Nous préparons du pain perdu ce matin. Casse les douze œufs dans le saladier et ajoute environ une tasse de lait. Une pincée ou deux de cannelle et une demie petite cuillère de vanille avant de fouetter. Je vais installer la plancha.

Elle écarquilla les yeux, et cette fois il semblait qu'elle approuvait.

— Je m'en occupe.

Il continua à déposer du bacon sur des plaques à biscuits pour les mettre dans le four.

— Nous allons attendre pour fixer notre emploi du temps officiel de la journée que Jake se pointe, puisqu'il aime ça. Mais est-ce que tu as réfléchi au genre de choses dont tu auras besoin au cours des prochains jours ?

— Un peu.

L'œuf qu'elle tenait se cassa de travers, et une partie de la coquille tomba dans le saladier. Elle regarda Aiden puis attrapa une cuillère pour la récupérer.

Aiden continua sa tâche, et après avoir inspiré profondément, elle fit de même.

Qu'est-ce que Petra avait dit ?

Deux pas en avant et un en arrière, c'était quand même un progrès.

11

———————

Ce n'était pas le petit déjeuner le plus bruyant ou tumultueux auquel Petra ait jamais participé, mais il y avait largement de quoi manger et boire. Jinx avait l'air fière en posant un plat chargé de pain perdu devant Petra.

L'essentiel de la conversation qui suivit tournait autour des chevaux. Les trois frères avaient amené leurs propres montures à Vents et Marées, mais il semblait que Declan en rassemblait déjà d'autres. Des animaux sauvés qui étaient encore suffisamment en forme à la fois pour être montés par des visiteurs et pour que les artistes les utilisent comme modèles.

Petra savait monter à cheval, mais elle n'en était jamais devenue folle comme certaines de ses amies, alors c'était une agréable discussion de fond à laquelle elle n'avait pas à participer.

À la place, elle s'attaqua au repas et examina ses compagnons.

Jinx avait des cernes sous les yeux, mais elle était assise plus droite ce jour-là que la veille. Dixie se trouvait entre elles deux, mais le regard de la chienne était exclusivement posé sur la jeune fille... Quelle chienne optimiste.

Les gars avaient l'air reposés dans l'ensemble. Aiden affichait un sourire narquois bien trop satisfait... mais il était possible que Petra affiche la même expression. Elle avait dormi comme une souche, ce qui étant donné les derniers jours en disait long sur le pouvoir d'un bon orgasme.

— Petra, dit Aiden en posant une main sur son bras pour attirer son attention.

Bon sang. Elle s'était encore perdue dans ses pensées.

— Vous devez penser que j'ai la capacité de concentration d'un moucheron. Qu'y a-t-il ?

Jake hocha la tête vers Jinx.

— Le shopping.

La jeune fille s'avachit sur sa chaise, brisant le contact visuel avec tout le monde.

Ouais, le shopping était une priorité, mais il fallait que quelque chose d'autre se produise d'abord.

— Jinx a assez de vêtements d'emprunt pour l'instant, pour qu'elle et moi nous occupions de ça demain. Mais d'abord, j'ai promis à ma belle-sœur que nous passerions ce matin.

Quatre regards la sondèrent. Ceux des hommes affichaient de l'inquiétude, et celui de Jinx une absolue consternation.

Ce qui lui convenait. Ça n'avait pas besoin de leur plaire, mais étant donné que la première impression était importante, elles n'allaient pas sortir en public à Heart Falls jusqu'à ce qu'il n'y ait aucune raison pour qui que ce soit de jeter un deuxième coup d'œil à Jinx en dehors du fait qu'elle était nouvelle.

Petra se pencha vers Jinx, et lui fit signe du doigt pour qu'elle se rapproche. Elle baissa la voix pour que les gars ne puissent pas l'entendre et n'y alla pas par quatre chemins.

— Je pense que je sais pourquoi tu as laissé tes cheveux finir dans un tel état. Mais puisque nous prévoyons de t'inscrire au lycée, quelque part entre des nœuds et des dreadlocks, ça ne va pas le faire. Ma belle-sœur a géré des désastres capillaires, et même si aucune de nous n'est coiffeuse, si tu nous fais confiance, nous pourrons te donner l'air présentable.

Ça n'avait pas été dit fort, mais Jinx lança quand même un coup d'œil autour de la table vers Jake, Declan et Aiden pour voir s'ils réagissaient avant de croiser le regard de Petra.

— Vous resterez avec moi ?

— Bien sûr.

Petra ramena sa voix à un niveau normal :

— Je pense que tu apprécieras Julia. Dans la semaine, je vais aussi prévoir une soirée entre filles avec mes deux meilleures potes pour que tu puisses les rencontrer.

Petra se cala sur sa chaise et regarda les garçons.

— Il y a beaucoup de testostérone dans cette maison, continua-t-elle, alors nous les filles devons nous assurer de recevoir régulièrement notre dose d'énergie féminine.

Les lèvres de Declan tressaillirent, mais il hocha la tête.

— Jake examinera les chiffres avec toi, mais nous avons de l'argent dans le budget pour autre chose que du pain et de l'eau. N'aie pas peur de dépenser pour ce qui est nécessaire.

— Ce que mon frère dit de manière inélégante, c'est que tu n'as pas à utiliser le shampooing pour chevaux à moins que tu ne le désires, dit Aiden en lançant un grand sourire devant l'air renfrogné de Declan. Hé, je ne dis pas que tu sens mauvais, mais...

Un son moqueur échappa à Jake.

— J'ai une carte de crédit pour le ranch que nous te donnerons, Petra.

Il lança un coup d'œil à Jinx d'un air pensif avant d'ajouter pour elle :

— Le ranch est en préparation depuis un moment, mais tu vois bien que nous sommes loin d'être prêts à ouvrir. Il y a encore du réaménagement à faire, et nous travaillons sur notre routine, comme nous en avons parlé hier soir.

Jinx resta silencieuse, mais hocha la tête.

— Si tu nous poses une question et que nous n'avons pas de réponse, ce n'est pas grave. Ça veut dire que tu pourras nous aider à trouver des solutions, dit Jake.

La jeune fille ouvrait des yeux ronds comme des soucoupes, emplis d'un espoir mesuré.

— Je veux vous aider.

— Tu le feras, promit Aiden. Ce sera ton foyer aussi longtemps que tu en auras besoin. Puisque tu iras au lycée, tu participeras aux corvées, tu n'auras pas un travail à plein temps. Tu as le droit d'être une adolescente, Jinx. C'est important pour nous aussi. Pas seulement pour toi.

Les larmes commençaient à poindre dans les yeux de Jinx, et Petra pensait que la jeune fille ne serait pas à l'aise à l'idée de les laisser voir.

Elle étreignit la main d'Aiden avec reconnaissance puis se leva.

— Ceux qui sont de corvée de vaisselle avec moi, allons-y. Puis Jinx et moi sortirons. Nous ne serons pas là pour le déjeuner. Qui cuisine ce soir ?

— Aucune de vous, dit Jake. Soyez rentrées d'ici dix-huit heures et le dîner sera prêt.

— D'accord, répondit Petra en croisant le regard de Jinx. Va te débarbouiller et sois prête à partir dans environ vingt minutes.

La vaisselle se fit rapidement avec Declan et Jake qui aidèrent Petra. Elle retourna en hâte dans la première salle de bains et fit sa propre toilette matinale, puis elle revint dans le salon en même temps que Jinx et Dixie.

Aiden était assis à la table de la cuisine, des catalogues et des échantillons de papier cartonné étalés devant lui. Il se leva et les rejoignit sous le porche, attendant pendant qu'elles échangeaient leurs chaussures d'intérieur contre celles d'extérieur.

— Appelle-moi si tu as besoin de quoi que ce soit, dit-il doucement.

— J'anticipe une journée très relaxante, l'informa Petra avec un grand sourire en se levant.

Elle fourra leurs chaussures d'intérieur dans un sac puis le passa sur son épaule, prête à partir.

Il l'attrapa par le poignet, la ramena vers lui, puis fit glisser ses mains dans le creux de ses reins jusqu'à ce qu'elle se retrouve plaquée étroitement contre son corps ferme.

— J'espère que Jinx et toi passerez une merveilleuse journée.

Sa voix était basse et sexy, et Petra cilla intensément pendant une seconde avant que les lèvres d'Aiden ne s'unissent aux siennes.

Il l'embrassa. Tendrement et lentement, ce qui suffit quand même à déclencher des feux d'artifice dans la tête de Petra. La pression au creux de ses reins les maintenait l'un contre l'autre, et quand Aiden se détacha d'elle et la lâcha un instant plus tard, son cœur battait trois fois plus vite.

Le grand sourire d'Aiden la submergea, et des étincelles brillèrent dans ses yeux.

— Au revoir, trésor.

Cela fit enfin tilt. Les fiançailles... Jinx se serait posé des questions s'ils ne partageaient jamais de marques d'affection en public.

Seigneur, elle était contente que l'un d'eux s'en soit souvenu.

— Au revoir.

Bon sang, elle aurait aimé avoir l'esprit un peu plus vif pour lui trouver un surnom mièvre et agaçant.

Elles étaient à quelques pas dans l'allée lorsque Aiden se racla la gorge.

— Petra.

Elle lança un regard en arrière.

Il lui tendit son sac à main, l'air amusé.

— Tu pourrais avoir besoin de ça.

Petra le prit avec reconnaissance.

— Au moins je n'étais pas déjà sur la route.

Jinx s'assit silencieusement sur le siège passager de la camionnette, et regarda par le pare-brise.

Elle avait semblé plus rassurée qu'effrayée par le baiser de Petra et d'Aiden, et ce devait être une bonne chose. Ils allaient commettre des erreurs, mais du moment qu'ils continuaient d'essayer, ils devaient considérer ça comme une victoire.

Petra avait plus d'une chose à accomplir ce jour-là.

— Est-ce que Danielle t'a fait faire le tour de la ville avant de te déposer au ranch ? demanda-t-elle.

Jinx secoua la tête.

— Je pense qu'elle était inquiète. Enfin, elle n'était pas censée faire ce qu'elle a fait. Venir me chercher et m'emmener quelque part, expliqua la jeune fille en lançant un coup d'œil à Petra. Je suis vraiment reconnaissante. Envers elle et envers vous tous.

Petra hocha la tête avec approbation.

— C'est bien d'être reconnaissante, et nous savons que tu l'es. Mais maintenant, tu devrais te concentrer pour profiter du nouveau départ qu'on t'a donné. Ça ne va pas toujours être facile.

Au lieu de prendre le virage et de rouler tout droit jusqu'au ranch de Red Boot où les attendait sa belle-sœur, Petra tourna à gauche et entra dans Heart Falls.

— Nous n'allons nous arrêter nulle part, mais je vais traverser la ville avant d'aller au ranch.

Jinx se redressa, le nez pratiquement pressé contre la vitre latérale alors que Petra lui faisait visiter. Elle indiqua les différents bâtiments, y compris le Buns and Roses et le lycée. Jinx posa quelques questions, s'animant lentement jusqu'à ce qu'elles se rapprochent d'une franche conversation.

Petra arrêta la camionnette devant le chalet de Julia et Zach et marqua une pause. Il était temps de revérifier.

— Je dois te dire que je suis désolée, commença Petra.

Lorsque Jinx cilla de confusion, Petra haussa les épaules.

— Je n'en ai fait un peu fait qu'à ma tête à la maison, en parlant d'arranger tes cheveux. Tes cheveux sont ton affaire. Tu ne dois pas faire ce qui te met mal à l'aise, et mon travail est de te soutenir. Cela dit, je pense que tu susciterais moins de curiosité mal placée si nous arrangions ça.

Jinx secoua la tête. Elle avait utilisé un chouchou suffisamment grand pour dégager son visage, mais le résultat était bancal et tirait clairement sur son crâne par endroits.

— Ça semblait malin d'être aussi laide que possible.

Petra repoussa sa colère envers les connards qui avaient tellement traumatisé cette jeune fille qu'elle avait choisi de se cacher.

— Alors, ça te va de changer ?

Des yeux déterminés croisèrent son regard.

— Oui, s'il te plaît. Ça gratte, avoua Jinx. Mais ils sont affreux. Je ne sais pas si on peut arranger ça. Et je ne suis pas fan du crâne rasé.

— Le crâne rasé va bien à certaines personnes, mais ouais. Ce n'est pas mon style non plus, dit Petra en penchant la tête vers la maison et en souriant. Voyons ce que Julia va suggérer avant de sortir le rasoir.

Petra frappa à la porte et l'ouvrit après la réponse accueillante de Julia.

— Hé, Jul', nous sommes prêtes pour nous faire chouchouter. J'ai amené Jinx pour te la présenter.

Sa belle-sœur s'avança. Les cheveux teintés de roux de Julia flottaient en superbes boucles au niveau de ses épaules. Elle portait un vieux jean passé avec des trous qui formaient un ourlet inégal et une chemise à manches longues trop grande d'une couleur lavande pâle, avec les manches remontées jusqu'aux coudes.

— Hé P. Bonjour, Jinx. Bienvenue dans mon salon de coiffure, dit-elle en levant les yeux vers Petra. Ton frère est sorti faire en importante mission quelque part près de la limite du ranch. Cody, c'est notre contremaître, a insisté en disant que Zach avait un rôle majeur pour planifier je-ne-sais-quoi tout là-bas. Ce qui veut dire que nous aurons la maison pour nous pendant des heures.

Petra huma les alentours d'un air appréciateur.

— Est-ce que tu as fait des roulés à la cannelle ?

L'amusement dansa sur le visage de Julia.

— Oui, si décrocher le téléphone, appeler Tansy et la supplier pour avoir une livraison à domicile compte comme les avoir faits.

Jinx rit. Elle accepta le sac que Petra lui tendait, lança un coup d'œil dedans et découvrit la paire de chaussures d'intérieur. Le soulagement dans ses yeux était immense alors qu'elle s'asseyait pour les enfiler.

— Merci.

— Pas de problème, petite. Souviens-toi, un pas à la fois, et parfois c'est plus facile quand tu as des chaussures aux pieds.

Petra enfila ses propres pantoufles – une paire normale cette fois, au cas où les choses deviendraient follement compliquées. Elle ne voulait pas ruiner ses dragons, un cadeau d'anniversaire.

— Julia, que puis-je faire pour t'aider et où veux-tu qu'on s'installe ?

Derrière elle, Jinx changeait de paire de chaussures. Le regard de Julia se posa sur elle avant de revenir sur Petra. Elle hocha la tête avec approbation.

— Je suppose qu'il faut qu'on y jette un coup d'œil d'abord pour évaluer les dégâts.

Elle avait placé deux chaises côte à côte à la table de cuisine et prévu un miroir autoportant assez grand pour qu'une personne ou deux, si elles se serraient, puissent se voir entièrement.

Petra s'assit à côté de Jinx.

Julia s'appuya contre la table.

— D'abord, je suis sûre que Petra et Aiden t'ont dit que mon mari et moi sommes aussi des gens sûrs pour toi. Nous ne savons pas tout, mais en savons assez pour que nous fassions ce qui est nécessaire pour aider à te protéger. D'accord ?

Elle attendit que Jinx hoche la tête.

— Maintenant, venons-en à la partie qui pourrait être facile pour toi, ou vraiment dure, mais aucune des deux n'est meilleure que l'autre, dit Julia en croisant les bras sur sa poitrine avant de se redresser et de grimacer. Ce n'est pas de notoriété publique, mais une fois, j'ai eu un *stalker*. Quand les choses étaient au plus mal, j'ai été piégée dans une situation difficile où je n'avais pas beaucoup de contrôle pour prendre soin de moi. Je ne te dis pas ça pour que tu te sentes mal pour moi, mais pour que tu saches qu'un des résultats de cette situation était que mes cheveux ont été abîmés.

— Vous avez un peu été à ma place ? demanda Jinx.

— Seulement dans la mesure où je sais que je ne peux pas t'aider à moins de te toucher les cheveux. Et puis, défaire les nœuds va provoquer pas mal de tiraillements. Ce sera désagréable, mais si ça te va, nous pouvons commencer.

Petra remua l'épaule pressée contre celle de Jinx.

— Si tu as besoin d'une pause, dis-le.

Jinx regarda fixement son reflet.

— Je ne veux plus ressembler à ça.

Heureusement que les courageuses jeunes femmes existaient.

— Alors mettons-nous au travail.

Elles humidifièrent les cheveux emmêlés et se mirent au travail en utilisant des peignes de coiffeur ou afro pour démêler le plus doucement possible. Julia fut incroyable tout du long, ce qui n'avait rien d'étonnant puisqu'elle avait travaillé dans le domaine des services d'urgence pendant des années. Elle semblait avoir un don pour aider Jinx à se détendre.

Lorsqu'elles trouvèrent un mélange d'après-shampooing et d'huile de noix de coco qui détendit les nœuds, Petra sentit son espoir grandir. Elles n'auraient pas à tout couper.

Des heures plus tard, après quelques pauses pour profiter des roulés à la cannelle et d'un peu de thé chaud, puis pour déjeuner, elles avaient terminé.

Jinx avait un peu l'air d'un chien mouillé, les longues mèches de cheveux brun foncé démêlées pendaient autour de son visage. Mais cette fois ce n'était pas parce qu'elle se cachait, mais parce qu'elle essayait d'empêcher les mèches dégoulinantes de lui tomber dans les yeux.

— J'espère que vous avez une douche, dit-elle.

— Bien sûr, dit Julia. Et, comme nous en avons parlé, j'ai d'autres vêtements qui pourraient t'aller. Mais je pense qu'un tour au magasin avec ma nièce pourrait être une bonne idée dans les prochains jours.

Jinx se figea, ses mains serrant la serviette contre sa poitrine.

— Votre nièce ?

— Sasha, l'informa Julia. Elle a presque ton âge, alors il y a des chances que vous finissiez dans la même classe au lycée.

Une part de Petra voulait protéger Jinx et protester que c'était trop tôt. Mais aller de l'avant signifiait aussi de continuer sur sa lancée.

— Si tu n'en as pas envie, on ne le fera pas. Mais je peux me porter garante de Sasha, dit Petra. En dehors d'être un peu plus obsédée par les chevaux que toi, c'est une fille super avec une petite sœur et un petit frère qu'elle materne follement. C'est quelqu'un que je voudrais avoir de mon côté.

Jinx hocha la tête, mais elle avait toujours l'air inquiète.

— C'est logique. Vous pensez que nous pouvons la rencontrer avant d'aller faire du shopping ?

Tout était possible. Petra réfléchit.

— Pourquoi pas au Buns and Roses ? suggéra-t-elle à Julia. Demain il y a cours, mais je ne pense pas que Sasha serait contrariée qu'on l'emmène déjeuner.

— Je parlerai à sa mère, dit Julia avant de marquer une pause. Est-ce que vous avez trouvé l'histoire que vous allez raconter aux gens en ville ? À propos de qui tu es et tout le reste ?

— En partie, lui dit Jinx. Declan a dit que nous ferions le reste cet après-midi, alors nous pourrons vous le dire bientôt.

— Ça marche. J'attendrai d'avoir de tes nouvelles, mais tu verras sans doute Sasha demain. Alors, si tu es à l'aise, nous pourrons aller faire du shopping dès que les cours seront terminés, dit Julia avant d'indiquer la salle de bains. Va laver tout ça. Prends le shampooing, puis utilise l'après-shampooing et laisse-le posé pendant au moins cinq minutes. J'ai mis tout ce que tu peux utiliser sur le plan de toilette. Tout est neuf et à toi. Les vêtements sont un prêt, mais tu les garderas jusqu'à ce que tu aies tes propres affaires.

Jinx se couvrit la tête avec la serviette et se leva maladroitement, les regardant l'une et l'autre.

— Je sais que je n'arrête pas de le dire, mais merci de m'aider. Et merci d'essayer de me rendre ça plus facile. Je le pense. Peut-être que j'ai un peu peur, mais aujourd'hui c'est beaucoup mieux qu'il y a deux jours.

Elle disparut, laissant Petra et Julia la regarder fixement.

— Donne-moi trente minutes avec les fumiers avec qui elle vivait avant.

Julia l'avait dit calmement comme si elle discutait de la météo.

— Quinze, même, continua-t-elle. Je me sens motivée.

— C'est une réaction familière, et tu vas devoir rejoindre la queue, maintenant, lui dit Petra.

Elle se rapprocha et étreignit sa belle-sœur, la serrant étroitement, et elle abandonna une partie de sa tristesse pour se concentrer sur les aspects positifs apparus ce matin-là.

— Je suis contente de t'avoir, ajouta-t-elle.

— Idem. En plus, je suis contente que cette jeune fille t'ait toi, répondit Julia avant de reculer et de regarder Petra dans les yeux. Je pensais que tu étais peut-être dépassée avec les fausses fiançailles et tout le reste. Mais je vois pourquoi tu l'as fait. Je suis *contente* que tu l'aies fait, et tu sais que nous prendrons fait et cause pour toi, et pour Jinx, quoi qu'il arrive.

— Merci.

Encore un autre changement. Un autre pas. Il en restait beaucoup à faire. Mais Petra se rendit compte que sa belle-sœur avait raison. Être à Vents et Marées était à la fois nécessaire et vital. Pour Jinx et pour elle-même.

12

———————

*P*etra lui avait envoyé un texto pour le prévenir que Jinx et elle étaient enfin sur le chemin du retour, ce qui voulait dire qu'Aiden et ses frères étaient déjà dans la maison quand sa camionnette se gara sur la place de parking devant la porte.

Declan vérifia la température du four puis recommença à tourner la salade dans un énorme saladier.

— Petra a dit si ça s'était bien passé ?

— Assez bien. Elle demande de nous rappeler que les commentaires sur l'amélioration de l'apparence de Jinx doivent rester aussi fraternels que possible.

Le bruit des femmes qui discutaient sous le porche et s'occupaient de leurs chaussures amena Aiden à la porte.

La première à entrer fut Petra.

— Hé, les gars. Nous sommes bien détendues après notre journée spa, mais nous mourons de faim. Ça sent bon ici.

— Ce sont des lasagnes, l'informa Declan. Les Lasagnes du Feignant, parce que je suis nul pour faire les couches.

— Miam. Tu aimes les pâtes, Jinx ?

La jeune fille s'avança, les yeux baissés vers le sol pendant une seconde avant de se redresser.

— C'est bon, les pâtes.

Sans la pagaille emmêlée qui pendait devant son visage, les jolis traits de Jinx furent la première chose qu'Aiden remarqua. Les cernes violets sous ses yeux lui donnaient l'air encore plus délicate et fragile qu'avant, mais le rideau de ses longs cheveux châtains et raides avait l'air bien plus confortables que le fouillis qu'elle avait en quittant la maison ce matin-là.

Il était temps de la complimenter prudemment.

— Hé, Jinx. On dirait que Petra et Julia t'ont bien aidée.

Declan émit un son approbateur.

— Est-ce que c'est plus agréable ? demanda-t-il.

— Tellement plus agréable !

Ignorant Aiden, Jinx se concentra sur Declan.

— Ça a demandé beaucoup de travail, mais Julia est gentille. Elle m'a prêté un tas de vêtements, et elle a dit de la tenir au courant qu'une fois qu'on se sera fixés sur mon histoire, parce qu'elle va appeler sa sœur aînée, et ensuite je suis censée rencontrer sa nièce Sasha pour qu'on puisse aller faire du shopping.

Aiden cligna des yeux de surprise devant le déferlement de mots.

Heureusement, Declan garda son calme et se contenta de hocher lentement la tête, mélangeant toujours la laitue.

— Alors nous détaillerons ça après le dîner pour que tu puisses appeler Julia. J'ai noté quelques idées. Je pense qu'on y est presque.

Jinx se redressa un peu plus, puis passa inconsciemment les doigts dans ses cheveux comme si elle n'arrivait pas à croire au changement.

— D'accord.

Elle sourit, à rester stupéfait de surprise.

— Julia a dit qu'elle a entendu parler de toi, ajouta-t-elle.

— Avec un peu de chance, c'étaient en bien.

Le minuteur sur la cuisinière se déclencha, et Declan alla l'éteindre.

— Allez tous vous laver les mains. Le dîner est prêt.

Aiden accosta Petra devant le lavabo de leur chambre.

— Jinx a l'air un million de fois mieux, mais pas seulement en surface. Elle est encore nerveuse mais elle n'a plus cet air de chiot battu dans les yeux. Je suppose que votre sortie s'est mieux passée que nous espérions.

Petra s'appuya contre le lavabo et réfléchit.

— Julia est la meilleure, alors c'est à elle que revient tout le mérite. Entre la création de liens sur leurs traumatismes capillaires – Julia a une sacrée histoire que je devrais te raconter un jour – et ses connaissances solides en tant que travailleuse en traumatologie, ma belle-sœur a fait des merveilles. Elle faisait rire Jinx à la fin de la visite.

Trop bien.

— Dieu merci. Espérons que ça continue.

Ils s'assirent sur les mêmes chaises que le matin, ce qui permit à Aiden d'observer toute la famille alors qu'ils faisaient passer les plats emplis de salade verte croquante et de pâtes savoureuses et fumantes. Jinx parla plus que la veille, surtout à Petra et Declan. Ça ne dérangeait pas Aiden, et Jake semblait plus distrait que d'habitude et ne participait pas beaucoup à la conversation de toute manière.

Ils se retrouvèrent au feu de camp un peu plus tôt ce soir-là.

— Viens me donner un coup de main, lança Aiden à Petra avant qu'elle ne s'installe avec son crochet.

Elle regarda d'abord Jinx, mais la jeune fille lançait une

balle pour Dixie, et le retriever dansait d'excitation à chaque fois que la lanceuse la récupérait.

— Jinx aura de quoi s'occuper pendant des heures, dit Aiden avec un sourire alors que Petra le rejoignait.

— Ça marche. La journée a été chargée, et positive, mais que Jinx n'ait pas le temps de s'inquiéter des problèmes de demain est une bonne chose, dit Petra en regardant la corde entre les mains d'Aiden. Est-ce que je veux savoir ?

— Détends-toi, chérie, ce n'est rien de pervers. C'est pour une balançoire, lui assura-t-il. Il y a un bon emplacement dans l'embrasure de la porte de l'écurie, et j'ai pensé que Jinx apprécierait. En attendant, toi et moi devons décider de l'historique de notre relation, et j'ai pensé que le faire maintenant serait aussi bien qu'à un autre moment.

— D'accord, dit-elle en marchant à ses côtés vers l'écurie. On devrait rester simples.

— Zut. Ça veut dire que le bal costumé d'où tu t'es enfuie à minuit et où tu as laissé derrière toi ta pantoufle de vair est exclu.

Elle émit un son moqueur.

— Ouais. Aucun de nous ne correspond à cette histoire. Je ne suis pas Cendrillon.

Il marqua une pause en grimpant sur l'échelle pour lui lancer une expression surprise.

— Tu dis que je ne suis pas un prince charmant ?

— Tu es plutôt du genre Flynn Rider, l'informa-t-elle d'une voix traînante.

— Ha, lança Aiden en accrochant la corde sur la poutre avant d'entreprendre de faire un nœud solide. Ça ne me dérange pas. Flynn est un mec correct.

— Une fois qu'on dépasse le vol et le mensonge, c'est un bon parti, acquiesça Petra.

Aiden se mit à rire.

— Pourquoi pas une rencontre en ligne ?

— Peut-être. Est-ce que tu aurais pu travailler dans le Manitoba récemment ? La maison de mes parents est dans la campagne de Brandon.

Elle le regarda, la confusion se lisant dans ses yeux.

— Attends une seconde, continua-t-elle. Je viens de penser à quelque chose. Jake travaillait dans la police, mais il est maintenant votre responsable du ranch, non ?

— Oui.

Où voulait-elle en venir ?

— Declan est à l'évidence le chef de la partie animaux de cette exploitation, dit Petra en haussant un sourcil. Je n'arrive pas à croire que ça m'ait pris jusqu'à maintenant pour te demander ça, mais quel est exactement ton travail ? Quand nous nous sommes rencontrés il y a trois ans, tu étais ouvrier de ranch.

— Ce poste fonctionne pour moi.

Les pieds d'Aiden se posèrent sur le sol couvert de terre. Petra maintenait la solide assise de bois en place alors qu'il travaillait pour y ajouter des nœuds aussi.

Elle ne lâcha pas le sujet.

— Tu es ouvrier de ranch. Mais tu connais suffisamment bien Danielle pour qu'elle vous confie, à toi et à ta famille, la vie d'une inconnue... ajouta Petra en secouant la tête. Bon sang, *je* t'ai fait assez confiance pour accepter tout ton plan sans hésiter. Quel genre de magie est-ce que tu projettes ?

— Je ne suis pas si compliqué, Petra. J'aime bien les gens de tous âges, et ils ont tendance à m'apprécier.

Aiden haussa les épaules. Certaines personnes étaient impressionnées par les titres et les beaux diplômes, mais elle ne semblait pas être de ce genre-là.

— Je parle à tout le monde, et j'essaie de jouer franc-jeu avec eux, comme notre beau-père nous l'a appris. Peut-être que soutenir les gens est un trait de personnalité perdu à notre époque, mais j'y crois encore. Alors ouais, les gens me font confiance.

Même si le nombre de mensonges qu'il allait devoir dire à partir de maintenant allait augmenter de manière exponentielle.

La balle passa en rebondissant à côté d'eux, instantanément suivie par un tourbillon de fourrure dorée alors que Dixie filait derrière.

— Désolée, lança Jinx.

Il agita la main vers la jeune fille.

— Entraîne-toi à faire en sorte que Dixie attende un peu avant de lui dire *va chercher*.

— O.K., répondit Jinx en regardant autour d'elle, vérifiant où se trouvaient Jake et Declan avant de continuer.

Petra avait l'air pensive alors qu'elle regardait discrètement Jinx.

— Nous allons revenir à notre histoire, mais il faut que je le dise. Je suis surpris que ça se passe aussi bien, admit Aiden. Est-ce que j'imagine des choses, ou est-ce que Jinx a conclu que Declan est quelqu'un de bien ? Ou en tout cas mieux que Jake et moi ? Ce qui ne me dérange pas du tout, mais...

— Non, tu as raison. C'est encore Julia, révéla Petra. Il s'avère que le contremaître du ranch de Red Boot chante les louanges de Declan à tous ceux qui veulent l'entendre. Pour je ne sais quelle raison, Cody a accompagné Declan quand il est allé recueillir un cheval il y a environ un mois. Le gars chez qui ils ont récupéré le cheval pensait pouvoir changer d'avis à la dernière minute, mais Declan lui a dit clairement que traiter l'animal cruellement voulait dire qu'il avait perdu tout droit dessus.

— C'est bien le genre de Declan.

— Julia a dit qu'on peut savoir beaucoup de choses sur un

homme d'après la manière dont il traite les animaux et dont ceux-ci le traitent en retour. Jinx est restée silencieuse un moment, mais on voyait bien qu'elle additionnait deux et deux et trouvait *Declan est un mec bien*.

— C'est une base solide pour ce que nous construisons ici à Vents et Marées, dit Aiden en tapotant le siège et en tenant les cordes. Monte.

Petra se retourna et s'assit.

— Notre histoire ?

Aiden appréciait immensément ça, se rendit-il compte. Discuter avec Petra, trouver des plans. Partager une partie de son passé.

Ça aidait qu'elle ait pris son travail simple sans sourciller, et qu'elle semble même admirer ce qu'il était capable de faire sans une liste de diplômes en lettres dorées à son nom. Rien de tout ça n'était nécessaire pour leur supercherie, mais tout ça était très important s'il voulait que leur relation dépasse le simple mensonge obligatoire.

— Restons simples, suggéra-t-il. Nous nous sommes rencontrés il y a trois ans ici même à Heart Falls... ce qui n'est pas un mensonge. Nous ne mentionnerons simplement pas plus que la partie publique de la soirée.

Elle ricana.

— Laisse-moi deviner. Nous échangions des messages et nous nous retrouvions quand nous pouvions depuis.

— Absolument. Et lorsque mes frères et moi avons décidé d'établir notre nouveau foyer ici à Heart Falls, je t'ai fait ma demande.

Il frôla sa joue de la sienne par-derrière et chuchota :

— C'était très romantique.

— Bien sûr que oui, dit Petra avec amusement.

— Une promenade à cheval suivie d'un pique-nique. Nous nous sommes assis près du ruisseau et avons décidé que nous commencerions notre vie dans notre nouveau foyer en étant fiancés, dit Aiden avant de la pousser doucement. Mais tu ne voulais pas de bague.

— C'est pratique pour toi.

— Très, confirma-t-il en la poussant plus fort, et elle vola plus haut. Est-ce que ça te suffit comme histoire ?

— Oui. Surtout si nous nous rappelons tous les deux la règle cardinale du mensonge. Le mieux est l'ennemi du bien.

Petra laissa traîner ses pieds sur le sol pour s'arrêter. Elle se leva et se retourna pour lui faire face.

— Pose plus de questions que tu n'offres de réponses, continua-t-elle.

Aiden haussa un sourcil.

— Tu parles comme si tu avais beaucoup d'expérience, la taquina-t-il.

Son expression changea un quart de seconde, avant que son sourire ne revienne aussitôt.

— Eh bien, pas plus qu'une personne lambda. Est-ce que tu as amené ta guitare ?

Intéressant. Aiden ne savait peut-être pas faire de la magie, mais il avait une intuition très fine. Petra gardait certainement un secret, en dehors de celui dans lequel il l'avait entraînée.

Maintenant, il devait décider que faire de ce détail.

Si Petra avait eu des doutes sur l'opportunité de demander à Sasha d'aider Jinx, ils disparurent dans les cinq premières minutes suivant la rencontre des filles au Buns and Roses.

Une fois échangés les salutations et bonjours initiaux, Sasha guida Jinx vers le comptoir pour commander avant de mener tout le groupe vers une table d'un côté de la salle. C'était amusant de regarder Sasha organiser les choses comme elle le voulait en plaçant Jinx dans un coin où elle pourrait regarder autour d'elle sans être facilement examinée.

Sasha posa quelques questions à Jinx mais surtout raconta tout sur elle-même et sa famille. Elle raconta des histoires sur sa petite sœur Emma, et même sur son petit frère Tyler, ses trois oncles et tantes, et son cheval. Elle expliqua que le prof de maths du lycée n'avait pas du tout le sens de l'humour et demanda si Jinx préférait les maths ou l'anglais.

— Sasha est comme un border collie bien dressé, dit Julia à Petra calmement, mais très amusée. Peu importe combien elle a de poussins à surveiller en même temps, elle essaie de tous les garder à sa portée pour s'en occuper.

— Ça m'a l'air d'être le genre de soutien dont Jinx pourrait avoir besoin au lycée.

Le regard toujours posé sur les filles, elle parla à sa belle-sœur.

— Tu as autre chose à me dire ? continua-t-elle. Comment vas-tu ces temps-ci ?

Julia lui lança un regard interrogateur.

Petra haussa les épaules.

— À chaque fois que je t'ai vue cette semaine, c'était parce que j'avais besoin d'aide. Je te rappelle simplement que je t'apprécie pour toi et pas pour tes talents d'urgentiste.

— Je t'aime aussi, lui assura Julia. Quant au reste, ne t'inquiète pas. Il y a des moments pour les réminiscences ou pour apprendre à mieux connaître les gens, et d'autres pour offrir un coup de main. La famille ne tient pas une liste de services rendus.

Petra lui étreignit les doigts.

— Tu es géniale.

— Oui. Je suis aussi curieuse, dit Julia en baissant la voix. C'est quoi cette histoire à propos de toi et d'Aiden qui partagez une chambre ?

Bon sang. Petra se sentit rougir.

— Tu vas encore à la pêche aux infos ?

— Je ne vais pas à la pêche. J'écoute ce qui se passe de l'autre côté de la table. Jinx vient de dire à Sasha comment la maison est organisée maintenant. Sasha est déjà allée dans la maison parce que la propriétaire précédente faisait parfois la baby-sitter pour elle et Emma. Jinx a précisé que la chambre de Mme Fallen est maintenant celle de Petra *et* d'Aiden.

— Le fait que tu aies entendu ça pendant qu'on parle signifie que tu as une ouïe du niveau de Superman, râla Petra.

— Oublie comment je l'ai entendu, dis-moi simplement que tout va bien.

Tant pis pour garder le secret sur le fait qu'ils couchaient ensemble. Même s'ils n'avaient toujours pas refait l'acte en lui-même, la veille Aiden l'avait complètement fait chavirer en lui faisant un cunnilingus dans la douche avant de se masturber avec son aide.

Petra sourit de plus belle.

— Tout va mieux que bien.

Julia ricana.

— Du moment que ça reste comme ça et que tu t'amuses, je ne demanderai pas d'autres détails.

— Tata Julia.

Sasha parla plus fort pour attirer leur attention.

— Oui ?

— Jinx a besoin de nouveaux vêtements, et maman a dit que je pouvais aller faire du shopping avec elle. Mais ce devra être demain après le dîner parce que nous ne pouvons pas y aller ce soir, et demain j'ai une séance d'entraînement avec Kelli juste après les cours. Tu pourras m'emmener ? Maman ne pourra pas à cause de Tyler. C'est mon petit frère, rappela Sasha à Jinx. Il n'a que quatre ans et il se couche très tôt.

— Si ta mère dit que ça lui convient, et que tu n'as pas trop de devoirs, je pourrai t'emmener. Le lendemain il y a cours, signala Julia.

Sasha haussa les épaules.

— Je n'ai jamais beaucoup de devoirs.

Elle se tourna vers Jinx pour lui confier :

— Rien que je ne puisse faire sur le trajet de dix minutes en bus pour rentrer à la maison. C'est un chouette petit trajet.

Le regard de Jinx fila vers celui de Petra. Elle déglutit péniblement, se forçant à poser sa question.

— Tu prends un bus ?

Sasha agita une main.

— C'est rien. Nous sommes parmi les derniers à être récupérés le matin et les premiers à être déposés en rentrant, et puisque tu habites sur la propriété d'à côté, tu aurais un trajet encore plus court. Ce n'est pas comme dans les grandes villes où les bus sont séparés par tranches d'âge. Ici ils viennent chercher tout le monde en fonction de la zone, y compris les enfants de maternelle, alors c'est parfois bruyant, mais pas affreux.

Sasha fronça les sourcils, remarquant la gêne de Jinx.

— Ça va, continua-t-elle. Tu n'as jamais pris le bus ?

Jinx secoua la tête.

— J'ai toujours habité assez près pour y aller à pied.

Petra n'avait pas besoin de lire dans les pensées pour savoir que l'idée de prendre le bus ne mettait pas Jinx à l'aise, mais elles discuteraient de ça en profondeur quand elles seraient seules.

— Bonjour, mesdames. Bienvenue dans le meilleur café de la ville, annonça Tansy d'une voix enjouée en leur apportant leur commande.

Elle les examina les unes après les autres avec amusement.

— On se fait des amies et on prévoit des mauvais coups ? demanda-t-elle.

— C'est toujours bien que des mauvais coups se préparent, lui rappela Petra.

— C'est exactement ce que je pense.

Tansy plaça les plats sur la table devant chacune d'elles avant d'ajouter une assiette pour elle et d'apporter une chaise de plus pour se joindre à elles.

— C'est pour ça que je suis là, continua-t-elle. Bonjour, Jinx. Je m'appelle Tansy. Je suis l'amie drôle et intelligente de ces deux-là.

Elle indiqua de ses pouces Julia et Petra.

— Alors, de quoi est-ce qu'on discute ? Qui a brisé le cœur de qui au lycée aujourd'hui, Sasha ? ajouta-t-elle, en lançant un coup d'œil sur sa gauche. Tu es enceinte, Julia ?

— *Tansy* ! la réprimanda Petra sous le choc. C'est impoli.

— Quoi ? demanda Tansy en levant les mains en l'air alors qu'une expression de compréhension apparaissait sur son visage. Oh, tu as raté cette partie-là. Ce n'est pas impoli, c'est une taquinerie. Enfin, c'est un peu impoli, mais ce n'est pas ma faute. Zach est venu ici il y a deux mois et a commandé des sandwichs à la crème glacée beurre de cacahuète avec des cornichons. Et nous savons tous ce que *ça* veut dire.

Julia laissa échapper un soupir résigné.

— Il était censé acheter les sandwichs à la crème glacée. Puis il s'est rappelé qu'il avait cassé le bocal de cornichons la veille et il ne voulait pas s'arrêter au magasin pour un seul article, d'où la demande de cornichons, expliqua-t-elle en lançant un regard assassin à Tansy. Seulement, depuis, *elle* utilise ça à la moindre occasion.

— Que puis-je dire ? Quand on m'offre un billet gagnant, je le prends, répondit Tansy avec un grand sourire en prenant son sandwich. J'étais sérieuse à propos des cœurs brisés au lycée, Sasha. Est-ce que José essaie encore de te convaincre d'être sa chérie ?

Sasha poussa un gros soupir.

— Tata *Julia*.

— Quoi ? répéta Julia en guise de protestation cette fois.

Sasha lui lança un regard assassin.

— Tu es la seule personne à qui j'ai parlé de José.

Julia leva une main.

— Oui, tu me l'as dit. Mais le même jour, Kelli m'a dit que tu avais dit quelque chose sur lui. Puis ta mère m'a parlé de lui. En plus, ta tata Ginny m'a dit que tu lui avais dit que Katy avait raconté que Jason lui avait dit que...

Petra riait si fort à ce moment-là que ses mots sortirent en hoquets.

— Oh mon Dieu. Tu pourrais entrer dans la salle de classe avec les adolescentes, dit-elle à Julia.

— Cool, releva Julia en souriant d'une oreille à l'autre.

Pendant que Sasha parlait avec animation de José, ce fut Jinx qui retint l'attention de Petra. Son regard allait et venait sur tout le monde à table, et sa bouche s'entrouvrait pendant que les taquineries continuaient. Lorsque Sasha lança ses cheveux en arrière comme une crinière pour souligner un point important, Jinx ricana en se couvrant la bouche d'une main, mais Petra remarqua son bref sourire.

C'était à la fois réconfortant et plein d'espoir.

La porte du Buns and Roses s'ouvrit, la cloche de bienvenue tinta, et un homme aux larges épaules portant un chapeau de cow-boy entra. Petra cilla puis regarda sa montre. Pourquoi est-ce que Jake venait à cette heure-ci ?

Elle se demanda s'il y avait un problème et s'il essayait de les retrouver. Elle agita la main pour attirer son attention.

— Jake. Par ici.

Il releva brusquement la tête et cilla, comme s'il était non seulement surpris de la voir, mais aussi de s'apercevoir qu'il était à l'intérieur du magasin.

— Hé.

Tansy ricana. Elle bondit sur ses pieds et épousseta ses mains.

— Eh bien, les filles, j'espère que vous passerez un bon moment quand vous irez faire du shopping. Excusez-moi, j'ai quelque chose à faire.

Elle fila de la table et attrapa Jake par la main, l'entraînant par les portes battantes de la cuisine.

La table resta silencieuse pendant une seconde avant que Sasha ne demande :

— Qui était-ce ?

Jinx parla, d'une voix discrète mais claire.

— C'est Jake. C'est un des frères de mon beau-frère. Jake est le cadet, et il est très organisé, l'informa Jinx.

L'expression d'inquiétude de Sasha devint un peu plus approbatrice.

— Être organisé c'est bien, dit-elle. Kelli dit que les gens qui ne réfléchissent pas sérieusement sont comme un gars qui ne sait pas organiser une beuverie dans une brasserie.

— *Sasha.*

Petra et Julia la réprimandèrent en même temps, mais le sourire de Jinx était presque aussi grand que celui que Petra sentait étirer ses lèvres.

— Très bientôt il faudra que tu viennes au ranch de Silver Stone pour rencontrer la source de toutes ces citations de Kelli, promit Julia à Jinx.

— Kelli est géniale, acquiesça Sasha en regardant l'heure. Je dois y retourner. Tu veux qu'on vienne te chercher demain, ou est-ce que vous venez chez nous, mademoiselle Sorensen ? demanda-t-elle à Petra.

— Nous viendrons te chercher après le dîner, proposa Petra. Si quelque chose change, tu as mon numéro.

Sasha hocha la tête.

— Une fois que tu auras un téléphone, Jinx, je te donnerai mon numéro pour qu'on puisse s'envoyer des textos, dit-elle avant de faire la grimace. Nous avons une tonne de règles à propos des textos, alors je devrais les passer en revue avec toi. Mes parents sont très stricts.

C'était une simple plainte d'une adolescente qui savait exactement la chance qu'elle avait.

Pendant que les filles continuaient à discuter, un éclair de compréhension frappa Petra si brusquement qu'elle s'affaissa sur sa chaise et grogna doucement.

Julia fronça les sourcils.

— P ?

Petra lui lança un sourire qui était peut-être bien un peu tremblant.

— Je viens de me rendre compte que je suis plus ou moins la mère de substitution d'une adolescente. L'application de règles, les interdictions et tout le reste.

Cette idée était ahurissante.

— Tu es censée te casser les dents sur les compétences parentales quand ils sont petits, continua-t-elle. Puis si tu te rates, tu peux simplement les prendre à bras-le-corps et les mettre là où ils sont censés être.

Julia se mit à rire.

— Je pense que tu as eu assez de maternage au cours des années pour pouvoir gérer ça très bien. Et puis, tu n'es pas seule. Souviens-t'en. Il y a tout un tas de gens autour de toi prêts à t'offrir plus de conseils que tu n'en veux.

Elles étaient de retour dans la camionnette et retournaient à Vents et Marées quand Jinx tira légèrement sur la manche de Petra pour attirer son attention.

— J'aime bien Sasha, dit-elle. Merci d'avoir organisé ça.

— Pas de problème. Je suppose que nous allons faire du shopping demain, alors ?

Jinx hocha la tête. Elle regarda par la vitre, son regard allant d'un endroit à l'autre.

Peut-être que ce n'était que l'imagination de Petra, mais Jinx ne semblait pas examiner la ville pour mémoriser les environs au cas où elle aurait besoin de s'enfuir rapidement, mais plutôt pour absorber simplement ce qui l'entourait.

Un autre pas en avant.

13

———————

$\mathcal{P}$etra et Jinx entrèrent dans l'atelier des artistes au milieu d'un flot de discussion joyeuse qui s'écoulait entre elles et qui fit sourire Aiden. Mais il n'interrompit pas ce qu'il faisait, se contentant de lancer un clin d'œil à Petra.

— Tout s'est bien passé ?

Elle hocha la tête.

— L'opération shopping est prévue pour demain après le dîner.

— Génial. Je lèverais bien le pouce vers toi, Jinx, mais j'ai les mains pleines.

Il agita la spatule à enduit dans sa main droite.

Elle s'approcha de lui, Dixie sur ses talons.

— Qu'est-ce que tu fais ?

— De l'enduit. Ça me permet de retrouver mon enfant intérieur, dit-il d'un ton taquin. Plus important encore, ça couvre les vis et les joints entre les plaques de placo et en fait une pièce solide. Enfin, si je fais du bon boulot.

— Bon sang, tu as intérêt à faire du bon boulot, lança Jake

180

depuis l'autre côté avant de refermer la bouche d'un air gêné. Désolé, mesdames.

Pendant une seconde, Petra dut s'arrêter pour réfléchir à la raison pour laquelle il s'excusait avant de lui lancer un regard qui disait *tu plaisantes ?*

— Tu ne peux même pas dire *bon sang ?*

Près d'elle, Jinx rit sous cape.

— Qu'en est-il de *zut* ou de *bonté divine ?*

— Peut-être que *la vache* n'est pas autorisé, dit Petra en souriant à la jeune fille avant de se rapprocher du mur pour examiner le travail d'Aiden. Jusqu'ici je ne vois que d'excellents résultats de ce côté de la pièce.

Aiden prit une autre couche d'enduit et l'appliqua aussi régulièrement que possible sur les têtes de vis qui retenaient le placo en place.

— C'est un travail ennuyeux, leur dit-il. Mais c'est aussi assez apaisant.

— Je peux t'aider ? demanda Jinx.

— Tu peux m'aider moi, proposa Jake de l'autre côté de la pièce. Mon travail n'est pas ennuyeux.

— Je ne sais pas si elle est autorisée à travailler avec toi. Tu jures vraiment comme un charretier, le taquina Petra. Qui sait quelles paroles malheureuses vont t'échapper et tomber dans les oreilles de Jinx.

Jinx toucha Petra et gloussa doucement.

— Arrêtez ça. Je veux vous aider.

Petra posa la main sur les épaules de la jeune fille et la poussa gentiment vers Jake et vers pile de blocs de ponçage sur la table près de lui.

— Vas-y. Je vais rester dans le coin, mais je dois travailler un peu sur mon ordinateur. Je serai là-bas, précisa-t-elle.

Jinx était déjà partie, se dirigeant avec détermination vers sa cible.

Petra s'approcha d'Aiden, restant assez éloignée pour qu'il puisse continuer à travailler.

— Jinx est de bonne humeur, avança-t-il posément.

— Sasha Stone était exactement ce qu'il lui fallait. Que Jinx ait une amie comme elle fonctionnera bien, dit Petra en le regardant pendant une minute. Tu t'en sors bien. J'ai aidé à faire des rénovations une fois ou deux, et tu maîtrises parfaitement certaines astuces.

— J'ai passé un été à faire ça juste après le lycée, lui dit Aiden. Mon beau-père, Jeff, croyait fermement qu'être occupé était un bon moyen pour un ado de rester à l'écart des problèmes. Nous avons tous une formation professionnelle, même Jake, qui est allé directement à l'académie de police à la fin de son premier été.

Petra eut l'air pensive.

— Je suis surprise de voir qu'il est arrivé avant nous. Il s'est pointé au Buns and Roses pendant le déjeuner.

— Vraiment ?

Jake ne l'avait pas noté sur l'emploi du temps, mais d'un autre côté, il était responsable de son temps.

— Il s'est pointé il y a dix minutes, continua-t-il. Peut-être qu'il rassemble des informations qui serviront une fois que nous aurons préparé la résidence des artistes. Accueillir des événements spéciaux et ce genre de choses. Tansy comme traiteur serait géniale.

Le bonheur se lut sur le visage de Petra.

— J'adore l'idée de donner du travail aux personnes que nous apprécions. Tansy ferait un super boulot.

Petra lui lança un dernier sourire avant de retourner au milieu de la pièce où deux chaises pliantes étaient nichées sous une petite table. Elle sortit une tablette de son sac à main et la configura comme un ordinateur miniature, ses doigts volant sur le clavier portable.

Aiden continua à appliquer une nouvelle couche d'enduit pour lisser chacune des sections que Jake avait déjà poncées.

Sa playlist de musique country tournait doucement en fond sonore pendant que Jake apprenait à Jinx comment utiliser le bloc de ponçage. Elle fit un geste après l'autre sur l'accumulation d'enduit, passant à un mouvement dans le sens des aiguilles d'une montre quand Jake le lui indiqua. Lentement, le papier abrasif aplanit tous les reliefs jusqu'à ce que le mur soit lisse au toucher.

— C'est parfait, l'encouragea Jake. Appuie un peu plus pour commencer, et après ces premiers mouvements larges, fais de petits gestes circulaires. Ce sera plus facile pour moi d'éliminer les derniers reliefs qui apparaissent.

Jinx travailla pendant un moment.

— Vous savez faire beaucoup de choses.

— C'est grâce à notre beau-père.

Jake fit écho à l'aveu précédent d'Aiden.

— Il pensait que si ça valait la peine de le faire, tout le monde devait apprendre, continua-t-il. Peu importe ce dont il s'agissait, nous étions censés le faire au mieux de nos capacités et y accorder suffisamment de temps pour voir si on avait un talent à développer pour le rendre plus agréable.

— Ce n'était pas seulement une question de travail, ajouta Aiden. Le même principe s'appliquait aux arts. Il n'a pas cillé une seconde quand il a appris que je jouais de la guitare classique. Il a simplement hoché la tête et m'a dit qu'il avait appris à jouer de la flûte quand il était jeune.

Jinx réfléchit.

— Est-ce qu'il était doué ?

Ce n'était pas tant la question que sa voix pleine d'envie qui annonça à Aiden qu'il ajouterait des cours de musique à la liste des activités dans lesquelles impliquer la jeune fille durant les jours à venir.

Tout ce qui faisait qu'une personne s'illuminait comme ça valait la peine d'être exploré.

— Est-ce que Jeff était doué ? Tu sais, c'était le truc le plus incroyable, avança Jake. Il venait de commencer à sortir avec notre mère, Nancy. Nous étions là, à tous nous demander qui était cet homme et s'il allait être mieux que notre père biologique. Ou en tout cas, Declan et moi, nous nous le demandions. Aiden était comme un chiot sous le charme dès l'instant où Jeff est arrivé.

Jake lança un grand sourire à Aiden.

— Même si ce n'est pas une raison de te taquiner puisqu'il s'est avéré que tu étais la personne la plus intelligente dans la pièce. Malgré tout, Declan et moi étions inquiets, et pas sûrs avec cette histoire de flûte. Mais Aiden était là à jouer un morceau affreux encore et encore...

— Surveille ta langue, frangin. Et puis je *m'exerçais*, déclara Aiden. C'est fait pour être horrible.

Jake haussa un sourcil.

— Jeff arrive et s'assoit près de lui. Il sort un étui et assemble sa flûte, l'écoute pendant tout ce temps, et curieusement sans grimacer.

— Hé ! râla Aiden.

Petra ne leva pas les yeux de son écran, mais il sourit de plus belle.

— Puis il dit à Aiden de recommencer au début. Après seulement quelques secondes, Jeff commence à l'accompagner. Une mélodie secondaire, pas tout à fait ce qu'Aiden jouait – Dieu merci –, mais un truc comme un chant d'oiseau qui flottait sur les notes de la guitare. Declan et moi, nous étions là bouche bée, et les pensées que nous avions sur le fait que c'était nul qu'un grand dur à cuire joue quelque chose comme de la flûte ont disparu. C'était de la pure magie.

— Pour moi aussi, dit Aiden doucement. Je pense qu'à

chaque fois que je m'exerçais après ça, j'espérais que la même magie reviendrait quand je jouerais seul.

Jinx croisa son regard de l'autre côté de la pièce.

— Je pense que tu l'as trouvée.

— Merci, petite. Ça compte beaucoup pour moi. La musique est une chose très personnelle et pourtant un excellent moyen de communiquer avec les autres.

Jinx recommença à poncer.

— Est-ce que vous avez appris à jouer d'un instrument, Jake ?

— Oui, mais mon choix était plus agressif. Je me suis décidé pour la batterie.

— Notre mère n'était plus là à ce moment-là, lui dit Aiden. Jake faisait son truc de rébellion adolescente, mais il savait qu'il valait mieux ne pas jurer ou se mettre en colère contre Jeff.

— Il ne m'aurait pas laissé m'en sortir, acquiesça Jake. Il était sévère mais juste. Je pense que nous respections ça plus que s'il nous avait laissés nous en tirer facilement ou qu'il avait été trop strict. Il est la raison pour laquelle je suis entré dans les forces de police.

Jinx s'arrêta complètement.

— Tu es un flic ?

Jake émit un petit rire devant l'incrédulité dans sa voix.

— *J'étais* un flic. Pendant quinze ans, mais au final, je me suis rendu compte que ce n'était pas pour moi. Ce n'était pas le genre de travail où je voulais rester jusqu'à la retraite. Je suis content de l'avoir fait, mais le moment était venu de tenter quelque chose de nouveau.

Elle hocha la tête.

— Je pense que c'est un boulot difficile.

— Difficile pour tout le monde, acquiesça-t-il. Mon ex-femme te dirait que c'est plus dur pour ceux qui ne sont pas en service.

Cette fois, Jinx lança un coup d'œil à Aiden. Elle articula silencieusement sa question vers lui. *Il était marié ?*

— Ce n'est pas un secret, lui dit Aiden à voix haute. Rappelle-toi, nous apprenons encore à nous connaître, alors tu as le droit de poser des questions. Jake était marié, mais son épouse aimait plus l'idée que la réalité d'être mariée à quelqu'un qui avait d'autres responsabilités que de répondre à ses exigences à elle.

Non pas qu'il doive répondre pour son frère, mais Jake centrait habituellement l'échec du mariage sur ses erreurs et pas du tout sur celles de son épouse. Aiden en avait marre.

Jake haussa les épaules.

— Nous avons franchi le cap trop tôt. Nous étions jeunes, et ça a duré moins d'un an. Ce qui tombe bien, d'une certaine manière, ajouta-t-il. Nous n'avions pas fondé de famille, alors il n'y avait pas d'enfants impliqués.

— Est-ce que tu voulais une famille ? demanda Jinx. Si ce n'est pas une question trop personnelle.

Elle teste les limites, pensa Aiden. Il lui avait dit qu'elle pouvait poser des questions pour satisfaire sa curiosité.

À quel point étaient-ils sérieux ?

Heureusement, c'était un sujet que Jake n'avait aucun problème à aborder.

— Je veux une épouse et des enfants un jour, mais j'ai encore le temps. Pour l'instant, je veux que Vents et Marées soit opérationnel et que les choses soient solidement installées avant de penser à avoir une relation sérieuse avec qui que ce soit.

— C'est malin.

Jake examina le mur, passant lentement une main dessus.

— Tu fais du super boulot.

— Merci.

Elle se remit au travail, se concentrant entièrement sur sa tâche.

Dixie allait et venait à proximité, restant juste assez loin pour que Jinx ne trébuche pas sur elle. Le papier de verre dans sa main effleurait le mur avec un *scratch, scratch, scratch* régulier.

À la table, Petra travaillait avec application, ses doigts s'activant à nouveau maintenant que la conversation avait ralenti. Aiden s'arrêta pour prendre une pause et permettre à Jinx et Jake de progresser, rejoignant Petra.

Elle l'ignora complètement.

Joli pouvoir de concentration.

— Tu es lointaine, dit-il en s'asseyant sur la chaise à côté d'elle.

Petra sursauta légèrement en levant les yeux.

— Désolée. Je ne t'ai pas entendu.

Il émit un petit rire.

— À l'évidence, je ne suis pas assez distrayant. Je finis juste à côté de toi et tu ne le remarques même pas.

Son regard se promena sur lui et s'attarda sur ses avant-bras. Il avait remonté ses manches, et de petites éclaboussures d'enduit gris s'attardaient ici et là aux endroits où elles étaient tombées pendant qu'il travaillait.

— Ouais, tu es plutôt invisible. Cette peinture de camouflage marche bien.

— Je vais devoir me laver plus tard, dit-il, en baissant la voix et en mettant toutes sortes de sous-entendus dans ses paroles. Je pourrais avoir besoin d'aide.

Si elle n'avait pas été consciente de la vibration entre eux auparavant, il voyait bien qu'elle l'était pleinement désormais à la manière dont ses yeux étincelaient.

— C'est vrai que tu es plutôt sale.

Une terrible idée lui vint. Il glissa la main droite dans le bac qu'il tenait sous la table, couvrant ses doigts d'une fine couche d'enduit lisse.

— Sur quoi est-ce que tu travailles ?

— De la recherche.

Elle l'avait dit rapidement, l'air mal à l'aise.

Ce n'était pas du tout le genre de Petra. Aiden la regarda.

— Tu vas faire les comptes du ranch de Red Boot, n'est-ce pas ?

Elle hocha la tête, et cette étrange expression devint légèrement coupable.

— Je vais installer le logiciel qu'ils utiliseront et faire de la saisie de données, mais je ne suis pas accréditée pour les impôts et les salaires.

— Tu n'es pas en train de l'installer ?

Encore de la culpabilité.

— J'explore.

Ça, c'était un *ne me pose pas de question pour que je ne te raconte pas de salades.*

Sous la table, il s'assura que sa main soit bien enduite. Elle méritait ce qu'il avait à l'esprit.

Il posa le bac sur la table puis se rapprocha et prit son visage entre ses mains. Il pressa sa bouche contre la sienne et l'embrassa profondément. Un rapide mordillement sur sa lèvre inférieure, et elle poussa un petit cri. Aiden en profita, lui pencha la tête et son baiser s'intensifia tant qu'il les étourdit tous les deux.

Petra recula alors que des petits halètements s'échappaient de ses lèvres entrouvertes.

— C'était dangereux, dit-elle en levant les mains pour se toucher les joues.

Elle fronça les sourcils et baissa les yeux sur les résidus gris qui provenaient de sa pommette et qui lui couvraient désormais les doigts avant de regarder Aiden de travers.

— C'était machiavélique.

— Je voulais juste m'assurer que tu serais suffisamment motivée pour te joindre à moi sous la douche tout à l'heure.

Petra roula des yeux, mais après avoir regardé Jinx pour s'assurer qu'elle allait bien, elle se rapprocha et empoigna son T-shirt.

— Quand le vin est tiré, il faut le boire, chuchota-t-elle avant de s'accrocher et de lui rendre son baiser avec la même intensité.

Un baiser avec assez de passion et d'insolence pour que le corps d'Aiden réagisse.

Ses mains frôlèrent son torse avant qu'elle ne l'effleure de ses ongles, ses muscles se tendant à son contact.

Elle détacha ses lèvres des siennes et posa le front contre le sien alors qu'ils respiraient tous deux rapidement. Le regard bleu de Petra soutint le sien pendant un très long moment avant de se détourner.

— Il est temps de retourner au travail, annonça Petra avant de se tourner calmement vers son ordinateur, ignorant les traînées grises qui séchaient sur sa joue.

Aiden se mit à rire, évitant le regard interrogateur que son frère lui lança, et retourna à sa tâche.

Un interlude sexy dans la douche avant le dîner. C'était toujours bien d'avoir quelque chose à attendre avec impatience.

Jinx était pelotonnée sur son fauteuil avec Dixie étalée sur ses jambes, lisant un livre que l'oncle Walker de Sasha avait déposé pour elle.

L'estomac de Petra était plein et satisfait, et de petites endorphines bouillonnaient toujours dans ses veines après l'orgasme rapide et efficace qu'Aiden lui avait offert dans la douche. Il l'avait aussi aidée à laver l'enduit qu'elle avait sur la joue, souriant d'un air machiavélique du début à la fin.

Cet homme était une source de problèmes, mais Petra appréciait ses méfaits bien plus qu'elle ne l'aurait cru.

Aiden et Declan faisaient la vaisselle. Jake était silencieux, assis à table avec un de ses éternels carnets devant lui, mais son regard allait et venait entre son frère cadet et elle, qui bricolait sur son ordinateur à quelques chaises de lui.

Elle n'allait pas lui demander ce qu'il avait à l'esprit. S'il n'approuvait pas qu'Aiden et elle couchent ensemble, elle s'en fichait. Ils étaient adultes. C'était leur décision.

Mais lorsque le téléphone de Jake bipa à l'arrivée d'un message et qu'il jura tout bas sans s'excuser, cela attira son attention.

— Jake ?

Il croisa son regard.

— Un petit contretemps. Aiden, tu peux me donner un coup de main ? demanda Jake.

Il lança un coup d'œil à Jinx pour s'assurer qu'elle était occupée puis parla tout bas lorsque Aiden s'installa sur la chaise à côté de Petra :

— Mon contact de la base de données des pièces d'identité a quitté le pays pour l'instant.

Aiden râla de frustration.

— C'est le gars qui est censé nous aider à obtenir une nouvelle pièce d'identité pour Jinx et l'inscrire au lycée ?

— Ouais, répondit Jake en regardant son téléphone. Je me demandais pourquoi il mettait si longtemps à me répondre. Il s'avère qu'il est parti pour au moins deux semaines de plus.

— Ça va vraiment compliquer les choses, râla Aiden.

Des papillons volèrent dans le ventre de Petra. Elle aurait préféré se taire mais elle n'avait pas le choix. Attendre avant que Jinx ne commence à aller au lycée risquait d'entraîner une série de questions qui provoqueraient bien plus de problèmes sur le long terme.

Elle inspira profondément avant de proposer doucement son aide :

— Je pourrais peut-être m'en occuper.

Deux têtes pivotèrent vers elle, avec des regards perçants. Jake fronça les sourcils. Aiden avait l'air perplexe.

Il demanda lentement.

— Petra ?

Bon sang. Comment est-ce qu'on avouait qu'on avait des compétences de hacker ?

— Je travaille dans l'informatique. Je suis très curieuse, et aussi fouineuse, et un beau jour il se peut que j'aie accidentellement découvert quelques portes dérobées vers des dossiers gouvernementaux.

Jake resta bouche bée de stupéfaction, mais contrairement à lui, Aiden avait l'air impressionné.

— Sérieusement ? Comme par hasard, tu peux hacker une base de données ?

— Je ne fais pas de promesses, mais les probabilités sont bonnes.

Merde. Elle allait avoir tellement de problèmes si l'expression sur le visage de Jake signifiait qu'il restait trop respectueux de la loi !

— Tout ça est hypothétique, ajouta-t-elle.

Aiden avait dû en arriver à la même conclusion parce qu'il se tourna vers son frère.

— Si tu ne veux pas rester là pour avoir la possibilité de nier, bouge ton cul.

— Non. Ça va. Je me fais juste à l'idée de ce nouveau rebondissement inattendu, répondit Jake en haussant un sourcil vers Petra. Hypothétiquement, de quoi aurais-tu besoin en ce moment ?

— Que quelqu'un distraie Jinx pour qu'elle ne m'interrompe pas inopinément serait un bon début, suggéra Petra. Puis j'aurai besoin de la paperasse que Danielle nous a donnée pour pouvoir retracer le système actuel et faire quelques modifications. Les ajustements sont toujours plus faciles à faire que de repartir de zéro.

Aiden tapait déjà rapidement sur son téléphone. Une seconde plus tard, Declan sortit le sien de sa poche et fronça les sourcils devant son écran. Il leva les yeux vers Jinx puis regarda sa montre.

— Je pense que c'est le moment d'aller dans l'écurie pour faire les corvées. Jinx ? Tu veux bien me donner un coup de main ?

Jinx glissa un marque-page entre les feuilles de son livre avant de vérifier auprès de Petra.

— Vous avez besoin de moi pour quoi que ce soit ?

— Tu peux aller aider Declan, répondit Petra en levant le menton. Ce soir, près du feu, je t'expliquerai ces points de crochet pour débutant que tu voulais apprendre.

— O.K.

Dixie s'étira paresseusement, arquant le dos et le postérieur, avant de se pavaner gracieusement pour rejoindre Declan et Jinx qui sortaient.

Aiden partit chercher le dossier. Jake feuilleta son carnet avant de le tourner vers elle.

— C'est tout ce que j'allais envoyer à mon contact. Le nouveau nom de Jinx, son adresse, et toutes les infos sur les beaux-parents de Declan. De quoi d'autre as-tu besoin ?

D'une bonne dose de chance et que ses nerfs arrêtent de ricocher.

— Surveille ce que je change pour que nous puissions vérifier à la fin. Je ne veux pas que ça s'écroule parce que j'aurais raté l'évidence.

Petra inspira profondément et adressa une prière aux dieux de l'espièglerie. Elle ferma le système principal de son ordinateur et ouvrit le navigateur secret où aucun historique du temps qu'elle passait sur Internet ne serait conservé.

Aiden lui apporta le dossier, puis les deux frères restèrent assis en silence pendant que Petra travaillait. Elle entra dans le service de l'état civil en moins de deux minutes, et le soulagement l'envahit.

— Bon. Je vais pouvoir le faire. En tout cas certaines parties.

Étonnamment, cela lui prit moins d'une heure, y compris quelques instants stressants lorsque le système de famille d'accueil se figea inopinément. Finalement, ils laissèrent l'ancienne Jennifer dans le système, sa position actuelle inconnue, et ajustèrent ses premières années.

Une nouvelle personne du nom de Jennifer Jinx Tremont avait été créée. Elle avait un dossier modifié selon lequel les Tremont étaient sa seule famille d'accueil, suivie d'une adoption légale. Declan Skye était clairement enregistré comme tuteur légal. Jinx fut aussi inscrite en première au lycée de Heart Falls avec toutes ses notes précédentes sur un relevé de notes officiel du Manitoba.

Jake tapota doucement Petra sur le dos.

— Je ne veux pas savoir comment tu as fait ça, mais je suis vraiment content que tu aies réussi. Ton secret est en sécurité.

— Que tu n'aies changé aucune des notes de Jinx pour qu'elles soient plus hautes, voilà ce qui l'a le plus impressionné, taquina Aiden.

— En effet, confirma Jake en lui lançant un clin d'œil. Je vous verrai près du feu de camp. J'ai quelques trucs à régler avant de vous rejoindre.

Aiden recula sa chaise et étira ses jambes devant lui. Il croisa les bras sur son large torse avant d'examiner Petra attentivement.

— Ça va ?

Petra croisa son regard sans détour.

— Tu veux savoir comment j'ai fait ça.

Il haussa les épaules.

— Bien sûr. Mais seulement si tu veux bien me le dire.

Ce n'était pas si intéressant que ça, pensa Petra.

— J'étais en colère quand une amie m'a révélé qu'elle élevait ses deux petites filles au jour le jour pendant que son ex n'arrêtait pas de leur acheter des jouets chers et ne payait pas la pension alimentaire. Une chose en a entraîné une autre, et j'ai trouvé comment fournir ses fiches de paie au gouvernement pour qu'ils puissent commencer à faire des prélèvements sur son salaire.

— C'est une motivation plutôt merdique, mais je suis content que tu aies développé ces compétences.

— Je les utilise souvent pour démolir des pères indignes, avoua-t-elle. J'avais besoin de faire quelque chose de positif pour des gens qui avaient l'impression de n'avoir plus aucun contrôle.

L'expression d'Aiden ne changea pas.

— Je ne juge absolument pas. Étant donné ce que nous prévoyons pour Vents et Marées, tu sais que nous sommes de ton côté. Tous les justiciers n'agissent pas d'une manière positive pour la société, mais comme Jake, je suis vraiment heureux que tu aies ces compétences actuellement. Merci de nous faire assez confiance pour nous montrer ce dont tu es capable. Encore une fois, tu as créé une énorme différence dans la vie de Jinx.

Il se leva et l'attira dans ses bras pour l'étreindre étroitement.

Reconnaissante, Petra se laissa aller. Toute la tension, toutes les inquiétudes qu'elle avait eues ainsi que le pur stress de creuser dans ces sites internet et de craindre d'empirer les choses d'une manière ou d'une autre au lieu de les améliorer retombèrent. Elle roula en boule toutes ces pensées négatives et les jeta mentalement sur le sol, se blottissant sans réserve dans l'étreinte d'Aiden.

Cela prit un moment, mais la tension de ses épaules se calma lentement. Un énorme soupir lui échappa, et Petra pressa la joue contre le torse d'Aiden.

— Je suis contente d'avoir pu le faire.

Elle resta là encore un instant, profitant des deux bras forts passés autour d'elle qui la serraient alors que l'anxiété se dissipait.

Faire ce qui était juste n'était pas toujours facile. Mais dans ce cas, elle était vraiment contente d'avoir su comment enfreindre la loi pour les meilleures des raisons.

14

Lorsque le vendredi arriva, Petra avait l'impression qu'ils avaient officiellement fait des progrès. Ils avaient acheté à Jinx un téléphone, des vêtements et toutes les fournitures de la liste scolaire, une expérience qui avait rappelé ses propres années de lycée à Petra.

Quelques jours avant sa première journée de cours, Jinx avait déjà moins de crises de panique, démontrant la force qui lui avait fait demander de l'aide à Danielle.

Ils n'avaient toujours pas décidé si elle allait prendre le bus ou se faire emmener le lundi matin. Aiden avait assuré à Jinx qu'elle pouvait se décider à la dernière minute, et Petra et lui avaient promis de la déposer si elle jugeait que cela l'aiderait.

Et Sasha avait déjà informé Jinx que, quelle que soit la manière dont elle irait au lycée, elle la soutiendrait.

Une promesse qui fit cligner intensément les yeux à Jinx.

— Elle ne me connaît même pas, dit Jinx à Petra alors qu'elles revenaient lentement des corvées matinales, Dixie bondissant à leurs pieds. Enfin, je suis contente qu'elle soit là, mais elle m'a acceptée tout de suite.

Petra haussa les épaules.

— Certaines personnes sympathisent immédiatement. Si tu es heureuse d'apprendre à mieux connaître Sasha, je suis sûre que le moment viendra où tu seras celle qui l'aidera. Ce n'est pas grave d'être celle qui en bénéficie pendant un moment.

Jinx hocha lentement la tête.

— Est-ce que je peux lui envoyer un message ? Elle allait passer en revue avec moi ce qu'ils ont déjà abordé en maths pour que je ne sois pas en retard.

— Oui, mais restons dans le salon comme nous en avons convenu et, s'il te plaît, vérifie d'abord de combien de temps Sasha dispose pour ne pas lui causer de problèmes.

Seigneur. Des règles sur l'usage du téléphone.

Petra hocha la tête en s'installant de l'autre côté du salon et sortit son propre téléphone. Il était plus que temps que Petra prenne des nouvelles de ses meilleures copines.

Petra : Dîner ce soir à Vents et Marées. C'est à mon tour de cuisiner et je vous enrôle toutes les deux pour m'aider.

Tansy : Tu nous aimes uniquement pour nos talents culinaires.

Sydney : Mon Dieu, j'espère que non.

Tansy : Ne te rabaisse pas, sœurette. Parmi toutes les personnes que je connais, tu es la plus talentueuse en découpage.

Petra : En effet. Mais il n'y aura pas beaucoup de brunoise ce soir. Je veux attirer les foules et préparer des pizzas. Tansy, est-ce que je peux te soudoyer pour que tu apportes ton four à pizza portable ? Sydney et moi pourrons être tes sous-chefs et faire tout le hachage si tu t'occupes de la pâte.

Tansy : Pizzeria Vents et Marées. On dirait que c'est le lieu incontournable.

Sydney : Je voudrais bien venir t'aider, mais je ne peux pas te promettre d'arriver avant dix-huit heures. Je me suis organisée pour aller chez M. Talita cet après-midi. Selon son humeur grincheuse, je risque d'arriver plus tard que ça.

Petra : Chez Talita ? Ce n'est pas celui qui d'après mon frère a disparu de la circulation dans les années 80 ? À chaque fois qu'il se pointe en ville, les gars de Duck Dynasty en ont pour leur argent avec lui dans le style bouseux.

Sydney : Même les gens aux goûts vestimentaires douteux méritent des soins médicaux de qualité.

Petra : Est-ce que tu emmènes des renforts ?

Tansy : C'est ce que j'allais lui demander. Tu sais quoi, je vais venir avec toi.

Sydney : Je t'en prie. Après des années de services de nuit aux urgences à l'hôpital général de Calgary, je peux très bien gérer un vieil homme grincheux, merci. Mais j'aimerais beaucoup venir pour la pizza et rencontrer Jinx. Je présume que c'était ton intention ?

Tansy : Joli changement de sujet, baratineuse. Appelle si tu as besoin d'aide. Mais oui, P. Comment va ta nouvelle chica ?

Petra : Jinx s'en sort super bien. Juste une petite crise de panique hier quand elle a levé la tête pendant qu'elle aidait Aiden et s'est rendu compte qu'il y avait deux entrepreneurs supplémentaires dans la pièce. Elle ne les avait pas remarqués quand ils sont entrés, et des hommes en plus dans des endroits inattendus, c'est vraiment un élément déclencheur. Mais c'est un ange avec un cœur énorme qui a besoin d'être rempli, et je pense que mieux vous connaître ne fera que lui donner un meilleur esprit de famille.

Tansy : Tu me fais rougir.

Sydney : Nous serons là.

Petra attira l'attention de Jinx.

— Les filles cuisinent ce soir, l'informa Petra. Mes amies Tansy et Sydney nous rejoignent, et toutes les quatre nous organisons une *pizza party* familiale.

— D'accord.

Jinx lança un coup d'œil à la table où Declan travaillait. Il écoutait avec attention mais feignait de ne pas s'occuper d'elles. Jinx réfléchit puis l'informa :

— Nous te préparerons de la pizza aussi, Declan.

Il la regarda par-dessus ses lunettes.

— J'y comptais bien.

Jinx changea d'expression, qui devint pince-sans-rire, et regarda Petra dans les yeux.

— J'ai entendu dire que Declan adore le foie sur sa pizza.

Les lèvres de celui-ci tressaillirent, ce qui s'approchait autant que possible d'un sourire pour lui, apparemment.

— C'est la meilleure pizza du monde s'il y a des oignons caramélisés dessus aussi.

Cette fois, Jinx ricana franchement.

Cette bulle d'espoir dans la poitrine de Petra grandit encore un peu.

— Tansy arrivera la première pour nous aider à préparer la pâte, et toi et moi commencerons à couper les ingrédients. Sydney arrivera quand elle pourra. Elle a une visite à domicile prévue chez un des anciens du coin, M. Talita. S'il n'est pas coopératif, il se pourrait qu'il n'y ait que toi et moi pour aider Tansy.

Jinx hocha la tête.

— Ça me va. J'ai hâte de rencontrer Sydney quand ça sera possible.

— Elle aussi a hâte de te rencontrer.

La journée passa rapidement. Tansy arriva tôt comme promis, et Petra et Jinx, fraîchement sorties de leurs douches après avoir aidé Aiden et Jake dans l'atelier, l'accueillirent.

Tansy entra dans la maison comme si elle y habitait... sans doute à cause de toutes ces années où cela avait été la maison de sa grand-mère.

Elle agita la boîte Rubbermaid qu'elle avait dans les bras.

— Vous avez sûrement tout ce dont j'ai besoin, mais juste au cas où, je suis venue préparée, dit-elle avant de pencher la tête vers la porte. Hé, Jinx. Peux-tu aller chercher la deuxième boîte dans ma camionnette ?

— Bien sûr.

Jinx se dirigea vers la porte d'un pas rapide avec Dixie sur les talons.

— Ne commencez pas à préparer la pâte sans moi, lança-t-elle par-dessus son épaule.

Petra saisit audacieusement la boîte dans les mains de Tansy.

— Merci d'être arrivée en avance. Elle ne tenait plus en place à t'attendre toute la journée.

— J'inspire effectivement ce niveau d'excitation, confirma Tansy sérieusement, puis ruinant son effet en agitant les sourcils.

Elle sortit une bougie emballée de sa boîte.

— Tiens, c'est pour toi.

— Ce n'est pas adapté pour Jinx ? suggéra Petra en déchirant le papier et en laissant échapper un grand rire en lisant ce qui était écrit. (*Je ne saurais assez insister mais*) *C'est quoi ce Bordel ?* C'est génial. Merci.

— Ça semblait approprié, la taquina Tansy en acceptant l'étreinte de remerciement de Petra. Alors, quand elle n'est pas obsédée par la merveille que je suis, comment va la petite ?

— Elle s'installe, dit Petra doucement en rangeant la bougie dans le placard pour l'instant. Je ne veux pas nous porter la poisse, mais il semble que tant que je suis là, les choses se passent bien.

Tansy plissa le nez en empilant ses affaires sur le plan de travail.

— Ça n'est pas de bon augure pour le lycée lundi.

— Je sais. Le shopping avec Sasha s'est merveilleusement bien passé. Je déteste dépendre d'une jeune fille de seize ans à peine pour veiller sur une autre, mais d'après ce que j'ai entendu, Sasha est un peu mère poule à la base.

Tansy hocha la tête de façon mélodramatique.

— Oh, meuf. Tu n'as pas idée.

Ce qui laissa Petra un peu chamboulée. Elle avait soudain beaucoup plus de sympathie pour tous ces parents surprotecteurs qui avaient semblé si horribles quand elle avait lu des articles sur eux. Elle s'excusait désormais mentalement d'avoir si souvent levé les yeux au ciel en trouvant ces parents ridicules, parce qu'elle était tentée d'en faire autant maintenant.

Jinx fit irruption dans la maison avec une boîte ouverte dans les bras.

— Est-ce que tous les trucs là-dedans sont des garnitures pour les pizzas ?

Elle semblait légèrement horrifiée.

Tansy planta les mains sur ses hanches.

— On ne vit pas uniquement avec de la pizza aux pepperoni, ma fille. Alors, oui. Pas toutes en même temps, mais fais-moi confiance. Je suis une magicienne dans la cuisine.

Jinx posa le contenant sur le plan de travail puis souleva ce qui ressemblait à une bûche blanche miniature. Elle pencha un peu la tête en le regardant fixement.

— Du fromage de chèvre. Je sais que ça existe parce qu'il y a du lait de chèvre, mais *vraiment* ?

Petra sourit.

— Oh, ma puce. Nous avons hâte d'élargir ton répertoire culinaire.

Jinx fit la grimace.

— Bien. Mais il y aura du pepperoni, n'est-ce pas ?

— Il y aura du bon vieux pepperoni, promit Tansy.

Elle prépara la pâte, et une fois mise de côté pour qu'elle lève, toutes trois bataillèrent pour placer le four à pizza près du feu de camp.

— Il est électrique, expliqua Tansy en installant une rallonge. Je prévois d'en construire un au feu de bois un jour, mais ça n'a pas de sens d'en avoir un où je vis actuellement. Ils n'approuvent pas les foyers ouverts dans les appartements.

— Votre restaurant est vraiment bien, avança Jinx avec sincérité.

— Merci. Il a beaucoup de charme, acquiesça Tansy. Je l'aime bien aussi parce que ma sœur est soit en train de m'aider, soit à côté à s'occuper du magasin de fleurs. Mais Rose vit maintenant avec son fiancé et plus avec moi, alors le seul moment où je la vois, c'est au travail.

— Et chez vos parents pour le dîner tous les quelques jours. Et aussi quand tu vas rendre visite à ta sœur Fern. Peut-être même quand tu vas rendre visite à tes grands-parents, ajouta Petra obligeamment.

Tansy pressa une main contre sa poitrine.

— Oui, ces fois-là aussi, confirma-t-elle en lançant un soupir stoïque avant de secouer la tête vers Jinx. Je suis traitée si injustement. Tout le monde m'aime. Ils ne peuvent pas survivre sans leur dose quotidienne de Tansy.

D'après l'expression sur son visage, Jinx souffrait déjà d'un cas sérieux d'admiration sans bornes.

Sydney n'était pas encore arrivée quand elles rentrèrent pour préparer les pâtes à pizza, mais il était encore assez tôt pour que Petra ne soit pas inquiète. Elle se joignit plutôt aux réjouissances lorsque Tansy essaya de leur enseigner, à Jinx et à elle, comment étaler la pâte en la faisant tourner en l'air au-dessus de sa tête pendant un moment.

— Je vais la faire tomber, s'inquiéta Jinx.

Tansy haussa les épaules.

— Alors tu la feras tomber. J'ai fait une tonne de pâte, dit-elle d'un ton apaisant. Fais-moi confiance. J'ai appris à toute ma famille comment faire une pizza, et tu ne peux pas être aussi mauvaise que mon père. Il passe de dix doigts à deux quand ça l'arrange.

— Ton père est génial, la taquina Petra.

— Mon père est un membre exceptionnel de cette communauté avec parfois un peu trop d'amidon dans son short, dit Tansy, l'air impassible. C'est pour ça qu'il est de mon devoir, à moi sa fille préférée, de m'assurer qu'il ait beaucoup d'occasions pour pencher du côté léger et aérien.

Le père de Tansy était un vrai saint pour avoir toléré certaines pitreries, la plupart fomentées par Tansy.

— Je suis presque sûre que quelqu'un m'a dit que tu as vraiment mis de l'amidon dans son short autrefois.

Tansy ne le nia pas.

— C'était une expérience scientifique.

Jinx leva les yeux alors qu'elle coupait soigneusement de fines tranches de pepperoni.

— Quel genre d'expérience scientifique ?

— Le point de saturation d'un liquide ou un truc comme ça, répondit Tansy en agitant la main avec désinvolture avant d'envoyer de nouveau sa pâte tourbillonner en l'air. Bien sûr, ensuite j'avais cet énorme seau d'eau amidonnée qu'il fallait utiliser au lieu de la gâcher. Je n'avais sans doute pas besoin d'utiliser son short. Et utiliser des ballons pour le tenir en place jusqu'à ce qu'il soit sec, c'était faire preuve de créativité. Le placer sur la pelouse comme si des créatures invisibles faisaient une sorte de danse sauvage était la dernière étape logique. C'est la science, tu sais.

Petra se pencha à côté de Tansy pour établir nettement les faits auprès de Jinx.

— M. Fields est un saint.

— Saint Malachi. Hum, réagit Tansy avant de prendre une autre boule de pâte et de la tendre à Jinx. J'ai appris à mon père, et j'ai appris à ma petite sœur, Fern. Elle est née avec un bras plus court sur le côté gauche, avec des doigts formés différemment à peu près ici.

Elle se tapota le bras à environ cinq centimètres du coude.

— Elle a une prothèse mais ne la porte pas tout le temps, et je lui ai appris à lancer une sacrée pâte, dit-elle en réfléchissant. Honnêtement, je pense que ses pâtes à pizza sont meilleures que les miennes. Elle a dit qu'elle utilise des calculs mathématiques pour synchroniser sa rotation. Un truc à propos du rapport vitesse/vol.

Petra se mit à rire.

— La science culinaire et les maths. Qui l'eût cru ?

— N'est-ce pas ? acquiesça Tansy. Pour moi, cuisiner n'est pas une science. C'est balancer des trucs dans la casserole et espérer que ça marche.

Qu'elle ait été convaincue par ces histoires ou pas, Jinx prit la pâte que Tansy lui tendait.

LES ÉCLATS de rire provenant de la cuisine ne cessaient d'augmenter. Aiden se frotta une dernière fois la tête avec sa serviette puis passa les doigts dans ses cheveux.

Dans le miroir se reflétait son grand sourire, large et éclatant. C'était agréable d'entendre Jinx participer. Mélangé au rire franc de Petra, combinaison qui devenait rapidement addictive.

Le lendemain, cela ferait une semaine que tout avait changé, et que Vents et Marées était passé d'une idée à la réalité. Une semaine depuis que Jinx avait passé la porte.

Une semaine que Petra et lui partageaient un lit.

Ces trois faits le stupéfiaient, mais peut-être que le fait qu'il avait réussi à les garder, avec Petra, une vitesse d'escargot au lieu de foncer directement dans le sexe était peut-être ce qui était le plus miraculeux.

Bien sûr, quand Petra l'avait informé lundi soir que ses règles étaient arrivées et qu'il n'y avait pas moyen qu'ils fassent quoi que ce soit de sexy, ça avait aidé.

Mais il avait insisté pour avoir des câlins. Elle avait soupiré et levé les yeux au ciel, mais tous les soirs elle s'était pelotonnée volontiers face à lui, leurs jambes entremêlées.

S'endormir en regardant fixement le visage de Petra était un tout nouveau niveau d'intimité qu'il n'aurait jamais cru aussi exaltant.

Jinx avait encore ses instants de panique, et elle se rapprochait lentement de Declan à la moindre occasion, surtout quand Petra n'était pas là. Mais au bout d'une semaine seulement, aucun d'eux ne s'attendait à ce que les choses se passent aussi bien que ça.

Aiden se dirigea vers la cuisine, impatient de rejoindre les dames.

— Vous vous amusez beaucoup trop, râla-t-il d'un ton plaisantin.

Jinx se retourna brusquement vers lui. Elle tendit une plaque de cuisson où une pâte à pizza était posée sur une couche de polenta.

— J'ai fait celle-ci. Elle est en train de lever.

Il s'arrêta et regarda de plus près. Asymétrique au lieu de ronde, c'était clairement une belle pâte à pizza.

— C'est incroyable. Même si j'espère que nous ne suivons pas un régime cru.

Jinx sourit puis baissa la tête. Une seconde plus tard, elle leva le menton.

— Non. Mais il y aura du fromage du chèvre.

— Bien. Avec un peu de chance du pepperoni aussi.

Il ne savait pas pourquoi cela fit rire Jinx si fort, mais il s'en fichait. Rire était super. Aiden s'avança jusqu'à Petra, glissa une main sur sa taille et se pencha pour l'embrasser sur la joue.

— J'espère que tu fais ma pizza extra-large.

Elle ricana.

— Pourquoi ? On compense ?

Elle lui lança la taquinerie suffisamment bas pour que Jinx ne puisse pas l'entendre, mais Tansy si. Son amie émit un son moqueur si fort qu'elle s'étouffa.

Tansy agita la main pour repousser leur aide.

— C'est bon. C'est rien, dit-elle en agitant le doigt vers Aiden. Je t'aime bien.

— Nous avons déjà établi qu'il y a bien des choses à apprécier chez moi.

— Ça va, l'ego ?

Mais Petra souriait alors qu'elle lui mettait un plateau avec des ingrédients entre les mains.

— Bien, continua-t-elle, Monsieur Tout le Monde M'Aime. Porte ça à la table près du feu de camp. Nous sommes en train d'installer un poste de cuisson.

Aiden suivit docilement les instructions et joua les livreurs. Il repéra Jake déjà installé près du feu.

— Il ne nous manque pas des gens ?

— Sydney sera là dès qu'elle pourra, promit Petra. Mais je n'ai aucune idée d'où se trouve Declan.

— Hé, Jake, lança Aiden. Tu sais où est Declan ?

Son frère haussa les épaules.

— Je ne l'ai pas expulsé. Il a dû se retrouver coincé à discuter avec quelqu'un, mais je suis sûr qu'il va arriver.

— Envoie-lui un texto de rappel. Mais bon, ça fera plus de pizza pour nous, déclara Aiden joyeusement à Jinx.

La première pizza était quasiment prête à sortir du four quand la camionnette de Declan passa en vrombissant et s'arrêta sur le parking derrière la bâtisse.

De l'autre côté de la maison, une deuxième portière se referma en claquant.

Moins d'une minute plus tard, la petite rousse très déterminée qu'était Sydney arriva à grands pas.

Elle alla droit vers Petra et l'étreignit.

— Bonsoir tout le monde. Désolée d'être en retard, dit-elle en levant la main et saluant Jinx. Je vais garder les câlins pour plus tard. Bonsoir, Jinx. Je suis Sydney.

Jinx agita la main.

— Bonsoir.

Sydney examina ce qui l'entourait d'un œil critique.

— Jake et Aiden. Ravie de vous revoir.

Elle accepta la bière que Tansy lui donnait et la leva en l'air.

— Je bois au principe selon lequel toute bonne action est punie.

Une exclamation d'inquiétude échappa à Petra, ce qui plaça Aiden en alerte maximale.

— Tu as eu des problèmes chez le vieux Talita ? demanda-t-elle.

Sydney secoua la tête, puis fit la grimace.

— Je n'ai pas eu de problèmes avec Talita.

Elle marqua une pause, attendant que Declan sorte de derrière l'écurie et les rejoigne devant le feu. Elle pencha sa bouteille de bière vers lui.

— *Lui*, par contre, a été un enquiquineur de première, ajouta-t-elle.

C'était quoi ce bazar ? Aiden regarda son frère. Il était allé interrompre le travail de Sydney ? Declan était protecteur, et Jake et lui savaient que leur grand frère avait tendance à exagérer quand il s'agissait de veiller sur les autres, mais comment donc s'était-il retrouvé impliqué cette fois ?

Declan regarda fixement le doigt de Sydney comme si elle tenait une marguerite au lieu d'une arme potentielle.

— Je n'ai rien dit que Talita n'ait eu besoin d'entendre.

Jake, derrière la table de nourriture, eut un son vulgaire. Il croisa les bras.

— Qu'est-ce qui t'a pris de débouler pendant la visite à domicile de Sydney ?

— Oui, Declan, je suis curieuse moi aussi. Qu'est-ce que t'a donc pris de débouler pendant que j'étais en visite à domicile ?

La voix de Sydney était mielleuse.

— Ça semblait être ce qu'il fallait faire.

Le regard de Declan dériva sur le groupe avant de se poser sur la pizza placée sur la planche à découper.

— Est-ce que cette pizza est prête ? demanda-t-il. Je meurs de faim.

Sydney roula des yeux puis passa à côté de lui et s'assit sur la chaise à côté de Jinx.

— Allez-y, servez-le. Il n'arrive certainement pas à penser correctement et la faim le met à cran.

— Je n'étais pas en colère, insista Declan. J'ai été raisonnable mais ferme. Maintenant, il sait qu'il ne vaut mieux pas pointer une arme sur qui que ce soit.

Nom d'un chien ! Instinctivement, Aiden lança un coup d'œil à Jinx pour voir comment elle allait après ce commentaire. Petra faisait de même, parce qu'effectivement Jinx s'était redressée.

— Quelqu'un a pointé une arme sur vous ? demanda-t-elle à Sydney.

Le regard de Jake glissa sur Sydney comme s'il l'examinait attentivement à la recherche de blessures.

— Ça va ?

— Je vais bien. Il n'y avait pas de danger. Pas vraiment, répondit Sydney en posant délicatement la main sur le poignet de Jinx. M. Talita est un vieil homme grincheux qui ne songerait jamais à faire du mal à qui que ce soit. Mais il est habitué à se donner en spectacle pour effrayer les gens, en essayant de protéger son territoire. Je ne peux pas critiquer ça. Nous étions sur le point de résoudre notre problème de communication quand le Lone Ranger ici présent est venu à ma *rescousse*.

Encore une fois, tous les yeux se posèrent sur Declan.

Il se servit une part de pizza et mordit dedans sans un mot

de plus. Il réfléchissait pendant qu'il mâchait, puis il fit descendre la bouchée avec une gorgée de bière avant de parler.

— Ça semblait être la bonne chose à faire à ce moment-là, répéta-t-il doucement.

Il croisa le regard agacé de Sydney et releva un peu le menton.

— Je recommencerais sans hésiter, ajouta-t-il.

Le regard noir de Sydney s'intensifia.

— Tu sais, il y a des mots pour les hommes comme toi.

— Affamé ?

Aiden se mit à rire, et la tension se relâcha. Sydney n'avait à l'évidence aucun problème avec sa situation initiale, mais plutôt avec Declan qui s'était pointé. Mais même cette contrariété fut oubliée alors que Tansy continuait à passer des parts de pizza fumantes, et la conversation passa à d'autres sujets.

Une heure plus tard, Jake se renfonça sur sa chaise et se tapota le ventre.

— Mesdames, vous vous êtes surpassées. Merci, c'était délicieux. Surtout celle au fromage de chèvre.

— Ma préférée était celle au foie et aux oignons, dit Declan, la mine impassible.

Pour une raison ou une autre, cela fit ricaner Jinx.

Sydney regarda Declan.

— Tu es soûl ? demanda-t-elle.

— Je vous expliquerai, intervint Jinx.

Elle bondit sur ses pieds, puis surprit tout le monde en lançant une invitation.

— Sydney, est-ce que toi et Tansy vous voulez voir la balançoire qu'Aiden a faite pour moi dans l'écurie ?

— Ça me paraît une excellente idée, qui nous permet d'échapper à la vaisselle, répondit Sydney en hochant la tête avec approbation. Bien joué.

— Les balançoires sont ce que je préfère, acquiesça Tansy.

En plus, j'ai besoin d'un moment pour câliner des chatons si vous en avez, dit-elle avant de regarder Jake. Laisse le four à pizza. Je le prendrai demain quand il aura refroidi. Tout le reste doit être lavé à la main.

— Tu as dit que tes plaques de cuisson allaient toujours dans le lave-vaisselle, lui rappela Petra avec amusement. Il n'y a pas de lave-vaisselle ici, mais...

— Elle nous invente plus de travail, expliqua Jake en poussant un soupir stoïque. Ce n'est pas moi qui me suis immiscé dans la visite de Sydney.

— Si tu ne veux pas prendre de balle perdue, fais attention à tes fréquentations, le taquina Tansy avant de battre des cils.

Jake leva les yeux au ciel.

Jinx guida les femmes vers l'écurie. Jake et Declan récupérèrent la vaisselle sale, et soudain Aiden se retrouva seul avec Petra près du feu.

— Pousse-toi, exigea Petra avant de se pelotonner confortablement sur ses genoux.

— C'est agréable, lui dit-il sincèrement.

Il cala plus confortablement ses fesses douces sur ses genoux pendant qu'elle posait les bras sur ses épaules. Mais il ne semblait pas qu'elle se mettait à l'aise pour amorcer quelque chose de sexuel. Elle était silencieuse, plus qu'il ne l'avait vue pendant leur courte période ensemble.

Aiden lui frôla la joue de ses doigts.

— Comment vas-tu, chérie ?

— Je suis...

Elle hésita.

— Submergée. Je déteste l'admettre, mais même si les choses se passent très bien et que, pour autant que je sache, je suis au bon endroit, je suis à deux doigts de la surcharge.

Comme si cet aveu lui avait demandé toute son énergie, elle posa la tête sur son épaule et laissa échapper un gros soupir.

Aiden lui caressa doucement le dos, réfléchissant un moment pour passer en revue tous les moyens possibles d'améliorer les choses.

Parce que c'était son premier réflexe. Il ne voulait pas qu'elle souffre, ni qu'elle s'inquiète, ni qu'elle soit submergée, mais quelque chose le retint de foncer directement sur les solutions.

Ils restèrent là en silence pendant cinq bonnes minutes avant que Petra ne se tortille pour croiser directement son regard.

— Comment est-ce que *toi* tu vas ? demanda-t-elle.

— Plus ou moins pareil, répondit-il honnêtement. J'ai peur de commettre une erreur sans le vouloir et de ficher la trouille à Jinx. J'ai peur de tomber dans l'excès et d'être trop protecteur avec elle alors qu'à l'évidence elle est sacrément forte et a seulement besoin d'une base solide sous ses pieds. J'ai peur que Vents et Marées ne soit pas prêt à temps pour aider quelqu'un d'autre qui en aura besoin.

Elle l'écouta attentivement parler et hocha la tête, compréhensive.

Aiden inspira profondément. Elle était déjà épuisée. Ce n'était pas le moment de lâcher l'autre bombe : il avait peur d'être le seul à penser que ce qu'il y avait entre eux pourrait être quelque chose de plus qu'un mensonge pratique et de fantastiques ébats sexuels.

Petra haussa un sourcil.

— Quoi ?

Non. Il n'aborderait pas ça. Pas encore.

— Concentre-toi sur ce qui est simple, suggéra-t-il. Surmontons les prochains jours. Jinx commence le lycée lundi, et ça nous donnera plus de marge de manœuvre. Ça devrait aider.

— C'est vrai. Tu sais quoi ? Lundi, je prendrai un long bain à bulles relaxant, le prévint Petra. Au milieu de la journée, avec des douceurs, des bougies et aucun programme.

— Parfait, dit-il en lui frôlant les lèvres avant de l'embrasser doucement. Je m'assurerai que ça se fasse.

Elle se rapprocha et lui rendit son baiser avec un tendre enthousiasme. Tout en méditant son coup, Aiden savoura le plaisir de l'avoir entre ses bras .

L'opération Bain à bulles était lancée pour lundi. Il avait hâte.

15

———————

Le week-end passa dans un tourbillon d'activités et d'anticipation frémissante. Lorsque le lundi matin arriva, Petra et Aiden avaient eu au moins cinq conversations avec Jinx sur ce qu'elle voulait exactement pour son entrée dans la communauté lycéenne.

À chaque fois, Jinx avait lentement renforcé sa détermination, jusqu'à cet instant où se tenait sous le porche un groupe de quatre adultes très anxieux entourant une adolescente de seize ans qui se concentrait résolument sur ses bottes.

— Si tu changes d'avis, tu nous appelles, dit Declan.

Jinx se leva et remonta son nouveau sac à dos gris sur son épaule. Elle se redressa et croisa chacun de leurs regards courageusement.

— Ça va aller. J'aime bien les cours, et j'aime bien Sasha, ça va aller pour moi.

Petra hocha fermement la tête.

— Et comment, bordel !

Les lèvres de Jinx tressaillirent alors qu'elle lançait un coup d'œil aux hommes pour voir comment ils réagissaient aux jurons de Petra.

— Si les professeurs de Jinx se plaignent de son langage, nous te pointerons du doigt, la prévint Jake.

Petra se contenta de lui faire un grand sourire.

— Il est temps d'y aller, annonça Aiden à Jinx. Prends ça pour plus tard, et on se reverra à la fin de la journée.

Jinx fronça légèrement les sourcils en acceptant l'enveloppe aux couleurs vives qu'il tenait.

— Qu'est-ce que c'est ?

— Un truc à lire quand tu seras dans le bus. Si tu as envie, lui dit Aiden en la saluant. Tu gères.

Jinx hocha la tête. Elle entreprit de surprendre Petra en s'élançant pour lui voler une brève étreinte. Petra n'eut que le temps de rétablir son équilibre avant que Jinx ne descende précipitamment les marches, Dixie courant à ses côtés.

— Oh, Petra ! lança-t-elle par-dessus son épaule. Tu as laissé ton sac à main par terre dans le salon hier soir. Je l'ai raccroché à côté de la porte d'entrée.

Jinx agita la main une dernière fois avant de descendre le long chemin gravillonné pour rejoindre la voie rapide.

Ils restèrent tous silencieux pendant un instant avant qu'Aiden ne se mette à rire.

— Nous devons avoir l'air ridicules.

— Je me fous de quoi j'ai l'air. Je suis sacrément nerveux, admit Jake.

Petra croisa les bras sur sa poitrine et lui lança un regard noir.

— Je vais sortir la tirelire à gros mots, et je parie que c'est *toi* qui vas la remplir, Jacob Anthony Skye.

Jake eut l'air déconcerté, mais Declan émit un petit rire discret.

— Tu viens de te faire appeler par ton deuxième prénom, frangin. Je détesterais être à ta place.

— Comment connaît-elle mon deuxième prénom ? C'est ce que j'aimerais bien savoir.

Jake plissa les yeux vers Aiden, qui leva les mains en l'air.

— C'est pas moi. Rappelle-toi, c'est une femme aux multiples talents.

— Et là-dessus...

Petra avait parlé joyeusement, ce n'était pas le moment d'admettre qu'elle avait fait des recherches sur eux en ligne. La curiosité était parfois un cadeau empoisonné.

— Jinx est arrivée à la route et nous fait signe. Agitez tous la main.

C'était la plus étrange des sensations, regarder la jeune fille qui n'était entrée dans la vie de Petra que depuis une semaine monter dans le véhicule orange vif et disparaître.

L'air abattu, Dixie revint seule à la maison, l'image même de la tristesse canine.

— Ça va être une journée horriblement longue, râla Declan.

Jake se retourna vivement, pointant un doigt sous son nez.

— N'essaie pas de te pointer à son lycée.

— Je suis son tuteur, avança Declan innocemment avant de regarder Aiden. Qu'y avait-il dans l'enveloppe ?

— Un message qui dit *tu peux le faire* ainsi que vingt dollars pour qu'elle puisse leur acheter à elle et à Sasha quelque chose à la cafétéria pour se faire plaisir, dit Aiden en lançant un clin d'œil à Petra. Je vais être son grand frère préféré.

— Tu es un enquiquineur, comme d'habitude, dit Declan en regardant le petit groupe autour de lui. Elle va s'en sortir, mais en attendant nous devrions tous nous occuper. C'est le moyen le plus simple de faire passer rapidement cette journée.

— J'ai des projets, lui assura Petra.

— Je ne serai pas là pour le déjeuner, mais je serai de retour avant que le bus scolaire n'arrive, dit Jake.

— Pareil pour moi, ajouta Declan avant de soupirer profondément. Je suppose que je devrais m'y mettre.

Aiden retourna dans la maison avec Petra pendant que Jake et Declan se dirigeaient vers l'écurie et l'atelier.

— Nous serons tous là quand le bus scolaire arrivera, dit Aiden doucement. Ça va nous sembler durer une éternité, n'est-ce pas ?

— Ouais. Ça semble tellement bizarre de savoir qu'elle n'est pas dans la maison ou avec l'un de vous.

Petra se retourna et se pressa contre lui.

— Comment est-ce arrivé aussi vite ? Cette sensation qu'elle est à sa place ici ?

Ses bras musclés l'entourèrent autour d'elle et la serrèrent fort.

— Comme si elle était là depuis une fraction de seconde, et pourtant depuis toujours.

— Exactement.

Aiden déposa un baiser sur le front de Petra.

— Une drôle de magie opère quand les choses sont justes.

Elle hocha la tête. Inutile de le retenir. Il avait aussi des tâches à accomplir.

— Je te verrai plus tard.

— J'espère que tu passeras une super journée.

Il la serra une dernière fois dans ses bras avant de sortir.

Comme Declan l'avait suggéré, une distraction était une bonne idée. Petra démarra son ordinateur et se mit à travailler sur le système de comptabilité pour le ranch de Red Boot. Même si son frère et son associé n'avaient peut-être aucune attente en matière de délai, rester assise à s'inquiéter pendant toute la journée n'allait aider personne.

Elle venait de terminer de configurer les liaisons de

données initiales lorsque son téléphone bipa, signalant un message.

> Jinx : Tout se passe super bien. J'ai pensé que vous voudriez le savoir. Sasha vous dit bonjour.

Elle avait joint un selfie qui la montrait avec Sasha assises sur les gradins dans le gymnase du lycée. Les deux jeunes filles souriaient, leurs visages innocents éclatants de joie.

Le soulagement l'envahit, et Petra réfléchit soigneusement à sa réponse pour ne pas laisser transparaître combien elle s'était inquiétée.

> Petra : Ravie de l'entendre. Amuse-toi, travaille dur, et tu pourras tout me raconter pendant le dîner.

> Jinx : O.K. Je range mon téléphone maintenant à cause des RÈGLES. Caressez Dixie pour moi.

Petra envoya un message rapide aux trois frères Skye, leur disant que Jinx s'en sortait bien. Puis elle plongea tête baissée dans la programmation, le soulagement et la joie faisant travailler ses doigts deux fois plus vite.

À treize heures, elle était loin d'avoir terminé mais elle en avait accompli assez pour décider qu'il était temps de se faire plaisir. Elle rangea le petit bureau qu'Aiden avait installé pour elle dans la pièce qu'ils utilisaient comme bureau, éteint son ordinateur, et se dirigea vers la chambre. La baignoire profonde dans la salle de bains principale était sur le point de vraiment servir.

Elle retira ses vêtements et avança dans la pièce, marquant une pause quand elle remarqua trois boîtes rouge vif alignées au bord de la baignoire.

— C'est quoi ce bazar ?

Elle prit la première et retira la carte placée sous le ruban, reconnaissant l'écriture d'Aiden.

Merci pour tout ce que tu as fait. Mais surtout merci d'être une personne géniale. Détends-toi bien.

Petra souleva le couvercle, et une odeur enivrante de lilas se mit à flotter. Des sels de bain parme emplissaient la boîte.

La deuxième boîte contenait trois donuts, et la troisième une bougie intitulée *Inspire la bonne came, expire les saloperies*. Petra sourit et fit couler l'eau avant d'attraper un donut et de prendre une bouchée.

Elle gémit de plaisir. Il était délicieux et c'était exactement ce dont elle avait besoin. Sa peau la picota quand elle entra lentement dans l'eau brûlante délicieusement parfumée. Une serviette roulée derrière le cou, elle ferma les yeux et laissa le délice du donut au beurre d'érable[1] glisser dans sa gorge.

Elle savourait son bain depuis plus d'une demi-heure lorsqu'on frappa à la porte.

— Petra ? Je peux entrer ? demanda Aiden.

— Ce n'est pas fermé à clé, lui lança-t-elle. L'eau est encore chaude, même si je dois t'informer que toutes les douceurs ont disparu.

Aiden entra tranquillement, et son expression s'anima tandis que son regard errait sur le corps de Petra.

— Je vois quelque chose de merveilleusement doux.

La distraction parfaite du bain à bulles se transforma en promesse encore plus séduisante. Surtout lorsque Aiden passa sa chemise par-dessus sa tête et la jeta au sol.

---

1. NdT : Malgré son nom, le beurre d'érable n'est pas un produit laitier, mais une pâte à tartiner fabriquée à partir de sirop d'érable.

— Dis-moi que tu t'es vraiment sali ce matin et que tu meurs d'envie que je te décape, suggéra Petra.

Ses doigts la démangeaient de toucher les lignes affûtées de son corps. La surface de sa taille jusqu'à ses hanches minces, les lignes fermes des muscles encadrant son abdomen, le mouvement de ses larges épaules lorsqu'il s'agenouilla près de la baignoire. Tout cela se combinait pour la chatouiller de l'intérieur, et l'excitation grandit lorsqu'il plongea les doigts dans les bulles qui flottaient à la surface de l'eau.

Il les retira instantanément, jurant tout bas.

— Seigneur, femme, quelle était la température de l'eau quand tu es entrée dans le bain ?

Petra ricana.

— Moyenne pour un bain à bulles. Froide comparé à un geyser.

Aiden l'examina de plus près, et son regard se baissa sur ses seins. Il passa un doigt sur la peau de Petra, parallèlement à l'eau.

— Tu es rouge, rose et luisante, comme une méduse sexy.

L'amusement monta en elle.

— Tu dis des choses des plus agréables, l'informa-t-elle. En quelque sorte.

Pour toute réponse, il plongea la main dans l'eau pour prendre un de ses seins dans sa paume. Il regarda son pouce caresser sous l'eau son mamelon déjà rigide.

— Tu te sens plus détendue ?

— Oui, même si en ce moment, je me sens nettement plus tendue qu'il y a cinq minutes.

Petra se cambra sous sa caresse alors qu'il faisait rouler tous ses doigts sur son mamelon et le pinçait légèrement.

— Je n'ai plus mes règles, continua-t-elle.

— C'est bon à savoir.

Ses doigts frôlèrent son ventre et atterrirent entre ses jambes.

— J'ai envisagé de te demander si je pouvais me joindre à toi, mais je ne résiste pas à la lave.

Petra écarta les genoux et lui couvrit la main.

— Je peux sortir de la baignoire.

— Dans une minute, suggéra-t-il. Pour l'instant, je m'amuse. Je bous en partie à mort, mais je m'amuse.

Elle se mit à rire, et le son se transforma en un gémissement alors qu'il glissait leurs doigts joints sur son clitoris. Des mouvements circulaires et taquins provoquèrent un picotement au fond d'elle. Elle reposa la tête sur la serviette et examina attentivement le visage d'Aiden pendant qu'il l'admirait. Le feu dansait dans ses yeux lorsqu'il glissa les doigts en elle, et pourtant le frôlement régulier sur son clitoris continua.

Seigneur, c'était bon ! Petra inspira brusquement, peinant à parler.

— Je ne vais pas me plaindre si tu me fais jouir comme ça, mais j'aimerais vraiment qu'on ait une relation sexuelle.

— C'est une relation sexuelle, signala-t-il.

Quel homme têtu. Talentueux aussi.

— C'est dur de réfléchir quand tu fais ce truc avec le... oh mon Dieu, *ça*.

Était-ce une torsion de ses doigts en elle ? Elle n'était pas sûre. Une méthode accélérée d'atteindre l'orgasme, en tout cas.

— C'est délicieusement machiavélique.

Le grand sourire d'Aiden redoubla.

— Ça ?

Elle émit un son sifflant, referma les doigts sur la nuque d'Aiden et l'attira vers elle. Il se baissa, laissa flotter ses lèvres au-dessus des siennes tandis que sa main continuait à la taquiner.

Elle dut faire un effort pour parler.

— Ne crois pas que je n'ai pas remarqué qu'on s'est amusés mais qu'on n'est pas passés à l'acte.

— Si tu es encore capable de réfléchir autant, je fais quelque chose de travers.

Le sourire d'Aiden s'adoucit.

— Arrête de te retenir, continua-t-il. Laisse-toi aller.

— Promets-moi que nous pouvons coucher ensemble.

— Nous...

— Le pénis, alors. La bite. La queue. Je veux la tienne en moi.

Elle se resserra sur ses doigts, et cette fois il jura.

— Fais attention à ce que tu souhaites, la prévint-il.

— Passe à l'action ou tais-toi, le provoqua-t-elle.

Il tendit les mains dans la baignoire, et Petra se retrouva dans les airs. Elle s'agrippa au cou d'Aiden alors qu'il allait dans la chambre, faisant dégouliner de l'eau partout.

Aiden la déposa sur le lit et baissa son jean sur ses hanches. Il se laissa tomber le matelas si bien qu'elle rebondit, puis ses mains la guidèrent vers lui, placèrent ses genoux de chaque côté de ses hanches et posèrent ses fesses sur ses cuisses.

Aiden tendit la main vers la table de nuit, attrapa un préservatif et le déroula sur son membre épais, Petra faisant de son mieux pour l'aider.

Chaque frôlement de ses doigts déclenchait chez lui un petit juron. Sa respiration arrivait en halètements irréguliers, et lorsqu'il lui attrapa les hanches et la plaça au-dessus de lui, son visage devint sérieux.

— Oui ?

Et *comment*. Petra saisit son membre puis se laissa descendre dessus lentement, un centimètre à la fois.

Enfin.

Il resserra les doigts sur ses hanches, et il ferma brièvement les yeux.

— C'est tellement bon, putain.

— Je suis d'accord.

Mais il l'emplissait… l'emplissait tellement qu'elle avait besoin d'une minute pour s'y habituer.

Heureusement qu'elle avait autre chose à apprécier en même temps. Elle prit son visage entre ses mains et l'embrassa.

IL AVAIT PEUT-ÊTRE ROYALEMENT FOIRÉ en cédant, mais avec la chaleur de Petra autour de lui et sa langue dans sa bouche, la capacité d'Aiden à s'en préoccuper avait disparu.

Il lui serra les fesses, appréciant la malléabilité de ses courbes. Lorsqu'il lui mordilla la lèvre inférieure et qu'elle recula avec un petit cri, il s'appliqua à suivre le trajet le long de sa mâchoire vers le point sensible sur son cou qui la faisait se tortiller.

— Ouais, putain. Frotte-toi contre moi. C'est tellement sexy, putain.

Aiden lui mordit délicatement le cou tout en remuant les hanches et en se déplaçant en elle très légèrement.

Petra laissa sa tête tomber en arrière et enfonça les ongles dans ses épaules.

— Sainte mère de Dieu.

Il s'étonna de trouver ça si amusant, alors que les vagues de plaisir qui le traversaient auraient dû suffire à fixer entièrement son esprit sur l'instant présent. Et malgré tout…

— Je pense qu'il faut que je voie combien de jurons je peux te faire dire.

Elle redressa brusquement la tête et sourit d'un air machiavélique.

— C'est un défi ?

Il était sur le point de répondre par des bêtises polissonnes quand elle se souleva, effleurant de sa douce intimité sa peau sensible, ce qui lui embruma l'esprit.

Lorsqu'elle reprit sa place, ses cuisses heurtant les siennes, Aiden jura.

Le lit rebondit légèrement et le sourire de Petra devint franchement démoniaque. Elle se redressa et retomba, imprimant un rythme qui fit que laissa Aiden bégayant, la chaleur de leurs corps se mêlant ensuite alors qu'il jurait comme un charretier.

— Touche-moi, exigea Petra en s'emparant de ses poignets et en les dirigeant vers ses seins.

Aiden se tenait à elle pendant que Petra prenait les rênes, l'enfonçant profondément en elle, sans relâche, jusqu'à ce que son contrôle ne tienne plus qu'à un fil.

Elle avait le visage crispé, à la frontière entre le plaisir et la douleur, et Aiden baissa sa main, la glissa entre eux et s'empara de son clitoris. Elle eut un soubresaut lorsqu'il le pinça une fois et se laissa retomber alors qu'elle enfonçait les ongles dans sa peau et qu'elle se tortillait contre lui.

Son intimité enserra son membre, et Aiden l'attrapa de nouveau par les hanches, lui donnant un coup de reins aussi haut que possible tout en la tenant contre lui.

Petra passa les bras autour de lui et l'agrippa étroitement tandis que des contractions étreignaient son membre...

Un bruit sec et vif résonna. Le matelas pencha, s'affaissant pendant qu'Aiden leur faisait retrouver précipitamment l'équilibre avant qu'ils ne se retrouvent aplatis comme une crêpe.

— Qu'est-ce que...

Petra l'agrippa plus fort, mais Aiden se rattrapa à temps. Il s'assit au bord du matelas, les jambes posées droit devant lui sur le sol, elle toujours empalée sur son membre.

Ils étaient soixante centimètres plus bas que quelques

secondes plus tôt et des morceaux de bois provenant du cadre du lit étaient éparpillés à ses pieds.

Petra lança un coup d'œil autour d'eux avant de se pencher et de l'embrasser. Douce et sûre d'elle, avec une touche d'espièglerie. Un dernier mordillement s'enfonça dans la lèvre d'Aiden avant qu'elle ne lui sourie.

— Je n'arrive pas à croire que nous ayons cassé le lit.

— Je suis ravi que nous ayons cassé le lit.

Il toucha son nez du sien, et un orgasme en écho la fit brièvement se tortiller contre lui.

— Le lit est toujours sous garantie, ajouta-t-il.

Petra éclata de rire. Elle lui passa une main sur la joue en lui souriant avec indulgence.

— Si tu suggères que nous devrions essayer tous les lits avant qu'ils ne soient plus sous garantie, je suis partante.

Il l'embrassa, ses mains caressant sa peau nue. Il devait s'occuper du préservatif, mais ce dont il avait le plus besoin était juste là, sur ses genoux.

Petra rompit finalement leur étreinte, se détacha prudemment de lui et rampa sur le matelas.

Aiden s'occupa du préservatif puis remonta son boxer et son pantalon, et ouvrit les bras.

— Viens là. Je vais te ramener dans la baignoire pendant que je ferai le ménage.

— Du moment que tu viens me rejoindre, répliqua Petra.

Il la déposa dans l'eau et vérifia rapidement la température.

— Là, je peux gérer. Donne-moi une minute.

Heureusement, il n'y avait pas trace de ses frères lorsqu'il attrapa le balai et la pelle. Il s'occupa des éclats de bois mais laissa le cadre cassé pour plus tard.

Il attrapa deux verres de citronnade et des cookies au beurre de cacahuète dans la boîte et retourna dans la salle de bains.

Petra accepta les gâteaux et la boisson et engloutit la moitié de la citronnade alors même qu'elle faisait un geste vers l'eau devant elle.

— Elle est assez grande pour deux. Elle est assez grande pour trois, mais ce n'est pas mon fantasme.

Il entra dans l'eau avec précaution, s'adossa contre le plan incliné de la baignoire et plaça les jambes de Petra sur ses cuisses.

— C'est bon à savoir. Ce n'est pas le mien non plus.

Petra prit une petite bouchée du cookie et émit un son qui donna envie à Aiden de retourner droit au lit, cassé ou pas.

— Ils sont vraiment bons.

— Je suis d'accord, acquiesça-t-il en remontant un doigt sur son tibia et en lui caressant lentement la peau. Je croyais que c'était toi qui les avais faits.

Elle secoua la tête.

— Non. Je pensais que c'était toi.

— Eh bien, quel que soit celui de mes frères qui en a été l'initiateur, nous demanderons une nouvelle fournée dès que possible. C'étaient les deux derniers.

Elle lécha les miettes sur ses doigts puis étira les bras le long de la baignoire, lui souriant avec un air de contentement.

— C'était une distraction des plus savoureuses.

— Je suis d'accord.

Sa peau était si douce qu'il avait envie de l'attirer sur ses genoux et continuer à la toucher. Elle était rose et rouge, désormais pour des raisons autres que la température de l'eau, et l'étincelle dans ses yeux le rendait d'autant plus déterminé à la convaincre qu'il fallait que ce soit réel.

— J'aime bien cette expression.

Aiden leva les yeux.

— Quoi donc ?

Elle agita le doigt devant son visage.

— Tu sais pourquoi je t'ai accompagné à ton hôtel il y a trois ans ? C'était surtout à cause de cette expression.

— Je ne sais pas de quoi tu parles, mais je suis très content d'avoir cette expression, dit Aiden en prenant un de ses pieds et en le frottant doucement. Elle a quelque chose de particulier ? Juste dans l'intérêt de la science et pour m'assurer que je t'offre *cette expression* régulièrement.

Elle se mit à rire puis son air devint pensif.

— C'était le week-end du mariage de mon frère. Le deuxième mariage, si tu comptes celui de Vegas, dont lui et Julia ne se souviennent pas.

— *Maintenant* tu vas me raconter cette histoire. J'ai hâte de les revoir.

— Fauteur de troubles, le taquina-t-elle avant de secouer la tête comme si elle se rappelait. J'adore mon grand frère, et à ce moment-là, toutes mes autres sœurs étaient mariées, la plupart avec des gamins, alors c'était un peu comme s'ils en étaient tous au stade de la partie pour lequel je n'avais encore aucun intérêt. Je ne voulais pas me poser, mais voir Zach avec Julia... ils étaient tellement amoureux que ça sautait aux yeux à chaque fois qu'ils se regardaient.

Aiden haussa un sourcil.

— Alors tu as décidé qu'un coup d'un soir avec un parfait inconnu était un bon moyen de célébrer le mariage de ton frère ?

— Plus ou moins, acquiesça-t-elle, mais elle plissa le nez de la plus adorable des manières. Il ne s'agissait pas vraiment d'essayer de neutraliser les microbes de mariage qui flottaient dans l'air, mais simplement de faire quelque chose qui me rendrait *moi* aussi heureuse qu'ils l'étaient à ce moment-là.

— Eh bien, je me rappelle que tu as été heureuse, dit-il avec un sourire narquois. Même si nous n'avons pas cassé de lit cette fois-là.

Le rire de Petra résonna haut et clair. Elle sourit, un sourire doux et sincère qui lui fit agiter les orteils.

— Mais tu avais cette expression. Celle qui dit que tu as des secrets. Pas de sombres secrets maléfiques, mais délicieux et coquins, et que si je suis vraiment gentille tu pourrais les partager avec moi.

Elle marqua une pause, puis hocha fermement la tête.

— Et gentil. Ça te donne l'air gentil.

Aiden poussa un gros soupir.

— Tu m'as laissé espérer pendant une minute avec des expressions *secrètes et coquines*, puis... bam, tu me frappes avec le fichu bouton de la *gentillesse*. Au moins tu ne m'as pas mis dans la *friendzone*.

Elle l'éclaboussa.

C'était un aussi bon moment qu'un autre pour l'admettre.

— Je t'ai choisie à cause de ton expression aussi, dit-il. Tu étais tellement pleine de vie et de passion que ça m'attirait. C'est ce dont je me souviens le plus de cette nuit-là.

— Pas le sexe ? Ben voyons.

— Oh, le sexe aussi. Mais tu es resplendissante, Petra. Vraiment.

Elle le regarda fixement pendant quelques secondes, et quelque chose de bizarre tordit son expression.

Sans un mot, elle sortit de la baignoire et disparut dans la chambre.

C'est quoi ce bazar ?

— Petra ? Qu'est-ce qui ne va pas ?

Quand il fut sorti de la baignoire et eut enroulé une serviette autour de lui, elle avait disparu de la chambre. Il jura, s'habilla, avançant d'un pas raide dans le couloir puis dans le salon, la cherchant.

16

---

*P*etra regretta de s'être enfuie juste après l'avoir fait, mais elle ne réussit pas à s'arrêter avant d'avoir enfilé des vêtements sur sa peau humide et collante et d'être arrivée sous le porche.

Mais elle laissa la porte ouverte, s'installa sur la balancelle et regarda fixement les montagnes au loin en attendant d'entendre ses bruits de pas.

— Je suis là.

Aiden apparut dans l'embrasure de la porte.

— Qu'est-ce qui vient de se passer ? demanda-t-il doucement.

Elle renifla, se passa une main sur la joue et effaça ses larmes. Seigneur, elle se sentait idiote.

— C'est pas ta faute. C'est juste un mauvais souvenir qui a refait surface au mauvais moment.

Aiden s'assit près d'elle, faisant un peu osciller la balancelle. Il passa les doigts sous son menton et la regarda dans les yeux.

— Je suis désolé.

Elle se força à former un sourire, sentant qu'il était plus qu'un peu larmoyant.

— Oh, chéri. Ce n'est pas toi le problème. Ça m'a juste rappelé à quel point j'avais foiré.

L'inquiétude ne quitta pas le visage d'Aiden, mais il resta assis, appuyé contre le dossier en bois de la balancelle.

— Tu veux en parler ? Ou au moins me donner des indices sur ce qu'il ne faut pas dire pour que je ne te blesse pas encore accidentellement ?

Eh bien, merde. Il avait avoué que c'était une des choses qui lui pesaient… il craignait de bouleverser accidentellement Jinx.

Petra inspira profondément. Ses parents avaient toujours souligné l'importance de l'honnêteté dans l'éducation de leurs enfants, même quand c'était parfois gênant. Avec six enfants à la maison, l'absence d'information était synonyme d'inépuisables occasions pour les petits malentendus de prendre des proportions incontrôlables.

— Mon ex. Lui aussi disait que je resplendissais.

Comme Aiden fronçait les sourcils, elle leva une main pour retenir les commentaires.

— Nous nous sommes rencontrés à un salon de la technologie, et lorsque Curtis a fini par être interne dans une société de notre petite ville, c'était comme si le destin nous avait réunis. Nous faisions tout ensemble, on semblait simplement coller, tu sais ? En moins d'un mois, nous étions inséparables. Il était si curieux de tout, tout comme moi…

L'expression d'Aiden se ferma.

— On dirait que vous formiez une bonne équipe. Qu'est-ce qui a mal tourné ?

— Il était super désireux de rencontrer mes parents.

Petra hocha la tête devant la manière dont Aiden écarquilla les yeux.

— Enfin, je vivais à deux pas de chez eux, et nous faisions

habituellement toutes sortes de choses en famille. Mais j'étais tellement absorbée par Curtis que je ne cessais d'annuler les trucs de famille. Lorsqu'il a insisté pour qu'on passe du temps avec eux, j'ai pensé que c'était peut-être le signe d'un *moment important* à venir. Tu sais, rencontrer les parents, commencer à vivre ensemble, tous ces trucs. C'était rapide, mais ça ne semblait pas anormal.

Aiden prit une profonde inspiration. Il la laissa ressortir lentement, et détourna les yeux pendant un instant.

— J'ai envie de l'entendre, mais en même temps je veux briser les bras de ce fumier parce que je sais que vous n'êtes plus ensemble, ce qui veut dire que c'est sa faute. Je ne vais pas apprécier ce que tu vas me dire.

— Non, tu ne vas pas apprécier du tout, acquiesça Petra. Il avait une petite amie.

— C'est quoi ce bordel ?

L'air renfrogné d'Aiden lui plissa le front sous une masse de rides.

Elle passa les doigts dessus.

— Il avait une petite amie dans une autre ville. Qui plus est, elle était au courant pour moi. Ils avaient ce plan alambiqué où il allait impressionner mon père. Mon père est inventeur et fait partie du conseil d'administration de plusieurs entreprises qui offrent de bonnes vieilles bourses. Curtis, avec l'accord total de sa petite amie, avait décidé que s'il faisait ami-ami avec mon père, il obtiendrait une bourse convoitée qui lui fournirait cinq ans de financement pour son projet perso.

— Et une fois qu'il aurait eu le financement, il t'aurait juste laissée tomber ? demanda Aiden.

— Quelque chose comme ça, je suppose. Il n'en a jamais eu l'occasion parce que j'ai accidentellement piraté les informations et je me suis occupée de lui en conséquence.

— Putain de nom de Dieu, le putain de culot de ce fumier.

J'espère que tu l'as évincé de toutes les listes de bourses qui existent, dit Aiden sèchement.

Elle sentit s'immiscer le premier soupçon d'amusement qu'elle ait ressenti depuis plusieurs minutes.

— Tu vois ? C'est pour ça que toi et moi nous sommes amis. Bien sûr qu'il est évincé. Mais en dehors de ça, je me suis maîtrisée parce que lui et sa désormais fiancée ont une enfant, alors je ne vais pas les mettre sur la paille.

L'expression d'Aiden était au-delà de toute description.

— Je suis juste... Enfin... Il n'y a pas de...

Il était bouche bée, complètement sans voix.

— N'est-ce pas ?

Petra soupira.

— Je suis vraiment désolée. Tu m'as adressé ce qui serait habituellement un charmant compliment. Je suis contente que, lorsque tu m'as regardée, tu aies vu de la vie, de la joie, et moi qui rayonnais. Malheureusement, rayonner, pour Curtis, était synonyme de brillant moyen de profiter de moi. Mais ce n'est qu'un mot, et je sais ce que *toi* tu voulais vraiment dire.

Elle prit le visage d'Aiden entre ses mains et le laissa lire la sincérité dans ses yeux.

— Je sais que c'était accidentel, et je te pardonne sans réserve. J'espère que tu me pardonneras d'avoir déraillé comme ça.

— *Petra.*

Il l'embrassa, un frôlement doux de ses lèvres sur les siennes avant de reculer. Il passa le pouce sous son œil pour effacer une larme.

— Tu es une bien meilleure personne que moi. Si j'avais les compétences pour pirater des dossiers, je changerais légalement son nom en Jacquouille McTêtedeCon.

Oh Seigneur. L'hilarité la frappa d'un coup, et un éclat de rire lui échappa, suivi d'un autre, surtout lorsque Aiden se joignit à elle et que son rire contagieux et chaleureux l'entoura. Puis il l'attira dans ses bras, l'étreignit fort, alors qu'elle libérait une partie du fardeau qu'elle portait seule depuis des mois.

Elle essuya de nouveau ses larmes, cette fois parce qu'elle avait tellement ri. Elle lui tapota le torse d'un air approbateur.

— Merci. J'avais besoin de ça. Et aussi, tu es la seule personne à qui j'ai raconté ce qui s'est passé. Alors ne le révèle pas, s'il te plaît.

— Bien sûr, dit-il en hochant lentement la tête et en la regardant dans les yeux. Je pense que tu devrais envisager d'élargir la liste des gens *au courant* pour inclure Tansy et Sydney. Ce sont des amies solides comme le roc et les avoir près de toi t'aiderait.

— Mais je me sens tellement idiote ! râla Petra.

— Tu as fait confiance à quelqu'un, et il t'a menti pour les pires raisons. Ça met l'échec de son côté, pas du tien, dit Aiden en faisant osciller la balancelle alors qu'il la rapprochait de lui. Tu es sûre que tu ne veux pas que je lui brise les genoux ?

C'était tellement tentant, à une nuance près.

— Quand des pensées de vengeance s'élèvent, je me rappelle qu'il y a une enfant innocente qui a un con comme père et une mégère sournoise comme mère. Elle n'a pas besoin d'avoir plus de problèmes dans sa vie.

Aiden déposa un baiser sur le dessus de sa tête.

— Tu es une femme bien, Petra.

Ils restèrent assis encore un moment alors que le soleil faisait discrètement le tour de la maison et les réchauffait pendant qu'ils se balançaient doucement. Quelques oiseaux chantaient, mais c'était surtout les sons de la campagne qui les environnaient : un coup de vent, le craquement de la balancelle, le drapeau près du parking qui flottait au vent.

Aiden eut un petit rire, puis resserra le bras autour de ses épaules.

— Je déteste interrompre ce moment, mais j'ai un lit à réparer.

Oh Seigneur. Petra s'efforça de retenir les ricanements qui lui venaient.

— Laisse-moi te donner un coup de main.

Il se leva, lui prit la main et l'aida à se relever.

— Tu penses qu'il n'y a aucun risque si on travaille ensemble ? C'est ce qui a fait que le lit s'est cassé, à la base.

Elle lui enfonça le doigt dans le ventre, qu'arrêtèrent des abdominaux incroyables.

— Ne me fais pas encore rire. J'ai déjà mal au ventre, râla-t-elle.

Il lui serra les doigts puis l'entraîna lentement dans le salon.

— Je vais devoir commander un nouveau cadre. Je vais laisser le matelas par terre pour l'instant si ça ne te dérange pas.

— Ça me paraît beaucoup plus sûr, le taquina-t-elle.

Mettre de l'ordre ne prit pas tant de temps que ça, mais après une demi-douzaine d'allers-retours pour emmener les morceaux de bois dans l'atelier, on approchait rapidement de la fin de la journée scolaire.

Aiden désigna de la tête l'avant de la maison.

— Je sais que ça pourrait être un peu exagéré, mais marchons jusqu'à la route. Nous pouvons lui mettre la honte. Je suis sûr que c'est un rite de passage qu'elle a besoin de connaître.

— Emmène Dixie, lui rappela Petra.

Lorsque Aiden entrelaça ses doigts aux siens pendant qu'ils remontaient lentement le chemin gravillonné, son geste ne dérangea pas Petra. Elle inspira profondément plusieurs fois l'air automnal et leva la tête vers le soleil.

— Ça a été une bonne journée. J'espère qu'elle a été bonne pour Jinx aussi.

— Moi aussi, acquiesça Aiden.

Ils attendirent que le bus scolaire s'arrête. Dixie remuait avec impatience, agitant la queue à un million de kilomètres heure alors que la porte s'ouvrait et que Jinx descendait.

Elle afficha un grand sourire lorsqu'elle croisa le regard de Petra, le menton levé haut.

— Vous êtes là.

— Trop excitée pour attendre que tu fasses tout le chemin jusqu'à la maison, admit Petra.

Elle fit signe à Sasha, qui avait le visage pressé contre la vitre du bus scolaire.

Jinx se retourna et agita aussi la main, puis elle s'agenouilla.

— Viens, Dixie.

Dixie bondit et passa la langue sur tout le visage de Jinx, comme si la jeune fille avait été absente pendant un million d'années au lieu de huit heures.

Aiden fit la grimace.

— J'allais te proposer un câlin, mais maintenant que tu es badigeonnée de microbes de chien, je vais attendre que tu te sois décontaminée.

Jinx roula des yeux, et un nœud de tension de plus dans la poitrine de Petra se détendit.

Une semaine. À peine une semaine, et cette jeune fille commençait déjà à montrer qui elle était, forte et résiliente.

Petra pencha la tête vers la maison.

— Alors on va attendre d'être arrivés à la maison pour que tu nous racontes les grandes histoires, parce que je sais que Declan et Jake veulent aussi les entendre, mais est-ce que Sasha et toi avez encore accroché ?

— Elle est assez incroyable, dit Jinx doucement, surprenant Petra en glissant la main dans la sienne, marchant à ses côtés. Est-ce que vous avez passé une bonne journée ?

— Assez bonne, répondit Aiden. Nous avons presque

terminé les murs de l'atelier. La prochaine étape, c'est la peinture.

Ils discutèrent des couleurs et des moulures jusqu'au porche, où Declan et Jake les attendaient.

Declan baissa les yeux vers leurs mains et lança un hochement de tête approbateur à Petra avant de se concentrer sur la jeune fille.

— Nous avons reçu ton message nous disant que les choses se passaient bien.

— Ça a été. Quelques personnes m'ont demandé d'où je venais, mais quand je leur ai dit que j'ai habité quelque temps à Winnipeg, ça a semblé leur suffire, dit Jinx en serrant la main de Petra avant de la lâcher. Je pense que ça va marcher.

Par décision de l'exécutif, alias Jinx, ils s'égaillèrent pour gérer les corvées d'avant dîner. Jinx alla avec Declan et Aiden à l'écurie, Petra retourna dans le bureau et laissa Jake s'occuper du dîner.

Elle ne savait pas comment le dîner pourrait être prêt vu l'heure qu'il était, mais tout fut sur la table à dix-sept heures pile.

— Bon sang, ça a l'air génial, dit Aiden en plaçant une énorme louche de purée sur son assiette. Passe-moi la sauce brune dès que tu pourras, Declan.

Jake servit d'épaisses tranches de pain de viande fumant, et Petra lança un coup d'œil autour d'elle, surprise. Il y avait aussi des haricots verts et une salade de fruits, et lorsqu'elle regarda le plan de travail et repéra un gâteau au chocolat qui attendait, sa curiosité prit le dessus.

— Ça a l'air délicieux, Jake, mais quand as-tu eu le temps de préparer tout ça ?

Jake marmonna quelque chose puis fit un geste avec sa cuillère vers Jinx.

— Est-ce que le morceau est assez gros pour toi, ou est-ce que tu en veux un autre ?

— Ça suffit, merci, dit-elle en se servant de la salade.

Non, non. Petra n'allait pas laisser passer ça. Elle se pencha et inspira profondément le pain de viande.

— J'aime bien ton mélange d'assaisonnements. Qu'est-ce que tu as mis là-dedans, Jake ?

Il hésita avant de laisser échapper un long soupir.

— Je ne sais pas. Je l'ai pris au Buns and Roses.

Aiden frappa la table, en riant tout en pointant son frère du doigt.

— Je le savais. Je savais que tu n'étais pas capable de préparer ce genre de repas.

— Tu prévois de faire cuisiner tous tes repas par Tansy, frangin ? demanda Declan avant de lancer un coup d'œil à Petra, une étincelle dans les yeux. Parce que je ne me plains pas de cette idée du moment que ça sort de ton porte-monnaie et pas du budget du ranch.

Jake accepta la taquinerie avec bonhomie, et Petra attaqua le plat savoureux avec appétit. Comme Aiden l'avait dit, cela s'était avéré une très bonne journée.

Le reste de la semaine passa en un éclair, et une routine se mit lentement en place. Jinx s'épanouissait et sa confiance en elle augmentait à chaque fois qu'elle allait en ville. Les devoirs commencèrent. Parfois, Sasha Stone descendait du bus avec elle et les deux jeunes filles s'asseyaient à la table du salon pour revenir sur des équations du second degré ou travailler sur des dissertations.

Aiden était stupéfait de découvrir qu'il était devenu l'assistant désigné des devoirs.

Le premier mercredi, lorsque les jeunes filles avaient demandé de l'aide à Declan, Aiden avait reçu un texto d'urgence lui disant de ramener ses fesses à la maison.

Il s'était précipité, paniqué, uniquement pour découvrir Declan avec un air accablé et deux jeunes filles qui faisaient de gros efforts pour garder des mines sérieuses.

Son frère avait secoué la tête.

— On échange. À ton tour, avait-il déclaré avant de lancer un coup d'œil par-dessus son épaule aux filles et de secouer la tête. C'était déjà assez terrible quand j'ai dû le faire pour rien, et à l'époque il n'y avait pas de trucs comme des chiffres invisibles. Allez tourmenter Aiden avec vos questions.

— Merci d'avoir essayé, M. Skye, avait répondu Sasha, radieuse.

— Pas de problème. Si tu veux de l'aide avec tes chevaux, alors viens à moi, avait dit Declan en croisant le regard de Sasha. Même si j'ai aussi entendu dire que Kelli est plutôt douée avec eux.

— Kelli dit que c'est toujours bien d'apprendre de nouvelles choses avec les meilleurs, et Jinx dit que les chevaux vous aiment bien.

Declan avait hoché la tête.

— Tu auras du rab de dessert ce soir, Jinx, avait-il promis, faisant éclater de rire les jeunes filles quand il les salua d'un coup de chapeau imaginaire avant de retourner à l'écurie.

Depuis lors, Aiden s'était assuré d'être libre après les cours au cas où il pourrait aider. Ce n'était pas le domaine d'expertise de Declan, et aussi organisé que soit Jake, il n'était toujours pas à l'aise à l'idée de rester avec Jinx sans que l'un d'eux ne soit là.

Aiden faisait de son mieux pour que ça ne tombe pas toujours sur Petra, ce qui aurait été trop facile par certains aspects.

Après que les devoirs furent terminés, il rejoignit les filles qui marchaient sur le chemin reliant les deux propriétés. Bien que les deux ranchs soient grands, comme la plupart des ranchs, la distance qui séparait les maisons elles-mêmes pouvait se faire à pied.

Ils traversèrent la limite entre les terrains et escaladèrent l'échalier entre les clôtures bien entretenues. Jinx et Sasha discutaient avec aisance tandis qu'Aiden les suivait, profitant de la pause dans la journée et de l'occasion de se promener. Dixie allait et venait entre lui et les filles, ravie comme un cochon qui se vautre dans la boue de les avoir tous les deux à proximité.

Lorsque Sasha aperçut sa maison, elle se retourna et étreignit Jinx.

— J'ai plein de choses à faire ce week-end, alors nous ne pourrons pas nous voir. Mais peut-être que le week-end prochain tu pourrais venir et on ira faire du cheval, dit Sasha en lançant un coup d'œil à Aiden. Ma mère a dit que Petra et vous pouviez monter avec nous si vous vouliez. Je connais plutôt bien la plupart des sentiers, mais je ne suis toujours pas censée monter seule sans un adulte si nous allons plus loin.

— Je vais voir avec Petra, mais je pense que ça marchera. Ça nous plairait.

Sur le trajet du retour, Jinx marcha en silence aux côtés d'Aiden, Dixie gambadant entre eux. Ce n'était pas vraiment un silence paisible mais plutôt un silence avec un million de choses qui vous traversait l'esprit si rapidement qu'elles se bousculaient.

Aiden le reconnaissait parce qu'il faisait à peu près face à la même sensation dans sa tête ces temps-ci. Avec tant de choses à accomplir, et tant d'espoirs, parfois il avait l'impression que tout ce qu'il pouvait faire, c'était rester assis et laisser son esprit s'emballer à une vitesse rendant impossible de prévoir, d'espérer ou de rêver.

Malgré tout, comme Jeff l'aurait fait, Aiden se racla la gorge.

— Tu as besoin de parler de quelque chose ? Si ce n'est pas avec moi, alors avec Petra ?

Jinx plissa le nez.

— Ça donne juste l'impression...

Elle leva les yeux.

— Comment se fait-il que tout se passe aussi bien ? demanda-t-elle.

Ah. Aiden réfléchit un instant, repensant à l'époque où Jeff avait pris le contrôle et empêché leur monde de s'écrouler.

— Peut-être que tu dois envisager un peu plus l'idée que c'est comme ça que la vie est censée être.

Elle s'arrêta et le regarda fixement, ses grands yeux gris emplis de questions.

Il haussa les épaules.

— Beaucoup de choses qui se produisent dans ce monde ne devraient pas. Tu t'es retrouvée dans une situation difficile malgré toi. Mais ta vie n'était pas censée être comme ça. Si tu veux utiliser de grands mots compliqués, ça n'a jamais vraiment été ton destin. Tu ne méritais pas le mauvais, mais tu mérites vraiment le bon. Et ça restera ainsi, nous te le promettons.

Ils se trouvaient à la lisière de la clairière, le refuge pour animaux et le futur atelier devant eux. Un ciel bleu automnal était au-dessus d'eux alors que des larmes emplissaient les yeux de Jinx. Elle déglutit péniblement puis hocha la tête.

— D'accord. D'accord, je peux penser à ça quand je commence à avoir peur. C'est *ici* que je suis censée me trouver, et c'est pour ça qu'il se passe des choses bien.

Aiden aurait aimé crier vers le ciel. Il aurait aimé prendre cette jeune fille dans ses bras, la faire tourner et lui assurer que *oui*, c'était là qu'était sa place et que les bonnes choses allaient continuer.

Ce qu'il fit, ce fut de pencher la tête vers l'écurie.

— Tu as juste assez de temps pour t'occuper des poules avant le dîner.

Jinx hocha la tête et fit quelques pas vers l'écurie avant de revenir et de lever courageusement les yeux vers lui.

— Merci.

— C'est normal, petite.

Il la regarda jusqu'à ce qu'elle arrive à l'écurie, Dixie sur les talons. Puis il alla se promener pour se donner le temps de maîtriser ses émotions.

La semaine suivante, il pensait encore à cette conversation quand une camionnette rouge étincelante se gara devant la maison au moment où ses frères et lui se dirigeaient vers l'écurie pour continuer à travailler sur les rénovations.

— Enfin ! dit Jake en s'avançant à la rencontre de l'homme à la peau noire qui sortait de la cabine. Kevin. Bienvenue.

Aiden lança un coup d'œil à Declan.

— Je croyais qu'il n'allait pas arriver avant la semaine prochaine.

— Je ne vais pas me plaindre qu'il soit en avance, répondit Declan en suivant Jake.

Kevin était si mince qu'on ne voyait que des muscles étirés sur ses os. Il se déplaçait gracieusement. Il attrapa un sac à dos sur la plate-forme de la camionnette et le passa sur son épaule avant de se tourner vers les frères.

Ses cheveux brun foncé étaient coupés court, ses yeux sombres, marron, étaient expressifs, et une méchante coupure courait sur le côté gauche de son visage, ratant de peu son œil. La blessure s'était refermée mais n'était pas encore guérie.

Kevin tendit la main vers Jake et la serra fermement.

— Merci de m'avoir invité.

— Merci d'avoir accepté de nous rejoindre, répondit Jake

en secouant la tête avant d'indiquer son propre visage. C'est nouveau.

Kevin haussa son sourcil intact.

— Un cadeau d'adieu de mon dernier boulot.

Declan s'avança et lui tendit la main.

— Avec un peu de chance, nous n'aurons pas de situations où tu l'échapperas belle ici.

— Les gens sont imprévisibles, dit Kevin sans rancœur.

Il salua aussi Aiden, puis recula pour jeter un coup d'œil admirateur autour de lui.

— Je sais que vous avez dit que vous n'étiez pas prêts, mais ça ne me dérange pas de tenir un marteau. Ça pourrait être un bon changement pendant un moment.

— Nous accepterons toute l'aide que tu voudras nous fournir, lui assura Jake en lui donnant une tape sur l'épaule avant de le guider vers les logements. Nous avons déjà une résidente, mais nous vous présenterons quand ce sera le bon moment.

— En effet. Tu m'avais prévenu, dit Kevin en hochant la tête avant d'écarter les mains. Mettez-moi au travail, les gars.

Petra et Jinx étaient sur le planning pour préparer le dîner ce soir-là. Aiden entra discrètement pour les prévenir qu'il y aurait une personne de plus à table.

— C'est le thérapeute dont nous t'avons parlé, rappela Aiden à Jinx doucement. Mais il est aussi ici parce qu'il a également besoin d'un foyer comme Vents et Marées.

Jinx s'appuya contre le plan de travail, se rapprochant inconsciemment de Petra.

— Je ne veux pas lui parler. Pas ce soir.

— Non. Bien sûr que non. Ce soir, il n'est pas thérapeute, lui assura Petra. Ce soir, il n'est qu'un type affamé comme un autre qui voudra au moins deux hamburgers et trois parts de tarte.

— D'accord, dit Jinx en faisant la grimace pour Aiden. C'est dur de préparer assez de dessert pour pouvoir en emporter pour Sasha et moi le lendemain au lycée, avec tout ce que vous mangez.

— Pardon ?

Mais Aiden souriait.

— La prochaine fois, fais trois tartes ? proposa-t-il.

Jinx leva les yeux au ciel mais recommença à éplucher des pommes.

Petra tira Aiden sur le côté. Il l'attira dans ses bras et déposa les lèvres contre les siennes pour l'embrasser. Elle répondit, se détendant contre lui, et il oublia un peu ce qu'il était sur le point de faire et se laissa absorber par l'étreinte de Petra.

Elle recula un peu et lui caressa la joue.

— Ce n'était pas de ça que je voulais parler.

— Dommage. C'est par ça que je voulais commencer, la taquina-t-il. O.K., soyons sérieux maintenant. Qu'y a-t-il ?

Elle lui caressa tendrement le torse, réfléchissant.

— Juste un nouveau virage sur le chemin. Je voulais m'assurer que tout le monde réfléchissait bien et j'espère que les choses se passeront bien maintenant que nous ajoutons Kevin dans la bande.

Elle fit la grimace.

— Ça fait un mois que Jinx est arrivée, et j'en suis venue à apprécier la progression. Je ne veux pas retourner à deux pas en avant un pas en arrière.

— Je te comprends, lui assura Aiden. Jake dit que c'est un mec bien. Il a la réputation d'être là pour ses collègues et pour les victimes aussi.

— Tant mieux, mais c'est encore difficile à ce stade de changer de dynamique, dit-elle avant que son sourire ne devienne coquin. Par ailleurs, le nouveau cadre de lit est censé arriver demain.

— Regarde le planning et assure-toi que nous pouvons le tester, chuchota Aiden doucement.

— Pour la garantie, bien sûr.

— Faut se mettre au boulot, allons-y, Alonzo, lança Jinx, interrompant leur tête-à-tête.

Petra bafouilla en posant la tête contre le torse d'Aiden puis se mit à rire.

— Je n'arrive pas à croire que tu lui aies fait regarder *Letterkenny*[1].

— C'est un classique de la comédie canadienne, protesta Aiden. Même si je dois le regarder avec les sous-titres. Les accents des sportifs et des toxicos sont parfois impossibles.

Lorsque Jake amena Kevin pour le présenter, Jinx hocha poliment la tête mais s'écarta et s'en remit à Petra.

— Il y a un léger changement dans le plan de table suite à la recommandation de Jinx, annonça Petra à tout le monde. Parce que de nouvelles personnes nous rejoindront à différents moments. Ainsi tout le monde aura une place et les nouveaux s'ajouteront sur le côté. Nous pourrons nous revoir encore une fois l'organisation plus tard, quand ce sera nécessaire.

Jinx et Declan étaient toujours l'un en face de l'autre. Petra faisait face à Jake, et en face d'Aiden, Kevin hocha la tête avec approbation.

— Bien pensé, déclara Kevin en indiquant l'espace libre à côté de lui. Cela me donnera l'occasion de parler à quelqu'un de nouveau sans que ce soit toute une affaire. Et si une nouvelle dame arrive, elle pourra s'asseoir en tête de table, à côté de Jinx et de Declan, qui curieusement réussit à avoir l'air très rassurant malgré sa taille.

---

1. NdT : Sitcom canadienne qui se passe dans la ville fictive de Letterkenny.

— Je te l'avais dit, dit Petra à Jinx. Le Bibendum Chamallow.

Declan posa la tête entre ses mains.

— Je t'ai demandé de ne pas dire ça en public.

— Trop tard, frangin. On l'a entendu, et on ne l'oubliera jamais, jubila Jake.

La chambre de Kevin n'était pas encore prête, mais après le dîner il installa avec bonhomie un sac de couchage dans ce qui serait son bureau. Tous les six se rassemblèrent près du feu ce soir-là, et se rapprochèrent parce que la température avait baissé rapidement lorsque le soleil avait disparu plus tôt dans la soirée.

Aiden joua de la guitare. Kevin fredonna pendant une minute, puis sortit un harmonica et commença à l'accompagner. Jinx écarquilla les yeux, et Petra sourit alors que ses doigts se déplaçaient avec régularité sur un nouvel ouvrage de crochet.

Aiden regarda autour de lui la famille de Vents et Marées qui s'agrandissait.

Il y avait encore tant de choses à faire, mais ils étaient bel et bien sur le bon chemin.

Il tourna son attention vers Petra, admirant la lueur du feu qui dansait sur sa peau, le petit sourire qui lui incurvait les lèvres. Elle balançait la tête au rythme de la musique.

Un jour à la fois, se rappela-t-il. Il devait simplement continuer à faire grandir les liens entre eux un jour à la fois.

17

———

En plein milieu d'un déjeuner entre filles au Buns and Roses, Petra se retrouva complètement stupéfaite de découvrir que cela faisait un mois et demi qu'elle avait emménagé à Vents et Marées.

— Comment donc ? marmonna-t-elle en fixant le calendrier devant elle.

Tansy haussa un sourcil.

— Qu'y a-t-il, P ?

Petra se carra sur sa chaise.

— Comment peut-on déjà être à la fin du mois d'octobre ?

Les deux autres femmes à table, Sydney et Julia, froncèrent toutes deux les sourcils.

Julia se pencha en avant.

— Eh bien, il y a ce gros truc jaune qui se lève dans le ciel qu'on appelle le soleil. Et à chaque fois qu'il disparaît...

— Ha, ha, très drôle, râla Petra, fixant encore son agenda avec incrédulité.

À sa droite, Sydney posa la main sur le poignet de la jeune femme.

— Est-ce qu'il y a une raison particulière pour laquelle tu foudroies cet agenda du regard avec une inquiétude considérable ?

Lorsque trois visages la regardèrent attentivement, Petra comprit enfin.

Merde. Elle secoua vigoureusement la tête.

— Oh, non. Non, non, non, il n'y a rien de prévu dans l'agenda qui m'inquiète. Juste que ça fait déjà un mois et demi.

La compréhension éclaira sur le visage de Tansy.

— Depuis que tu as emménagé à Vents et Marées.

— Depuis que Jinx est arrivée et que j'ai emménagé à Vents et Marées.

Et depuis qu'elle avait commencé à coucher avec Aiden, mais elle ne leur annonça pas ça, même si c'était tout aussi surprenant.

Tout aussi satisfaisant, si elle était honnête, en tout cas avec elle-même.

Sa belle-sœur haussa un sourcil.

— Existerait-il un planning dont nous ignorions l'existence qui te bouleverse ? Ils prévoient de te jeter dehors à un certain moment ?

— Ou est-ce que tu espérais être *partie* à un moment donné ? demanda Sydney doucement.

— Ni l'un ni l'autre.

Petra prit un bon morceau de sa part de tarte aux noix de pécan et la fourra dans sa bouche pour avoir le temps de réfléchir.

Elle ne voulait pas partir... le temps passé à regarder Jinx s'épanouir était devenu un miracle en soi. Ajoutez à ça combien elle s'amusait à les aider maintenant qu'ils avaient commencé à peindre et à s'occuper des moulures dans les chambres des artistes, et les journées de Petra étaient remplies de beaucoup de joie.

Ses nuits étaient tout aussi remplies de plaisir, fourni par un certain amant enthousiaste et créatif dont elle partageait le lit.

Pourquoi est-il si surprenant que le temps passe ?

— Il faut avaler, à un moment, dit Sydney d'un ton pince-sans-rire.

— Pas nécessairement, avança Tansy. Recracher est une solution valable.

Julia explosa d'un tel rire que son thé lui sortit par le nez.

— Tansy Fields, tu es terrible.

— Qu'est-ce que j'ai dit ?

Tansy cligna innocemment des yeux.

Petra s'essuya la bouche avec une serviette, puis sourit simplement à sa bande d'amies.

— Je vous aime.

Tansy agita la main.

— Nous le savons. Maintenant crache le morceau. Pourquoi est-ce si important, un mois et demi ?

Elle se creusa la tête, mais rien ne lui vint, elle sentit juste un gouffre s'ouvrir dans son ventre, sans comprendre pourquoi. Elle haussa les épaules.

— Je ne sais pas.

Elles la regardèrent toutes avec inquiétude avant de se carrer sur leurs chaises.

— Bon, d'accord, reprit Julia fermement. Je comprends. Parfois rien ne vient à l'esprit quand on essaie de comprendre ce qui se passe. Mais dès que ça changera, dis-le-nous.

— Bien sûr, promit Petra.

— En attendant, dit Julia en buvant son thé avant de lever les yeux vers le plafond. Parlons de *douze* semaines.

Petra lança de nouveau un coup d'œil à son agenda, essayant de résoudre ce qui...

— Tu es sérieuse ? demanda Tansy, plus dans un cri perçant qu'autre chose. Tu es *sérieuse* ?

Sydney et Petra échangèrent un nouveau coup d'œil.

— Tu crois qu'ils ont le Tansy, sur Duolingo[1] ? Ce serait pratique de le parler plus couramment, râla Sydney.

Sauf qu'une seconde plus tard, cela fit tilt, et Petra resta bouche bée devant sa belle-sœur.

— Tu es enceinte ?

Julia leur décocha un grand sourire.

La bonne nouvelle déclencha une tournée d'étreintes pendant que des regards curieux se tournaient vers elles. Quelques personnes chuchotaient, cachées derrière leurs mains, et un bon paquet de sourires s'adressaient à leur tablée alors qu'elles se réinstallaient.

— Ton secret est dévoilé, la prévint Tansy. L'heure du déjeuner au Buns and Roses, ce n'est pas exactement le moment le plus sûr pour révéler des informations que tu veux garder secrètes.

Julia se contenta de sourire.

— Je pensais que Zach allait exploser à devoir garder le silence jusqu'à maintenant. Je lui ai dit que j'allais vous mettre au courant aujourd'hui, et il est au téléphone depuis, à se vanter comme un fou. Je suis surprise que personne n'ait transmis le message à l'une de vous et ne m'ait coiffée au poteau.

— On en a sûrement reçu, mais nous sommes polies et n'avons pas regardé nos téléphones depuis que nous sommes ici.

Effectivement, lorsque Petra regarda son téléphone elle avait des messages des trois frères Skye et de Jinx.

— Jinx me demande de te féliciter.

---

1. NdT : Application d'apprentissage de langues étrangères.

Julia se pencha un peu en avant.

— Remercie-la. Nous voulons vous revoir bientôt. Comment va-t-elle ?

— C'est incroyable comme elle s'épanouit.

Ce n'était pas à Petra de donner tous les détails, mais elle était vraiment heureuse de certains des changements qui s'étaient produits au cours des deux dernières semaines.

Jinx avait décidé de commencer à voir Kevin. Après la première séance, son visage portait la trace des larmes versées, et même si bien sûr Kevin ne dévoilait pas grand-chose à cause du secret professionnel, il leur avait appris, avec la permission de Jinx, quelques informations rassurantes.

— Elle a eu raison de partir quand elle l'a fait avant que le pire ne se produise. Elle a la tête sur les épaules, et elle sait très clairement qu'elle n'était pas responsable de cette situation.

Dieu sait pourquoi, Kevin avait regardé Aiden à ce moment-là et hoché la tête avant de terminer :

— Ça va quand même prendre du temps, et il y aura des moments où elle risque d'avoir des flash-back perturbants, mais elle fait tout ce qu'il faut. Maintenant, nous devons lui laisser du temps.

Petra se rendit compte qu'elle regardait dans le vide, perdue dans ses souvenirs. Elle sourit à ses amies et se concentra sur les bonnes nouvelles qu'elle pouvait partager.

— Jinx n'a pas fait de crise de panique depuis un bail. Sasha et elle organisent une fête d'Halloween pour enfants au ranch de Silver Stone dans l'après-midi dimanche prochain. Le petit frère de Sasha, Tyler, est facilement apeuré, et Jinx a décidé qu'elle était trop grande pour aller chercher des bonbons, mais qu'il serait amusant de participer à l'organisation d'une fête qui ne fait pas peur.

— Sasha s'est déjà arrangée pour que je prépare des cake pops[2] d'Halloween pour cette fête, annonça Tansy.

La conversation passa aux costumes d'Halloween et à leurs plats effrayants préférés. Petra mangea le délicieux plat, but son thé et s'imprégna de la compagnie des trois merveilleuses femmes qui la soutenaient. Mais elle se demandait encore ce qui s'attardait à l'arrière de ses pensées et la dérangeait autant.

Elle y pensait encore en se garant sur la place de parking devant la maison du ranch de Vents et Marées. Elle lança automatiquement un coup d'œil pour voir quels véhicules étaient là. Celui de Jake était absent, mais les trois autres gars devaient être dans les environs. Même si la présence de la camionnette de Declan n'impliquait pas nécessairement dire qu'il était dans un des édifices. Il partait à cheval à la moindre occasion. Bien que la météo ait commencé à changer et que l'air frais prévienne que la neige approchait, Petra était presque sûre qu'il serait quelque part sur la propriété.

Kevin et Jake s'occupaient des moulures dans l'atelier des artistes. Le premier tenait dans la main un pistolet à clous, et le deuxième une scie circulaire, ils se déplaçaient calmement et efficacement l'un autour de l'autre, et la détonation du pistolet Brad résonnait sur les murs.

Petra agita la main mais ne se donna pas la peine de les interrompre. Elle se glissa au rez-de-chaussée et passa devant les pièces qui serviraient de salles communes pour les hommes qui auraient besoin d'un endroit où loger avant de reprendre la route vers une meilleure vie. Elle marqua une pause dans l'embrasure de chaque porte, évaluant ce qui restait à faire, mais partout leurs progrès se voyaient partout. Ce ne serait pas fini le lendemain, ni la semaine suivante, mais bien assez tôt. Tout s'était passé tellement vite !

---

2. NdT : Gâteau en forme de sucette.

Cette sensation désagréable revint, et Petra gagna un autre couloir tout en essayant désespérément de résoudre le mystère.

Les mini-suites pour les trois frères prenaient forme elles aussi. L'une d'elles avait l'air prête pour l'emménagement, sauf la robinetterie absente dans la salle de bains.

La deuxième et la troisième étaient bloquées à une étape antérieure.

Quelque part sur sa gauche, un *bang* métallique et aigu résonna bruyamment. Elle suivit le son et découvrit Aiden qui jurait sur un tuyau dans ce qui serait la douche commune.

Lorsqu'il frappa la fixation une deuxième fois avec la clé, elle se mit à rire.

— C'est comme ça qu'on utilise une clé maintenant ?

Il s'arrêta net un instant avant de frapper de nouveau le tuyau.

— Tu n'as rien vu.

Oh, mais si. Petra lança un coup d'œil dans la pièce sans fenêtre et décida qu'elle connaissait une bonne manière d'oublier ce qui la dérangeait. Elle recula jusqu'à la porte et la verrouilla derrière elle.

— Que m'offres-tu contre mon silence ?

Le sourire d'Aiden redoubla.

— Qu'est-ce que tu veux ?

Elle s'avança vers lui, posa les doigts sur son épaule et tourna lentement autour de lui.

— J'ai remarqué que tu deviens plus autoritaire.

Elle prit la clé dans sa main et la posa prudemment sur l'établi pliant.

Il se retourna vers elle.

— Tu apprécies que je sois autoritaire.

— Parfois, acquiesça-t-elle.

Elle descendit un doigt sur la patte de sa chemise et marqua une pause sur le haut de son jean.

— D'accord, souvent, se corrigea-t-elle.

Il se mit à rire, et le son se transforma en sifflement de plaisir lorsqu'elle appuya la main sur l'avant de son jean avec un mouvement de va-et-vient.

— Je ne sais pas où tu vas avec ça, mais j'approuve jusqu'ici.

Elle défit le bouton de son jean et baissa sa braguette, son visage à quelques centimètres du sien pour admirer ses pupilles qui se dilataient et l'excitation qui montait.

— Tu as cette mauvaise habitude de ne pas me laisser te toucher.

— Tu as la plus douce des peaux, râla-t-il. Ça me distrait, puis une chose en entraîne une autre.

Elle glissa la main sous l'élastique de son boxer et saisit son membre. Aiden inspira brusquement et remua un peu les hanches. Mais à part ça, il resta immobile. À attendre.

À regarder.

Petra l'embrassa et déplaça lentement sa main sur son érection. Elle passa le pouce sur le dessus et rassembla du fluide pour taquiner le point sensible qu'elle avait découvert qu'il aimait. Elle resserra sa prise et comprima légèrement son sexe avant de revenir à de petites caresses qui le firent haleter.

Pendant ce temps, elle l'embrassa, entremêla sa langue à la sienne, lui mordilla le menton et le cou, puis remonta la langue tout droit pour reprendre sa bouche, passionnément.

Mais elle perdait son sang-froid.

Elle avait peut-être la main autour de son membre, lui donnant du plaisir, mais le baiser ne lui appartenait plus. Ils se rapprochaient l'un de l'autre, se déplaçaient ensemble, avides.

En désirant *désespérément* plus, la tête de Petra bourdonnait de plaisir. Celui de donner comme celui de recevoir. Les deux étaient aussi naturels et nécessaires que l'air.

— *Petra*, la prévint-il.

— Laisse-moi faire, chuchota-t-elle. Laisse-moi faire, répéta-t-elle, accélérant le geste jusqu'à ce qu'il tremble.

Il la fixait dans les yeux, le plaisir lui faisant ouvrir la bouche, humide sous ses baisers.

Ses hanches tressaillirent, et les doigts de Petra se retrouvèrent poisseux. Aiden lui agrippa les épaules et la serra fort. Ils restèrent là, lui frissonnant dans ses bras, et la satisfaction la submergea en une vague passionnée.

Il se pencha et frôla ses lèvres des siennes. Doucement, d'une manière appliquée.

— Ça m'a plu, dit-il tout bas, d'une voix amusée. Même si je dois me plaindre du chantier.

— Il est temps d'arrêter de taper sur ce tuyau et de l'arranger, alors, le taquina-t-elle.

Elle se mit sur la pointe des pieds, l'embrassa sur la joue et retira sa main. Alors qu'elle allait s'éloigner, il passa les bras autour d'elle, la rapprocha, et la serra contre lui comme s'il avait besoin d'aide pour rester debout.

Ça ne dérangeait pas Petra. Elle posa la tête contre son torse et écouta les battements de son cœur.

Quel que soit ce qui la dérangeait, ce n'était pas ça.

De petits flocons de neige continuaient à tomber, et Aiden était assis sur la balancelle, les admirant du regard.

L'hiver était arrivé en force le dernier jour du mois d'octobre, et maintenant, deux semaines plus tard, tout était recouvert d'une couche d'un blanc immaculé. Des chemins dans la neige s'étaient créés sur le passage de Sasha et de Jinx reliant les ranchs voisins. Des sentiers menaient à l'écurie et à l'atelier d'artiste, d'autres au feu de camp où ils continuaient à se retrouver presque tous les soirs, même si Petra avait suggéré de rester plus souvent à l'intérieur.

Même l'air semblait différent. Les sons de la nature étaient plus feutrés, les bruits de l'hiver plus discrets sans le bourdonnement des petits insectes. Un occasionnel chant d'oiseau résonnait, ainsi que des aboiements excités lorsque les chiens trouvaient quelque chose à pourchasser. Les vaches dans le champ au nord fournissaient leur propre musique.

Aiden ne détestait pas cette période de l'année. Il y avait du bon dans le changement et dans la suite prévue.

Il se balança de nouveau. Cette suite allait en partie se produire le jour même, et pendant qu'il attendait que leurs visiteurs arrivent, il se demanda comment garder le rythme dans le reste, insaisissable, de son programme.

Petra et lui, ça lui semblait naturel, et il pouvait honnêtement dire qu'ils étaient amis. Elle le soutenait – lui et ses frères – et l'immense dévouement qu'elle avait consacré à Vents et Marées était une leçon d'humilité.

Ils se focalisaient sur la prochaine étape, se rapprochaient de l'ouverture des portes pour d'autres personnes qui avaient besoin d'eux. Petra avait continué à se concentrer sur Jinx, et s'assurait non seulement que la jeune fille retrouve son équilibre, mais qu'elle s'épanouisse.

Et chaque soir, quand il attirait Petra dans ses bras, ça semblait d'autant plus naturel. Était-il seulement possible qu'elle suppose encore que c'était temporaire ?

Une question qu'il ne voulait pas lui poser.

Le parquet craqua, et Petra le rejoignit enfin. Elle était emmitouflée dans sa doudoune avec une longue écharpe et un gros bonnet.

— Est-ce qu'ils sont arrivés ? le taquina-t-elle en s'asseyant à côté de lui.

— Rappelle-moi de ne jamais faire de voyage en voiture avec toi.

Aiden entrelaça leurs mains, riant en les mettant sous sa doudoune.

— Tu as vraiment froid à ce point ?

— Je pense que mon sang s'est fluidifié pendant l'été.

Il lui chatouilla légèrement les côtes.

— Tu viens d'un endroit très proche de ce qu'on appelle affectueusement *Winter-peg*[3]. Il fait à peine moins de zéro en ce moment. Qu'est-ce que tu vas faire quand ce sera officiellement l'hiver ?

Elle piégea ses doigts et les serra étroitement contre son ventre.

— Faire en sorte que le feu assure une chaleur suffisante dans la maison pour qu'on soit en manches courtes et en short.

Il émit un son moqueur.

— Merci de m'avoir prévenu. Je vais immédiatement commander un short de bain ridicule pour agacer mes frères.

Au loin, un gros SUV prit lentement le virage pour sortir de la voie rapide.

— Les voilà ! dit joyeusement Petra. Je suis si excitée que nous en soyons à cette étape.

Ils se levèrent. Aiden passa le bras autour de sa taille, et tous deux avancèrent lentement vers le parking pour retrouver leurs invités.

— Où est Jinx ? demanda-t-il.

— Déjà dans l'atelier. Sasha et elle voulaient organiser une sorte de surprise.

Cette idée aurait dû le rendre nerveux, étant donné que

---

3. NdT : Combinaison entre *Winnipeg* et *winter* (hiver), qui reflète le temps rigoureux de la ville.

l'homme élégant qui sortait de la voiture avec Rose Fields et Tansy était quelqu'un qu'ils devaient impressionner.

Mais Jinx avait une idée, et il allait la soutenir quoi qu'il arrive.

— C'est bon si je fais les présentations ? demanda Petra doucement.

— Bien sûr, mais je doute que tu arrives à placer un mot étant donné que c'est le futur beau-frère de *Tansy*.

Si bien qu'ils étaient en train de rire lorsque leurs invités arrivèrent.

Tansy les examina en haussant un sourcil.

— Pourquoi ai-je l'étrange impression que vous parliez de moi ?

Petra ricana.

— Parce que tu as un ego surdimensionné ?

Les lèvres du grand gentleman tressaillirent.

— Je vois que vous connaissez très bien ma future belle-sœur.

Un énorme soupir échappa à Tansy.

— Je suis *tellement* incomprise. Enfin, pas vraiment, ajouta-t-elle immédiatement avant d'exécuter un grand mouvement du bras pour les présentations. Aiden Skye, voici mon futur beau-frère, Chance Gabrielle. Tu connais ma sœur, Rose. Chance, voici Aiden. Copropriétaire du ranch de Vents et Marées et le plaisir des yeux préféré de Petra.

Aiden lui tendit la main.

— Ravi de vous rencontrer enfin.

— Moi aussi. On a fait beaucoup de suppositions sur ce que vous créez ici. Quand vous m'avez appelé et proposé de me faire visiter, j'ai eu l'impression d'avoir gagné au loto.

Un autre véhicule se gara derrière le SUV, et une jeune fille aux cheveux bruns et frisés en sortit, agitant le bras en l'air.

La lumière du soleil se refléta sur le crochet en métal de sa prothèse.

— Ne commencez pas sans moi.

— C'est notre plus jeune sœur, Fern, ajouta Tansy. Qu'est-ce que tu fais là, minus ?

— C'est moi qui l'ai invitée, répondit Chance. J'espère que ça ne vous dérange pas, mais Fern travaille avec moi à l'atelier d'art, et elle est très impliquée dans toutes les activités éducatives que nous avons coordonnées autour de Heart Falls.

— Pas de problème, assura Aiden.

Il tendit la main à Fern aussi lorsqu'elle rejoignit le groupe.

— Fern.

Elle avait une poignée de main ferme et une étincelle dans les yeux.

— Ravie de vous rencontrer enfin. Je crois vous avoir remarqué avec Petra sur la piste de danse un soir au Rough Cut, mais ce n'est pas un lieu qui encourage les conversations profondes ou les amitiés durables.

Aiden revit mentalement sa rencontre avec Petra là-bas, mais il se concentra sur la tâche à accomplir.

— Si nous sommes tous là, allons faire cette visite.

Il ouvrit la marche jusqu'à l'escalier à proximité qui menait à l'étage. L'escalier en colimaçon était à l'extérieur du bâtiment, où un toit incliné intelligemment construit protégeait les marches de la neige et de la pluie. Un vaste palier offrait un impact maximal dès le premier pas à l'intérieur.

Même si Aiden l'avait sous les yeux chaque jour depuis les deux derniers mois, c'était une vue imprenable. Avec les murs peints d'un jaune soleil et le soleil qui se reflétait sur le plancher en pin ciré sous leurs pieds, la pièce entière était baignée de lumière. Grâce à l'éclairage encastré dans le plafond, la couleur de ce même mur se transformait en une magnifique lueur tamisée le soir, sans ombre mais sans être trop vive et vous faire cligner des yeux. Un lieu cosy où les gens pourraient venir pour discuter.

De petites chambres privées bordaient chaque côté. L'arrière de la pièce principale, avec son long comptoir, ses multiples éviers et une petite cuisine, était ouverte sur l'atelier et pourtant curieusement discrète.

Près de la rangée de fenêtres du côté sud, ils avaient installé une série de chevalets, chacun saisissant parfaitement la lumière. Dans le coin opposé, ils avaient disposé un ensemble de canapés confortables, avec des lieux de détente et de partage pour la fin de la journée ou pour s'asseoir et lire un livre.

Diffusée par les haut-parleurs au-dessus d'eux, une flûte interprétait une douce mélodie intemporelle un peu plus lentement que d'habitude, mais la musique se mêlait si parfaitement à la présentation de l'espace qu'Aiden aurait voulu applaudir Petra d'avoir eu cette idée. Comment elle avait réussi à la mettre en œuvre, il n'en avait aucune idée.

— Oh, waouh, fit Fern en passant à côté d'eux, regardant autour d'elle avec émerveillement.

— C'est stupéfiant, déclara Chance en se tournant vers Aiden. Vous pouvez loger combien de personnes sur place ?

— Cinq, éventuellement huit s'il y a trois couples prêts à partager un lit. Nous pensions qu'avoir plus de monde ne fonctionnerait pas pour le genre d'atmosphère que nous essayons d'instaurer.

— Oh, non. C'est exactement ce qu'il faut.

Chance s'éloigna et s'arrêta à côté de Fern, tous deux parlant à voix basse avec rapidité.

Rose glissa le bras sous celui de Petra.

— Maintenant que je vois ce qui t'a tant occupée, j'approuve tout à fait, dit-elle.

— Oh, je n'étais pas tellement impliquée là-dedans, protesta Petra.

Rose croisa le regard d'Aiden sans détour.

— Je ne parlais pas de l'atelier d'artiste.

Un petit rire échappa à Tansy.

— Je te reconnais bien là. Allez, je veux jeter un coup d'œil dans toutes les chambres.

— Évidemment, dit Rose, d'un ton stoïque alors qu'elle lançait un clin d'œil à Petra. Je veux t'inviter avec Aiden à venir dîner depuis un moment. Mardi prochain ?

— Je pense que ça ira, mais je te confirmerai ça, promit Petra.

Les filles s'éloignèrent, et Petra se rapprocha d'Aiden, touchant son épaule de la sienne.

— Jusqu'ici tout va bien.

— C'est exactement la réaction que j'espérais, admit Aiden.

Chance et Fern avançaient dans l'atelier, parlant toujours avec ferveur, mais si on se fiait à leurs expressions, ils auraient l'aide de cet homme pour mettre au point la partie artistique de Vents et Marées.

— J'aime bien la touche musicale, chuchota Petra doucement. Bien joué.

Aiden fronça les sourcils.

— Ce n'est pas moi. Je croyais que c'était toi.

Ils se retournèrent, cherchant à comprendre. Petra pointa du doigt la seule chambre dont la porte était bien fermée. Ils avancèrent d'un air décontracté et entrouvrirent la porte.

À l'intérieur, Sasha mit précipitamment un doigt sur ses lèvres, réclamant le silence.

À côté d'elle, fixant attentivement sa partition, Jinx jouait de la flûte. Ce n'était pas une mélodie simple, et elle était si bien exécutée qu'Aiden eut envie de l'ovationner. À la place, un grand sourire apparut pour montrer son approbation.

Lorsqu'elle arriva à la fin du morceau et qu'elle baissa

prudemment la flûte de ses lèvres, Aiden se mit à applaudir, et Petra se joignit à lui.

Jinx hocha la tête majestueusement avant que n'apparaisse le plus grand sourire qu'il ait jamais vu.

— Est-ce que ça allait ? Sasha a configuré cette appli pour que nous puissions jouer de la musique sans être là, et elle a dit que je jouais bien, mais je n'étais pas sûre...

— T'as déchiré, lui assura Sasha en lui passant les bras autour des épaules et en la serrant fort.

— C'est vrai, acquiesça Petra. Et je veux en entendre plus, mais d'abord, voudrais-tu venir faire la connaissance de Chance et de Fern ?

— Ils sont gentils, assura Sasha à Jinx doucement. M. Gabrielle a fait quelques interventions au lycée, et il n'est pas ennuyeux comme notre professeur d'art habituel.

Un petit rire résonna derrière Aiden.

— Je m'efforce de toujours mériter de tels éloges.

Chance se tenait dans l'embrasure de la porte, le bras passé autour de la taille de Rose.

— Et voici la source de la charmante musique. Merci beaucoup pour cette sérénade. Elle était bien exécutée et bien choisie. Si je me souviens bien, ce morceau provient de la *Symphonie inachevée*. Et même si l'atelier est presque terminé, il reste encore certaines choses à finir.

— Vous reconnaissez la musique ? demanda Jinx en se levant et en transférant la flûte dans sa main gauche pour pouvoir tendre la droite. Ravie de vous rencontrer, monsieur Gabrielle.

— Ravi de te rencontrer aussi, dit-il. Voici Fern Fields, la jeune sœur de Tansy et Rose, que tu connais déjà.

Fern la salua de la main.

— Es-tu artiste en plus de musicienne ? lui demanda-t-elle.

— Elle dira que non, répondit Sasha avant que Jinx ne

puisse placer un mot, mais Kelli dit qu'on ne peut pas dire ça avant d'avoir vraiment essayé.

Les lèvres de Jinx tressaillirent.

— Évidemment, maintenant qu'elle a dit ça, je ne peux décemment pas dire non.

— Choix judicieux, acquiesça Fern avant de regarder de nouveau l'atelier. J'aime bien cet endroit.

— Moi aussi, adhéra Chance en hochant la tête vers Aiden. J'ai un petit espace de travail au-dessus de ma galerie d'art, mais il ne suffit pas pour les cours que j'aimerais donner. J'aimerais qu'on s'asseye et qu'on fasse des projets qui fonctionnent pour nous tous.

— C'est agréable à entendre.

Les frères d'Aiden allaient être tellement soulagés ! Tout progrès dans ce domaine signifiait qu'ils se rapprochaient d'un pas de l'ouverture de toutes leurs portes, dérobées ou non.

— Maintenant, tout ce que nous avons besoin de faire est d'inaugurer officiellement l'atelier, ajouta-t-il.

— Vous devriez organiser une fête, suggéra Tansy. Je connais un super traiteur et peut-être quelques personnes géniales à inviter.

— C'est une super idée, répondit Petra, toujours plus concentrée sur Jinx que sur autre chose. C'est trop tard pour Thanksgiving ou Halloween, et trop tôt pour Noël. Quel genre de fête veux-tu organiser pour que nous puissions t'engager comme traiteur ?

— C'est facile, répondit Tansy en croisant le regard d'Aiden avant de hausser les sourcils. C'est l'anniversaire de Petra vendredi prochain...

— *Tansy*, râla Petra.

— Oh, j'aime bien cette idée, dit Aiden, prenant le train en marche avec grand enthousiasme.

Un essai n'était pas une mauvaise idée, et si quelque chose se passait mal, Petra ne se plaindrait pas.

De plus, l'idée de faire quelque chose de spécial pour elle le rendait heureux.

Petra fusilla son amie du regard.

— Tu n'es pas douée pour ces histoires de cercle de confidentialité.

— Mais les anniversaires ne tombent pas vraiment sous le coup du cercle de confidentialité, si ? demanda Tansy, qui secoua la tête. Je pense que non.

Aiden se tourna vers Petra. Il lui attrapa les mains et tira légèrement dessus pour attirer son attention.

— On laisse tomber si tu détestes vraiment cette idée, dit-il doucement. Mais une petite fête après tout le travail que nous avons fourni n'est pas une mauvaise idée.

Elle poussa un énorme soupir mélodramatique et leva les mains.

— Bon, très bien. Vous pouvez tous célébrer le jour de ma naissance. Mais il n'y aura *pas* de cadeaux, et je pourrai choisir le genre de gâteau que Tansy me préparera.

— D'accord, répondit Aiden en lui serrant fermement la main.

Puis il se tourna vers les autres, qui attendaient impatiemment dans la pièce principale. Les yeux de Jinx étincelaient de joie et Sasha se tenait près d'elle.

— C'est officiel, continua-t-il. Vous êtes tous de nouveau invités vendredi prochain pour la fête d'anniversaire de Petra, et l'ouverture en avant-première de l'atelier d'artiste de Vents et Marées.

18

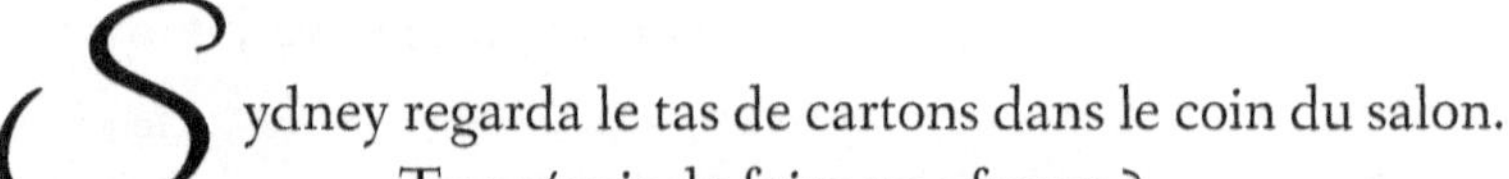

Sydney regarda le tas de cartons dans le coin du salon.

— Tu prévois de faire une fugue ?

Petra agita une main.

— Le matériel pour l'atelier studio d'art a commencé à arriver, et puisque je n'ai pas été autorisée à entrer dans le bâtiment depuis une semaine, le stock s'entasse ici au lieu d'être rangé où il devrait.

— C'est une bonne chose que ta fête soit ce soir, alors, dit Sydney en se calant sur sa chaise, tendant les doigts vers la cheminée allumée. Tu es prête à faire la fête ?

— Je suppose.

Ce n'était pas que Petra ne voulait pas profiter des festivités. Elle était entièrement d'accord, un essai pour l'atelier studio des artistes était une bonne idée.

Le problème était que cette étrange sensation douloureuse s'attardait toujours.

— Peut-être que tu peux me prescrire quelque chose pour me rendre mon entrain.

— Eh bien, si tu as des problèmes dans la chambre...

— Ce n'est pas ça du tout, lui assura Petra rapidement.

Sydney hocha la tête avec sagesse.

— Ah, alors vous avez cassé un autre lit ? Ou vous *n'avez pas* cassé un autre lit ?

— Tu es terrible.

Non, le sexe était très bien. Aiden était très bien. Bon sang, les choses à Vents et Marées allaient mieux que bien.

Pourtant, quelque chose clochait terriblement.

Petra secoua la tête et se concentra sur d'autres choses.

— Est-ce que je t'ai dit que Jinx et moi avons eu une grande discussion ? Il s'avère qu'elle s'est inscrite en cachette aux cours de flûte. Elle s'exerçait dans l'écurie pour qu'aucun d'entre nous ne le sache. Elle pensait que ce serait un cadeau de Noël jusqu'à ce que Sasha la convainque de brûler les étapes et de jouer la semaine dernière.

La sensation de fierté que Petra ressentait était déplacée mais indéniable.

— Elle est douée, ajouta-t-elle.

— Tu parles comme une vraie mère poule, dit Sydney doucement. Je suis contente qu'elle s'en sorte bien. Je pense qu'elle s'en sort *mieux* que bien. Quand je l'ai vue tout à l'heure, elle ressemblait à n'importe quelle adolescente, bras dessus bras dessous avec Sasha Stone. C'est une rencontre brillante ça, je dois te le dire.

Petra digérait encore son commentaire de *mère poule*.

Une partie de ce qu'elle éprouvait avait dû se lire sur son visage parce que Sydney se pencha et lui attrapa les doigts.

— Ne joue jamais au poker. Et aussi, en tant qu'amie – et nous sommes de bonnes amies –, je sens que le moment est venu de te demander si tu sais ce que tu fais.

Petra marqua une pause pendant une seconde.

— Concernant quoi ?

Son amie haussa les épaules.

— Je vais continuer à te soutenir à cent pour cent, mais quand tu nous as parlé de venir vivre à Vents et Marées, ça a commencé par désespoir et dans l'urgence de sortir Jinx des problèmes. Nous sommes maintenant plus de deux mois plus tard. Nous ne sommes plus en panique. Peut-être qu'il est temps de réévaluer les mensonges.

— Jinx est loin d'être prête à ce que je ne sois plus là... commença Petra avant que Sydney ne lève une main pour l'interrompre.

— Bien sûr que non. Je ne parle pas du tout de ça.

Son expression sérieuse s'adoucit.

— Ce n'est pas que tu sois là, à aider Vents et Marées et à soutenir Jinx qui doit être revue. C'est la partie où tu fais semblant d'être fiancée à Aiden.

Merde.

Petra regarda Sydney fixement pendant un long moment avant que son amie ne lui tapote les doigts et ne se lève.

— Et c'est la fin de cette visite à domicile. J'ai des choses à faire avant de revenir. Je serai de retour à temps pour me joindre à la fête.

Elle étreignit Petra puis disparut avant que le cerveau de cette dernière n'ait suffisamment rattrapé son retard pour seulement dire au revoir.

Une seconde plus tard, la porte se rouvrit. Cette fois, Tansy entra précipitamment, Jake sur ses talons.

— Hé, Petra, dit Tansy joyeusement. La visite de Sydney a été sympa ?

Sympa ? Si un coup de massue sur la tête et au cœur pouvait être considéré comme sympa, elle supposait que oui.

— Bien sûr.

Petra ouvrit la bouche pour poser une question, mais Jake l'interrompit.

— Désolé, Petra. Tansy, veux-tu arrêter de t'enfuir ?

— M'enfuir était requis parce qu'il n'y a rien d'autre à dire, mais tu as continué à bavasser. J'ai pensé que fuir était plus facile que de me casser la voix à essayer d'arrêter les billevesées.

Elle continua à marcher et se dirigea vers la cuisine.

— Parce que s'il y a quelque chose de pire que de s'entendre dire que vous ne savez pas ce que vous faites, c'est de se l'entendre répéter en boucle.

— Je n'ai jamais dit que tu ne savais pas ce que tu faisais, répliqua Jake sèchement. Seulement que nous sommes censés faire ça ensemble, et que ton approche est absolument absurde.

Tansy s'appuya contre l'îlot, souriant à Petra alors même qu'elle levait les mains de frustration.

— Je suis absurde. C'est ce que cet homme vient de dire.

Toutes ses autres pensées écartées, le regard de Petra passait de l'un à l'autre.

— Qu'est-ce que tu fais ? Ce n'est pas que je veuille organiser ma propre fête, mais Tansy, je croyais que tu préparais les choses pour ce soir. Pourquoi es-tu ici, dans la maison ?

— Parce que *lui* était dans la cuisine de l'atelier, expliqua Tansy en battant des cils vers Jake. Et *lui* semble savoir ce qu'il faut faire, alors je le laisse se débrouiller.

— Je n'essayais pas de te dire quoi faire, insista Jake avant d'hésiter. Enfin, peut-être un peu.

Il se tourna vers Petra à la recherche de soutien.

— J'essayais de déterminer quand nous devions commencer à faire cuire les ailes de poulet, mais Tansy semble penser que *quand elles doivent commencer* est une réponse suffisante.

— Détends-toi, Jakey. C'est sous contrôle, chantonna Tansy.

— Qu'y a-t-il de mal à noter l'heure à laquelle nous devons commencer ? Il me semble que c'est ce que ferait toute personne raisonnable, râla Jake.

— Génial, alors maintenant je suis déraisonnable.

— Ce n'est pas ce que je voulais dire.

Tansy se tourna vers lui, les poings plantés sur les hanches alors qu'elle le fusillait du regard.

— Je l'ai fait une fois, lors de mon dernier examen pour le niveau II de formation de chef. Je n'infligerai plus jamais ce genre de minutie à mon cerveau.

Petra ne put se retenir. Elle rit si fort qu'elle attira leur attention. Elle déglutit péniblement en essayant de cacher son amusement. Mais vraiment, pauvre Jake !

— Tansy, je t'aime très fort. Est-ce que tu voudrais bien remonter dans la cuisine et t'assurer que tout sera prêt à l'heure pour mon anniversaire ?

— Je t'aime aussi, et je vais absolument faire ça.

Tansy lui lança un baiser puis passa à côté de Jake, assez près pour le bousculer.

Il chancela mais fut assez intelligent pour se taire.

Petra attendit que Tansy ait quitté la pièce pour s'approcher et serrer les épaules de Jake.

— Tu es un homme très organisé. Je comprends vraiment que l'approche apparemment dispersée de Tansy soit dure pour toi. Mais cette même approche a produit tous les plats d'un café couronné de succès, ainsi que de nombreux événements spéciaux dans Heart Falls au cours des années. Et, pourrais-je ajouter, il semble qu'elle ait mis des repas sur cette table au moins les trois quarts du temps où *tu* étais censé être notre cuisinier.

Il ouvrit la bouche puis la referma résolument.

— Tu as raison.

Cet aveu n'était que la moitié de la bataille.

— Si vous êtes censés travailler ensemble dans la cuisine, le moyen le plus facile de le faire sans que tu ne fasses un ulcère serait sans doute que tu lui demandes ce que tu peux faire pour l'aider.

— C'est vraiment dur de ne pas savoir ce qui vient ensuite, marmonna Jake tout bas.

— Terriblement dur, mais tu es un grand garçon. Je pense que tu peux gérer ça.

Il eut un rire narquois avant de l'étreindre. Il lui tapota le dos comme il l'aurait fait avec un de ses frères.

— Tu es quelqu'un de bien, Petra. Merci pour le conseil.

— Quand tu veux. Bon, dit-elle en le poussant vers la porte, est-ce que tu veux bien sortir d'ici ? Parce que j'aimerais que ce soit une fête d'anniversaire géniale. Je suis sûre que Tansy a des carottes à te faire éplucher ou quelque chose d'autre.

Jake marmonna un peu dans sa barbe, mais il se dirigea docilement vers la porte. Celle-ci se referma avant que Petra ne pousse un soupir de soulagement.

Les sages paroles de Sydney lui tournaient encore dans la tête. Être ici, à Vents et Marées, n'était censé être que temporaire, mais clairement, cette façon de penser ne pouvait pas continuer.

Ce qui signifiait retourner à la case départ.

Que voulait-elle vraiment ?

Elle avait déménagé jusqu'ici, en Alberta, loin de ce qui avait été sa ville natale, pour commencer une nouvelle vie. Ce qu'elle avait trouvé, c'était des gens à qui elle tenait et une jeune fille qui s'épanouissait parce qu'elle était dans un environnement sûr. Petra avait pu passer du temps avec son frère et sa belle-sœur, et elle avait appris à mieux connaître les frères Skye.

Mais surtout, le sujet vers lequel son cerveau ne cessait de se tourner encore et encore était Aiden. Sa distraction temporaire, son amant rapidement devenu un ami intime.

Peut-être que Sydney avait raison. Peut-être que quelque chose au cœur même de ce qu'ils faisaient devait changer.

Est-ce qu'elle voulait qu'ils fassent encore semblant ? Et comment allait-elle changer ça si ce n'était pas ce qu'elle voulait ?

Ça ne semblait pas être le genre de chose où on disait à un gars de but en blanc. *Hé, tu sais ce truc où on fait semblant d'être fiancés ? Je pense qu'on devrait en fait envisager de se marier plus tard.*

Aiden penserait qu'elle délirait ou chercherait la sortie la plus proche, immédiatement.

La frustration l'envahit, encore une fois, et Petra se chercha une distraction pour éviter de trop réfléchir. Elle bondit sur son ordinateur et se mit au travail. Les nombres dansèrent devant elle avant de se mélanger avec des fragments de conversation. Des moments qui revenaient encore et encore, surtout ceux où Aiden et elle s'étaient raconté des anecdotes sur leurs vies : ce qui les rendait heureux, ce qui les avait fait réfléchir.

Qu'est-ce qu'ils avaient dit déjà ? Ce premier jour quand elle l'avait convaincu qu'ils avaient le droit d'être amants...

Elle se creusa la tête, et cela lui revint lentement. Ils avaient dit qu'ils le feraient – coucher ensemble en étant amis – jusqu'à ce que ça ne fonctionne plus pour l'un d'eux.

Eh bien, n'être que des amis ne fonctionnait plus. Si Petra voulait qu'ils arrêtent le sexe sans attaches parce qu'elle voulait avoir *plus* que ça... cela respectait les termes sur lesquels ils s'étaient mis d'accord.

N'est-ce pas ?

Elle regardait l'écran de son ordinateur sans bouger quand des doigts forts atterrirent sur ses épaules pour les masser légèrement. Aiden se pencha et l'embrassa dans le cou.

— À l'évidence, tu piaffes d'impatience de mettre ton

chapeau de fête, la taquina-t-il. Viens, il est temps pour la star du jour de se préparer.

Elle se leva, l'embrassa sur la joue en passant à côté de lui, et l'ébauche d'un plan commença à se former. Pas maintenant, et pas avant que tout le monde ne soit reparti chez lui, mais Sydney avait raison. Il était plus que temps de parler et d'arrêter de faire semblant.

Petra enfila un chemisier bleu et se ressaisit, puis elle regarda fixement le miroir et carra les épaules.

— Je pense que ça va être une bonne soirée, dit-elle alors même qu'elle croisait les doigts en espérant qu'elle n'allait pas transformer sa fête d'anniversaire en une catastrophe aux proportions épiques.

La fête eut un succès fou.

Un grand nombre de femmes qui, d'après les informations d'Aiden, constituaient la majeure partie de la bande de la soirée entre filles de Heart Falls était venu, et chacune avait amené son conjoint. Zach et Julia étaient là, ainsi que les parents de Sasha Stone, Chance Gabrielle et Rose Fields, et trop d'autres personnes pour se souvenir facilement de tout le monde.

Autrement dit, une grande fête avait lieu avec de la musique et des danses impromptues.

La nourriture, abondante et délicieuse, était apparue comme par magie juste au moment où les derniers invités étaient arrivés. Pour une raison ou une autre, l'air renfrogné de Jake s'était accentué à chaque compliment, et cela n'avait fait qu'empirer quand Tansy lui avait attaché un tablier affichant la photo d'un chat épuisé avec les mots *Ça va. Tout va bien.*

Dans un coin de la pièce, Sasha et Jinx jouaient à des jeux de société avec d'autres adolescents. Sasha avait été invitée pour participer à une soirée pyjama ensuite, et la simple idée que Jinx se sente suffisamment à l'aise pour inviter une amie faisait fondre le cœur d'Aiden.

Mais le regard d'Aiden allait le plus souvent vers Petra pendant qu'elle se promenait dans la pièce, qu'on lui souhaitait un joyeux anniversaire et qu'on l'étreignait. Elle rayonnait ce soir-là, le délicat chemisier bleu vif faisait briller ses yeux clairs.

Aiden ne pouvait détacher les yeux d'elle.

— Je ne sais pas pourquoi tu n'es pas là-bas à côté de Petra, râla Declan entre deux gorgées de bière. Même quand tu nous parles, ton esprit est à l'évidence ailleurs.

— J'ai besoin d'une petite dose de vous, répliqua Aiden joyeusement. C'est sa fête. Elle doit voir tout le monde et donner à chacun l'occasion de profiter de sa compagnie.

— Elle est assez incroyable, acquiesça Jake, en défaisant enfin le nœud du tablier et en le passant au-dessus de sa tête. Et appréciée. La participation est super. Les gens semblent s'amuser, et le lieu est parfait pour ce genre d'événement. Nous devrions envisager de le louer pour des fêtes quand nous n'avons pas d'artistes en résidence.

Declan commença à suggérer d'autres fêtes à organiser à l'avenir, et pendant que ses frères bavardaient, Aiden écoutait sans entendre et recommença à regarder Petra fixement.

La porte s'ouvrit, et une bouffée d'air froid fit irruption, tourbillonnant dans la pièce. Un couple plus âgé, étrangement familier, passa la porte avec de grands sourires sur le visage. La femme surtout semblait reconnaissable, et il ne lui fallut qu'un coup d'œil entre elle et Petra pour faire le lien.

Nom d'un chien. Les parents de Petra venaient d'entrer dans la pièce.

Zach et Julia les remarquèrent avant Petra. Leurs expressions passèrent de la joie à la panique comme s'ils suivaient un script. Leurs têtes pivotèrent vers Petra puis de l'autre côté de la pièce vers Aiden.

Oh merde. Merde, merde, *merde*.

Aiden devait rejoindre Petra pour la prévenir.

— Désolé les gars, je dois filer.

Jake ne bougea pas, il regarda par-dessus son épaule, créant un obstacle fantastique.

— Qu'est-ce qui te... Oh. Qui est-ce ?

— Les parents de Petra, marmonna Aiden précipitamment avant de se frayer un chemin entre eux.

Le *putain de merde* prononcé doucement derrière lui était néanmoins amusant et apprécié.

Zach vira de bord et retrouva Aiden au milieu de la pièce pendant que Julia se dirigeait tout droit pour intercepter ses beaux-parents en tant que comité d'accueil. Une seconde plus tard, elle était enveloppée d'étreintes et de joyeuses exclamations.

Zach attira Aiden sur le côté de la pièce.

— Les félicitations pour le bébé les distrairont pendant une minute, mais Seigneur, mec. Qu'est-ce que tu vas faire ?

— Rejoindre Petra puis inventer au fur et à mesure, dit Aiden. Qui va nous causer la plus grosse inquiétude ? Ta mère ou ton père ?

Zach avança à ses côtés pendant qu'ils traversaient la pièce en direction de Petra qui avait le dos encore tourné à la porte, inconsciente de la scène qui était sur le point d'avoir lieu.

— Ils sont tout aussi dangereux l'un que l'autre. Si ça peut t'aider, Julia et moi sommes là pour vous.

— Merci. Ça représente beaucoup pour moi.

Zach dévia pour saluer ses parents, et Aiden ne se donna pas la peine de faire preuve de subtilité, il sourit simplement aux femmes à qui Petra parlait en glissant le bras autour de sa taille.

— Désolé de vous interrompre, mais je dois vous voler Petra.

Il reçut une multitude de sourires amusés en retour alors même qu'il faisait reculer Petra et approchait les lèvres de son oreille.

— Ne panique pas, mais tes parents viennent d'arriver.

Elle jura doucement.

— Tu te moques de moi ?

— Ils sont là, actuellement en train de parler à Julia et Zach, mais comment veux-tu qu'on s'y prenne ? Est-ce que tu veux que je me fasse la malle pour que tu n'aies pas à gérer les présentations ?

— Bien sûr, il fallait qu'ils se pointent maintenant.

Elle ferma les yeux, et son visage se crispa sous une masse de frustration et de confusion.

— Non, ne te fais pas la malle. Ce sont des personnes raisonnables, et si je leur dis qu'il faut qu'on parle en privé, ils ne feront pas d'histoire, continua-t-elle en carrant les épaules avant de regarder derrière elle. Mais peut-être qu'on devrait essayer d'être plus près de la porte qu'au milieu de la pièce pour réduire les dommages potentiels au minimum.

— Après toi.

Il ne la toucha pas, pensant que ça simplifierait la situation si elle décidait au dernier moment de ne pas mentionner cette histoire de fiancé. Mais espérer que personne d'autre n'y ferait allusion était un pari risqué.

Que quelqu'un d'autre lâche la bombe serait sans doute pire, surtout si on le leur annonçait sans crier gare.

Alors il fut stupéfait lorsque Petra entrelaça ses doigts aux siens et les agrippa fermement, en s'arrêtant devant ses parents.

— Maman. Papa. Qu'est-ce que vous faites là ?

— Tu ne vis peut-être plus sous notre toit, mais tu restes notre petite fille. Joyeux anniversaire, Petra.

Sa mère écarta les bras, et Petra s'y glissa, acceptant un énorme câlin.

Aiden sourit, mais son expression se tendit un peu lorsqu'il remarqua que le père de Petra le regardait étrangement. Mais il ramena son attention sur sa fille un instant plus tard, lui faisant lui aussi un énorme câlin.

— En plus, tu sais que c'était une bonne excuse pour venir vous voir. Nous devons célébrer le futur bébé et voir ton frère et Julia.

Ils reportèrent aussitôt leur attention ailleurs.

— Et qui est ce jeune homme ? demanda la mère de Petra gaiement.

Aiden était bien trop conscient qu'il y avait des gens du coin qui les regardaient avec une certaine confusion.

Petra se mit à rire, un son joyeux plein d'humour rassurant.

— Tu es une vraie blagueuse, maman. Hé, Aiden et moi voulions vous parler. Et si nous...

Un bruit aigu, presque assourdissant, résonna à travers la pièce, suivi de rapides applaudissements.

Tansy et Sydney s'avancèrent. Tansy leva la cloche du dîner encore vibrante alors qu'elle lançait un coup d'œil à travers la pièce.

— Bon, tout le monde dehors. Prenez vos manteaux et descendez au feu de camp. Nous aurons une surprise dans quelques minutes, accompagnée des meilleurs s'mores[1] que vous ayez mangés de toute votre vie.

— Des boissons pour adultes seront servies, ajouta Sydney. Ainsi que d'autres sans alcool, et ne crois pas que je ne te vois pas, Sasha Stone.

---

1. NdT : Dessert populaire aux États-Unis et au Canada, composé d'une guimauve grillée et d'un carré de chocolat entre deux biscuits.

Sasha lui tira la langue, mais elle rejoignit les autres lorsque la foule attrapa son manteau et sortit.

Au début, Aiden pensa qu'ils l'avaient échappé belle quand Chance Gabrielle marqua une pause pour saluer chaleureusement le couple.

— C'est agréable de vous rencontrer enfin. Petra et son fiancé sont le plus charmant des apports à Heart Falls.

Si Aiden avait pu tomber dans un trou à ce moment-là, il aurait plongé sans hésiter.

Le père de Petra se reprit rapidement et sourit d'un air crispé.

— C'est merveilleux.

— Viens, Chance, Tansy nous fait signe.

Rose hocha poliment la tête vers les Sorenson alors même qu'elle entraînait son fiancé dehors.

Petra prit ses parents à part, attendant que la pièce se soit vidée pour continuer. Elle inspira profondément et fit les présentations.

— Aiden, voici mes parents. Pamela et Zachary Sorenson. Maman et papa, dit Petra en se rapprochant d'Aiden et en glissant le bras autour de sa taille, l'attirant fermement à ses côtés. Voici Aiden Skye. Copropriétaire du ranch de Vents et Marées avec ses frères.

— Je vais attendre avant de vous dire que je suis ravi de vous rencontrer, dit Zachary.

Il secoua la tête en se concentrant sur sa fille.

— Petra, que se passe-t-il ?

— Oui, c'est ce que j'aimerais savoir aussi, ajouta Pamela en les regardant avec une expression qui se rapprochait de l'horreur. Vous êtes fiancés ?

Aiden ouvrit la bouche pour répondre mais Petra lui coupa l'herbe sous le pied.

— Nous sortons ensemble. Mais il y a une petite

complication que je ne peux pas révéler pour cause de confidentialité...

— Ce sont tes parents. Tu peux la révéler, avança Aiden doucement.

— Pourquoi est-ce que ça ressemble au moment où Zach a annoncé qu'il s'était accidentellement soûlé et marié à Vegas ? demanda Pamela. Et qu'il avait fait semblant d'être avec Julia. Mais qu'il l'était vraiment...

— Ce n'est pas ça, leur assura Petra.

— Les aspects compliqués de cette histoire mis à part, je suis encore inquiet. Tu sors sérieusement avec quelqu'un ? demanda Zachary. Trésor, ça ne fait que peu de temps. Est-ce que c'est une sorte de transition ? Parce que je sais que ce jeune homme chez nous t'a joué un sale tour...

— Quoi ? demanda Petra.

Elle recula d'un pas, et l'anxiété était si évidente dans la tension de son corps qu'Aiden aurait voulu la prendre dans ses bras et la protéger. Elle se tourna vers ses parents :

— Vous étiez au courant pour Curtis ?

— Nous savions que tu sortais avec quelqu'un, mais lorsque tu as soudain décidé que tu ne voulais plus vivre en ville, nous avons pensé que les choses s'étaient mal passées, dit sa mère avec douceur, d'un ton plein de compassion. Ce n'est pas un échec qu'une relation ne dure pas. Tous les gens ne sont pas faits pour être en couple. C'est pour ça qu'on a des rendez-vous galants.

— Mais ça ne veut pas dire que tu devais te lancer immédiatement dans une autre relation, ajouta Zachary en regardant Aiden. J'espère que vous traitez ma fille avec le respect qu'elle mérite.

Quel sac de nœuds cauchemardesque.

— Bien sûr, monsieur. Mais ça devient tout de même le genre de conversation où je dois vous dire poliment de ne pas vous en mêler. Petra est une adulte, et elle sait ce qu'elle veut. Elle n'est pas en danger, et je ferais n'importe quoi pour qu'elle soit en sécurité. Alors au-delà de ça, je ne veux pas être impoli, mais...

— Je n'ai pas à mettre le nez dans vos affaires ? demanda Zachary.

— Zachary, Aiden a raison. Quoique, nous ne sommes pas en train de dire à Petra ce qu'elle peut ou ne peut pas faire de sa vie, nuança Pamela en regardant Petra avec un amour sincère. C'est simplement que c'est si *rapide*. C'est ça qui m'inquiète.

— Nom d'un chien ! dit Petra en se tournant vers Aiden.

Son expression s'illumina, passant de l'inquiétude à l'excitation. Comme si elle venait de résoudre une sorte d'énorme énigme.

— C'est *ça*, continua-t-elle. C'est ça qui m'embêtait.

— Pardon ? dit Aiden.

Maintenant il avait l'impression de ne pas participer à la conversation.

Elle l'attrapa par la main et l'entraîna vers la porte.

— Excusez-moi, maman, papa. Allez profiter de la surprise, allez voir Zach et Julia, nous discuterons plus tard. Je suis contente que vous soyez là, et tout ira bien, mais pour l'instant, Aiden et moi, nous devons parler.

Une minute plus tard, il avait été entraîné dehors dans la nuit noire et le froid hivernal. Il la suivit volontiers, et ils finirent dans ses quartiers au rez-de-chaussée. Ceux sur lesquels ils n'avaient pas beaucoup travaillé dernièrement parce qu'il appréciait de vivre dans la maison avec Petra.

— Donc, ça s'est bien passé, commença-t-il.

Elle se tourna vers lui.

— J'ai compris. Je sais ce qui m'embêtait pendant tout ce temps.

Pendant tout ce temps ?

— Je pense que tu as trois longueurs d'avance sur moi dans cette conversation, la prévint Aiden.

— Toute cette affaire de fiancée est arrivée sans crier gare, n'est-ce pas ? Enfin, Declan nous l'a balancée ce premier jour quand Danielle était là. *Hé, la voilà, Petra, la fiancée d'Aiden.* Et à ce moment-là nous avions passé, quoi, trois heures ensemble cette fois ? Mais nous avons dû faire avec. Ce qui a continué, mais voilà ce qui me dérange. Je ne cessais de regarder le calendrier alors que les jours défilaient. C'était *Oh, nous sommes fiancés*, puis *Oh, Jinx arrive demain, ne foire pas*, puis ça faisait une semaine qu'elle était là, et un mois, et maintenant ça fait plus de deux mois.

Plus elle parlait, plus elle s'animait et s'enflammait.

— C'est comme si nous enchaînions sans jamais nous arrêter pour nous rendre compte de ce qui se passe vraiment, continua-t-elle.

— *Qu'est-ce* qui se passe ? s'écria Aiden avec une parfaite sincérité parce qu'il était vraiment perdu.

— Il se passe que ce n'est pas ce que nous devrions faire.

Elle inspira profondément et bondit à quelques pas de lui, regardant dans la pièce comme si elle attendait un signal. Elle se retourna vers lui, secouant les mains en l'air pour insister alors qu'elle parlait clairement :

— Je n'ai aucune envie de passer du temps à faire semblant d'être en couple avec toi.

Aiden se figea. Son cœur s'écroula au niveau de ses orteils. Il ne l'avait pas vue venir, celle-là.

— Vraiment.

Elle inspira profondément, puis hocha fermement la tête.

— Alors je vais dégager de ton chemin. Tout de suite.

Quelques secondes plus tard, la porte claquait derrière lui alors que la fureur déferlait dans ses veines.

Il contourna le lieu où étaient rassemblés les fêtards près du feu de camp et retourna d'un pas rapide vers la maison principale. La neige le long du chemin ouest était couverte d'empreintes et salie par la boue provenant de l'allée gravillonnée. Elle était parfaitement assortie à son humeur soudain massacrante.

Ce n'était pas du tout ce qu'il avait espéré. Mais plutôt mourir que de la forcer à supporter un pauvre type alors que...

Il n'était qu'à quelques pas du porche lorsque quelque chose percuta l'arrière de sa tête, le bousculant et le couvrant d'une fine couche de neige et de froid.

Il fit volte-face, insultant la personne qui avait le culot de le frapper avec une fichue boule de neige à ce moment-là. Puis il vit Petra qui fonçait vers lui à toute allure.

19

———

Qu'est-ce que c'était que ce *bazar* ?

Lorsque Aiden avait brusquement quitté la pièce, Petra l'avait regardé fixement pendant dix secondes avant de le poursuivre.

À défaut d'autre chose, elle devait remettre les idées en place dans sa grosse tête. L'idée de la boule de neige lui vint naturellement.

— Où est-ce que tu vas ? Nous étions en plein milieu d'une conversation, aboya-t-elle, ses doigts la picotant de froid et d'humidité.

— Mais tu ne veux pas passer ton temps avec moi, répliqua-t-il sèchement, je ne reste pas dans tes pattes pour que tu n'y sois pas obligée.

La confusion de Petra grandit.

— De quoi est-ce que tu parles ?

— Tu viens de me dire que tu ne veux plus être ma fiancée.

— Quoi ?

Elle n'avait pas dit ça. N'est-ce pas ? Elle y repensa...

— Tu vas devoir m'aider, là, continua-t-elle, parce qu'on dirait que nous n'avons pas la même conversation.

Les yeux d'Aiden étincelèrent de colère.

— Peut-être est-ce une bonne chose que tes parents se soient pointés sans prévenir. Ça a clarifié beaucoup de choses. Le plus important, tu ne voulais pas leur dire que nous étions fiancés. Tu étais horrifiée lorsque Chance l'a mentionné. Une fois que nous avons été seuls, tu m'as clairement dit que tu voulais arrêter. Que tu ne voulais plus être avec moi.

Il avait perdu la tête. Petra enroula ses bras autour d'elle pour essayer de se protéger du froid, secouant la tête en signe de dénégation.

— Ce n'est pas ce que j'ai dit. Ou si c'est ce que j'ai dit, ce n'est pas ce que je voulais dire.

— Ça n'aide pas du tout, dit Aiden sèchement.

Au bout d'un moment, il pencha la tête vers la maison.

— Rentre, ajouta-t-il. Nous pourrons nous disputer devant le feu pour que tu ne meures pas gelée.

Ils retirèrent leurs chaussures en silence, puis avancèrent jusqu'au poêle à bois. Aussi loin de l'autre qu'ils le pouvaient tout en étant enveloppés par la chaleur.

Elle inspira profondément puis leva les yeux vers lui.

— Je n'étais pas mal à l'aise que mes parents entendent Chance t'appeler mon fiancé. Ce qui me met mal à l'aise, c'est que depuis des jours je sens à quel point c'est déplacé, ce que nous faisons.

Aiden ferma les yeux, la frustration se lisant sur son visage.

— Cette conversation ne va pas en s'améliorant.

Il n'y avait aucun moyen de faire ça sans complètement se ridiculiser. Qu'il en soit ainsi.

— Bien, je vais arrêter d'essayer de dire ça d'une manière qui te fournit une porte de sortie. Quand nous avons parlé de coucher ensemble au début, nous avons dit que si l'un de nous voulait arrêter, nous étions adultes. Nous dirions simplement que nous voulions arrêter d'être des amis qui couchent ensemble.

Il la regarda pendant un long moment.

— Et c'est ce que tu veux ? demanda Aiden doucement.

— Je veux arrêter ce qui est faux. Je veux arrêter de *faire semblant*.

Elle ferma les yeux, parce que le regarder en balançant tout était impossible.

— Nous avons été poussés dans cette relation sans que ce soit notre décision, mais Aiden, je t'aurais choisi. Si nous avions eu le temps de faire les choses normalement, nous aurions commencé à sortir ensemble.

Lorsqu'elle ouvrit les yeux, il la regardait fixement, bouche bée, sans voix.

Elle se dépêcha, parce que si elle ne parlait pas maintenant, elle risquait de perdre courage.

— Une partie de ce qui me troublait c'était que ça a *vraiment* été rapide. Comme si une partie de mon cerveau faisait les mêmes commentaires que mes parents sur ce qui s'est passé avec Curtis, mais cette comparaison semblait clocher.

Elle inspira profondément et s'avança vers lui. Elle attrapa ses mains froides dans les siennes et les serra fort.

— À chaque fois que je regardais le calendrier, il me semblait que ça faisait trop peu de temps pour tenir autant à toi. Ça devrait paraître effrayant, comme un rappel de Curtis et de ce qui est allé de travers, mais ça n'a jamais été le cas. Quand je repense à ce que je partageais avec Curtis, ce que je partage avec toi... il n'y a pas de comparaison. Toi et moi, nous nous sommes tellement rapprochés, si vite, parce que nous avons été ouverts, honnêtes et nous-mêmes... en tout cas en privé.

Aiden en resta bouche bée.

— Tu n'essaies pas de rompre avec moi ?

— Bien sûr que non. J'essaie de te dire que ce que je n'aime pas, c'est *faire semblant*.

Elle inspira brusquement tout son courage et termina sa confession :

— Parce que je ne fais pas semblant. Je tiens à toi, Aiden. J'aime bien être avec toi. J'aime bien les choses que tu fais et celui que tu es. Je pense que nous sommes bien ensemble.

Le coin des lèvres d'Aiden tressaillit. Puis il l'attira à lui et passa les bras autour d'elle.

L'étreinte était incroyable même s'il se préparait sans doute à trouver un moyen de la repousser gentiment. Mais lorsqu'il passa ses doigts forts sous son menton et releva son visage vers lui, il n'y avait plus de colère, de confusion ni de frustration sur son visage. Simplement un sourire cent pour cent Aiden, plein d'amusement et d'espièglerie.

Il posa son front contre le sien.

— Dieu merci. Ça veut dire que je ne suis pas le seul.

La stupéfaction, soudaine et profonde, la frappa.

— Vraiment ?

— Vraiment, *vraiment*, confirma-t-il. Même si je dois admettre que toute cette conversation craignait. Je n'avais aucune idée de ce qui se passait pendant une bonne partie de celle-ci. Je n'aime pas être en colère, triste, inquiet et anéanti, surtout quand j'avais espéré que finir la soirée en disant à la femme à qui je tiens profondément que nous devrions envisager de ne plus faire semblant.

Petra secoua la tête.

— Tous ces cris et cette frustration, c'était pour rien ?

— Eh bien, je n'en suis pas sûr, répondit Aiden en passant un bras autour de sa taille, plaquant le haut de son corps contre le sien. Nous ne nous sommes jamais disputés. Ça veut dire qu'on peut avoir à se réconcilier en couchant ensemble.

— Ce n'était pas vraiment une dispute, signala Petra.

C'était seulement moi qui rendais les choses bien trop compliquées. Je suis désolée.

— Je le suis aussi, dit Aiden. Ça veut dire que nous pouvons coucher ensemble pour célébrer *la fin des conversations compliquées*, non ?

Elle le caressa le long du cou et glissa les doigts dans ses cheveux, le taquinant alors que le désir les enveloppait.

— J'ai l'impression que, quelle que soit la manière dont on décide d'appeler cette conversation, nous coucherons ensemble à la fin.

Il déposa une série de baisers le long de sa mâchoire jusqu'à son oreille puis parla doucement.

— Ce plan me convient parfaitement. Car il n'y a aucun faux-semblant.

Il lui mordilla le cou, et malgré le feu près d'eux, un frisson remonta l'échine de Petra.

Elle prit son visage entre ses mains et regarda dans ses yeux bleus.

— Je suis désolée d'avoir rendu les choses si déconcertantes. Voilà, je suis claire comme du cristal. J'aimerais coucher avec toi, parce que tu es un mec incroyable, Aiden. Tu es drôle, intelligent, et la manière dont tu bouges avec moi m'excite.

Une exclamation lui échappa lorsque Aiden la souleva et l'emporta dans le couloir vers leur chambre.

Il l'installa sur le lit, s'agenouilla sur le tapis devant elle et marqua une pause pour la regarder dans les yeux.

— Je sais que nous n'en avons sûrement pas besoin, mais je t'ai acheté un cadeau d'anniversaire ou deux. Attends.

— Je n'ai besoin de rien... protesta Petra.

Mais il avait déjà attrapé son sac en papier décoratif près du lit, le posant sur ses genoux.

— Je veux les utiliser, dit-il, Alors tu dois les déballer immédiatement.

Elle se mit à rire en fouillant dans le sac pour en sortir un cylindre emballé dans du papier. Elle arracha le papier et découvrit une bougie, intitulée *Netflix & Chill*[1].

— Oh mon Dieu.

— Elles s'améliorent, dit-il en prenant celle qui était déballée avant de la placer sur le côté.

Petra remit la main dans le sac. Le papier d'emballage vola, et son rire devint plus bruyant alors qu'elle lisait les libellés sur trois autres bougies.

Merci pour tous ces orgasmes.

Allume-moi lorsque tu es chaude.

Bougie de la big dick energy[2] (*quand cette bougie est allumée, donne-moi cette queue*). Elle inspira brusquement, la main pressée contre son ventre. Elle leva la dernière en l'air, les larmes roulant sur ses joues.

— Oh mon *Dieu* !

Aiden sourit d'un air narquois.

— De la publicité véridique, dit-il en attrapant chaque bougie.

Il les alluma et les plaça dans la pièce.

Puis il éteignit le plafonnier et il n'y eut plus que la lumière des bougies lorsqu'il revint au lit et la fit rouler vers le milieu.

Il essuya ses larmes et regarda son visage bien trop solennellement.

— Je sais que ça a été les montagnes russes, mais je veux te souhaiter un joyeux anniversaire. J'espère que l'année à venir sera remplie de choses qui te feront sourire et qui te rendront

---

1. NdT : Expression américaine née sur Twitter qui signifie « regarder Netflix et se détendre », mais rapidement devenue une métaphore pour « allumer la télé (ou Netflix) et avoir une relation sexuelle ».

2. NdT : Expression aussi née sur Twitter qui signifie littéralement « Énergie de la grosse queue » et qui, à l'opposé de la masculinité toxique, fait référence à une attitude et à une confiance en soi naturelle et communicative.

heureuse, mais surtout j'espère qu'elle sera remplie de *réalité*. Plus de faux-semblants.

Il pressa sa bouche contre la sienne, brièvement et tendrement, pas comme s'il la taquinait, mais comme s'il savourait chaque instant, chaque contact.

Il lui retira son chemisier et embrassa chaque centimètre carré de peau en le dévoilant. Il revenait régulièrement sur ses lèvres. Il lui caressa la poitrine, puis fit suivre le geste d'un baiser. Avec al langue, il dessina une ligne droite sur sa cage thoracique, puis l'embrassa de nouveau.

— Aiden.

Elle souffla son prénom, passa les doigts dans ses cheveux et le tira vers le haut lorsqu'il s'attarda trop longtemps sur son ventre.

Le baiser devint plus profond cette fois, plus enflammé. Petra écarta les jambes pour l'accueillir, à moitié nue alors que les mains d'Aiden erraient sur elle, la touchait, la caressait et la taquinait.

Il lui mordilla la lèvre inférieure et, à son petit cri, il lui sourit.

— Reste là, ordonna-t-il.

Cette fois, lorsqu'il descendit sur son corps, dégrafant son pantalon et le faisant descendre avec sa petite culotte sur ses hanches, il y resta, prodiguant de la langue des caresses fugaces sur sa peau et des petites morsures à l'intérieur de sa cuisse. Il prit ses genoux et les écarta.

Puis sa langue passa doucement sur son clitoris tandis que ses doigts la caressaient de plus en plus près de son sexe. D'une certaine manière, c'était une gentille provocation. Et comme il le faisait si souvent, il marqua une pause juste avant de réunir ses doigts et de les placer leur extrémité juste devant son intimité, regardant son visage alors qu'il les introduisait en elle.

Puis la douceur disparut, et il prit les rênes, la faisant

décoller violemment avec ses doigts et sa bouche. Petra enfonça les talons dans son dos et s'agrippa à ses cuisses pour éviter de le déloger accidentellement l'endroit idéal.

— *Aiden.*

C'était une requête, une supplique, une bénédiction alors que son orgasme arrivait précipitamment. Elle se cambra et poussa les hanches contre sa bouche.

Derrière la fenêtre, un éclair lumineux zébra le ciel, suivi d'un grondement vif alors que la première fusée du feu d'artifice explosait.

Petra se mit à rire, et le son dansa dans la pièce, plein de ravissement, de joie, et de tout ce qu'elle pouvait souhaiter pour son anniversaire.

AIDEN RETIRA PRÉCIPITAMMENT SES VÊTEMENTS. Il enfila un préservatif plus vite qu'il n'était sans doute judicieux, mais se glisser au-dessus de Petra qui riait, leurs peaux nues l'une contre l'autre, devait advenir le plus vite possible.

Une autre fusée explosa, illuminant la pièce de bleu et de vert.

— Declan va tellement engueuler Tansy, chuchota Petra. Je ne crois pas que les chevaux aiment les feux d'artifice.

— Ce n'est pas notre problème pour l'instant, signala Aiden. Il n'y a personne d'autre que nous ici, et je n'ai besoin de rien d'autre que de nous. Que de *toi.*

Elle hocha la tête en l'attirant plus près pour l'embrasser avec ardeur, puis elle le repoussa un peu lorsque ses poumons exigèrent de l'air.

— J'ai besoin de toi aussi.

Il glissa en elle. La chaleur entourant son membre était terriblement bonne, mais c'était la manière dont elle le regardait qui le faisait décoller. La manière dont elle soulevait la jambe droite et ajustait les hanches pour le prendre plus facilement, l'accueillant dans son corps, le plaisir déferlant sur son visage alors qu'il prenait un de ses seins dans sa main et lui taquinait le mamelon. Il balançait les hanches lentement alors qu'il la faisait à nouveau lentement décoller.

Leur histoire était récente, mais assez longue pour qu'ils sachent ce qui plaisait à l'autre. Elle lui griffa le dos et grogna lorsqu'il lui mordilla le lobe de l'oreille et le cou. Elle vint à sa rencontre, accélérant le tempo et ajustant l'angle pour l'entraîner plus profondément et plus fort.

Aiden se força à garder son sang-froid, glissa une main sur le ventre de Petra puis entre ses jambes.

— Je veux t'emmener avec moi.

Elle hocha la tête et écarquilla les yeux lorsqu'elle ralentit le mouvement de va-et-vient. Cela lui facilita la tâche pour lui taquiner le clitoris, recueillant de quoi le lubrifier là où sa verge glissait sans relâche.

Elle inspira profondément, son corps se tendit, et Aiden fit vibrer ses doigts plus vite, enfonçant son membre plus profondément à un rythme régulier qu'il espérait maintenir assez longtemps...

— *Oui.*

Petra se cambra, son sexe se resserrant comme un poing autour de lui, et Aiden s'envola. La foudre emplit la pièce et remonta le long de sa colonne vertébrale lorsqu'il jouit, le corps tremblant alors qu'il veillait à ne pas se laisser retomber pour ne pas l'écraser. Ils nageaient tous deux dans le plaisir au milieu des lumières dorées réfléchies dans un millier d'étincelles qui dansaient dans la pièce au rythme des bougies vacillantes.

Cinq minutes plus tard... Dix ? Le temps n'avait aucune signification, conclut Aiden.

Ils étaient encore pelotonnés l'un contre l'autre, Aiden la regardant dans les yeux. Malgré tout, il hésita.

Lui demander vraiment de se fiancer semblait être une chose pour *bientôt*, pas pour *maintenant*.

— Ça va entre nous ? demanda-t-il doucement.

Elle rit, remuant les hanches contre lui alors que son sourire étincelait d'espièglerie.

— Si tu ne sais pas, tant pis pour toi, mais oui, ça va très bien entre nous, à tant de niveaux !

Petra inspira profondément et expira lentement.

— Je t'apprécie, Aiden Skye. J'aime ce que tu me fais ressentir, et ce n'est pas seulement un commentaire sexuel. Même si c'est vraiment un commentaire sexuel, le taquina-t-elle.

Il baissa les yeux sur elle, la douleur de son cœur s'apaisant.

— Nous avons fait des choses qui nous ont rendus heureux au cours des deux derniers mois, mais je pense que tu as raison. Les meilleurs aspects étaient ceux qui étaient vraiment nous. Et ce n'est pas seulement un commentaire sexuel pour moi non plus.

Elle hocha la tête et glissa les doigts sur son torse et ses épaules, formant un huit régulier. Comme si elle ne pouvait pas supporter d'arrêter de le toucher.

— Je ne pense pas que nous nous soyons vraiment menti, sauf peut-être par omission.

— Alors c'est ce que nous devons surveiller à partir de maintenant, suggéra-t-il. Petra, personne n'est tout à fait un livre ouvert avec l'autre. Nous aurons toujours quelques secrets ou au moins des choses auxquelles nous devrons beaucoup réfléchir avant d'en discuter. Mais pour moi, ça se résumera toujours à ça... Je t'apprécie en tant que personne et j'aime celui que je suis quand je suis avec toi. Ça vaut la peine d'avoir quelques conversations gênantes et de surmonter des malentendus.

Les lèvres de Petra tremblèrent.

— Bon sang, Aiden. Je ne veux pas devenir une fontaine.

— Je voudrais bien éviter ça aussi, la taquina-t-il.

Il frôla son nez du sien et inspira profondément, respirant simplement le même air qu'elle parce qu'il aimait beaucoup ça.

Ils restèrent allongés, l'un contre l'autre alors que dehors le feu d'artifice continuait à exploser et que le son musical des rires portait jusqu'à la maison. Lentement, cela se calma.

Aiden était sur le point de suggérer qu'ils s'habillent lorsque Petra le fit rouler sur le dos et rampa sur lui, l'air malicieux alors qu'elle posait les mains sur son torse et baissait les paupières.

— Nous avons été des hôtes affreux, mais j'imagine que tout le monde rentre chez soi maintenant. Nous pourrions aussi bien continuer à célébrer mon anniversaire tout seuls.

Elle roula des épaules, et le regard d'Aiden passa de ses yeux à ses incroyables seins. L'amusement vibrait en elle alors qu'il glissait les doigts sur ses hanches.

— C'est l'idée la plus brillante...

On frappa un coup rapide à la porte.

— Aiden. Désolé, frangin. Il faut qu'on parle tout de suite, dit Declan en se raclant la gorge. Petra. C'est important.

Aiden soupira assez fort pour qu'ils l'entendent certainement jusqu'à Heart Falls. Ah, ses frères.

— Vraiment ? Ça ne peut pas attendre demain matin ?

— Bon sang, Aiden !

Il y avait dans la voix de Declan une panique contenue.

— Jinx a disparu, termina-t-il.

20

La peur faisait trembler les doigts de Petra alors qu'elle se dépêchait de s'habiller. Près d'elle, Aiden enfilait son jean et ses chaussettes, l'inquiétude se déversant de lui.

— Je suis sûre qu'elle va bien, dit Petra pour les rassurer autant l'un que l'autre.

Il lui attrapa les doigts et les serra fort.

— Nous allons découvrir ce qui s'est passé ensemble. Quoi qu'il arrive, déclara Aiden en hochant fermement la tête. Nous avons promis qu'elle serait en sécurité, et nous ferons en sorte que ce soit le cas...

Il s'interrompit.

Ils se précipitèrent dans le salon et découvrirent la pièce bondée. Tout le monde au ranch de Vents et Marées était là, plus Zach et Julia et les parents de Petra. Sasha se tenait un peu sur le côté, avec Tansy et Sydney qui l'entouraient, un front commun.

— Dites-nous, exigea Aiden en se tournant vers Declan.

— Les filles avaient prévu de dormir dans l'écurie. Sasha est allée dire bonne nuit à ses parents, et quand elle est revenue,

Jinx avait disparu. Son sac de couchage et son sac à dos ne sont plus là.

— Nous avons fouillé toute l'écurie de haut en bas, dit Declan. Elle n'est pas là, et elle n'est dans aucune des stalles.

Un reniflement tremblant échappa à Sasha, la peur inscrite partout sur son jeune visage.

Petra s'arrêta devant elle.

— C'est bon, ma puce. Tu n'as rien fait de mal, mais y a-t-il autre chose que tu puisses nous apprendre ? Est-ce que Jinx t'a dit quelque chose ? Est-ce qu'elle semblait contrariée ?

Sasha secoua la tête.

— Elle était silencieuse, mais elle est souvent silencieuse.

Elle lança un coup d'œil à Tansy.

— Nous avons mangé des s'mores avec vous près du feu de camp, puis nous nous sommes assises sur la balancelle pour regarder le feu d'artifice. Elle a dit qu'elle me retrouverait à l'écurie. Je suis allée dire bonne nuit à maman et papa, mais quand je suis arrivée à l'écurie, Jinx n'était pas là.

Aiden regarda l'heure.

— Le feu d'artifice s'est terminé il y a moins d'une heure.

Personne n'avait encore mentionné une horrifiante possibilité.

— Tu ne crois pas que quelqu'un de son ancienne famille d'accueil l'a enlevée ? demanda Petra à Declan discrètement, s'assurant que Sasha ne l'entendait pas.

Il secoua la tête.

— Jinx a laissé son téléphone sur une pile de vêtements bien pliés. Tout un tas de nouveaux trucs que nous lui avons achetés. Ça ne ressemble pas du tout à quelqu'un qui a été embarqué.

— Dixie a disparu aussi, dit Jake. Il y a de bonnes chances pour que la chienne soit encore avec Jinx.

Ou les choses s'étaient encore plus mal passées qu'ils ne le croyaient. Si quelqu'un avait enlevé Jinx, il aurait dû passer sur Dixie pour le faire. La peur tordait les tripes de Petra, mais elle la repoussa. Ce n'était pas le moment de paniquer.

C'était le moment de faire tout ce qui était possible pour Jinx.

— Elle a laissé son téléphone, répéta Petra en faisant les cent pas près d'Aiden avant de se tourner vers le groupe. Ce qui veut dire que je ne peux pas la retrouver par des services de géolocalisation. Quoi d'autre ? Qu'est-ce que tu peux nous dire d'autre ?

— Nous n'avons pas emmené grand-chose dans l'écurie, dit Sasha. Nous n'avons même pas emporté d'en-cas parce que nous savions qu'il y aurait beaucoup à manger à la fête d'anniversaire.

La jeune fille avait l'air si misérable que Petra l'étreignit.

Aiden les rejoignit, passa les bras autour des épaules de Petra et de Sasha, et parla d'une voix calme et rassurante.

— D'autres détails ? Vous alliez faire une soirée pyjama. Quel était le plan pour demain ? J'ai entendu parler d'une promenade à cheval après le petit déjeuner. Quoi d'autre ?

— Rien de compliqué. J'ai laissé mes vêtements d'équitation dans sa chambre parce que tout ce dont nous avions besoin pour la soirée tenait dans nos sacs à dos. Jinx a dit qu'on irait prendre le petit déjeuner dans la maison pour pouvoir nous habiller et partir dès que Declan serait prêt à nous emmener.

Petra redressa brusquement la tête et lança un coup d'œil vers la porte d'entrée où leurs manteaux étaient pendus méthodiquement, grâce à l'agencement méticuleux des patères de Jake.

Le nouveau sac à dos gris que Jinx avait acheté pour le lycée était clairement visible sur sa patère.

Un doux soulagement envahit Petra en même temps que Aiden posait la main sur son épaule.

— Est-ce que tu penses à ce que je pense ? demanda-t-il.

— Absolument, répondit Petra en serrant Sasha très fort avant de reculer, souriant avec approbation. Et c'est la dernière pièce du puzzle dont nous avions besoin. Bien joué.

Sasha fronça les sourcils ainsi que le reste des personnes dans la pièce. Tout le monde sauf Aiden, qui à la place hocha fermement la tête lorsque Petra attrapa son téléphone.

— Du piratage ? demanda tout bas Jake.

— Les AirTag, répondit Aiden en penchant la tête vers le mur pendant que Petra ouvrait précipitamment l'appli dont elle avait besoin. Jinx a acheté un sac à dos pour le lycée, mais elle avait besoin d'un deuxième pour aller faire des randonnées équestres parce qu'elle ne voulait pas que celui pour le lycée sente le cheval. Petra lui a prêté un de ses anciens sacs.

Tansy battit les mains de joie.

— Tu n'as pas fait ça.

Petra hocha la tête.

— Et parce que je suis réputée pour oublier mes affaires n'importe où et ne pas savoir où je les ai laissées, j'ai des AirTag cousus dans *tous* mes sacs.

Aiden se pencha par-dessus son épaule, regardant pendant qu'elle faisait défiler les réglages de l'appli.

— Je n'ai jamais été aussi heureux que quelqu'un soit étourdi, dit-il en déposant un rapide baiser sur sa joue avant de se tourner vers Sasha. Et si Tansy et Sydney te ramenaient chez toi ?

Sasha secoua la tête.

— Je veux vous aider à retrouver Jinx.

— Si ça ne dépendait que de moi, je dirais oui. Mais je pense que tes parents doivent te donner l'autorisation aussi, dit Sydney franchement. Tu ne veux pas les mettre tellement en colère qu'ils vous empêcheraient d'être amies.

La jeune fille se redressa, inébranlable.

— Mes parents ne feraient jamais ça parce qu'ils savent que les amis s'entraident. Je ne sais pas pourquoi Jinx a disparu, mais ce n'est pas parce que les choses se passent mal ici. Elle vous aime, et elle vous est si reconnaissante de vivre avec vous ! Alors s'il vous plaît, laissez-moi vous aider, supplia-t-elle.

Petra ouvrit la carte qui indiquait la position du sac à dos disparu.

— Eh bien, une partie de ton souhait va être exaucée, dit-elle en faisant signe à Sasha de s'avancer, agrandissant la taille de la carte. Est-ce que c'est ton ranch ?

Sasha examina l'écran de près puis hocha la tête, pointant un endroit du doigt sans toucher le téléphone.

— C'est la maison. Là, c'est le manège principal, et là, l'ancienne écurie, dit-elle en fronçant les sourcils. Pourquoi est-ce que Jinx est dans notre ancienne écurie ?

— Bonne question, dit Aiden en lançant un coup d'œil autour de lui, hochant la tête vers ses frères. On dirait qu'on va faire un petit tour. Soyez parés à toute éventualité.

Avant qu'ils ne quittent la maison, Aiden marqua une pause pour étreindre Sasha encore une fois.

— Nous allons appeler tes parents pour leur expliquer pourquoi nous venons. Je sais que tu veux nous aider, mais nous avons besoin que tu restes avec Tansy et Sydney.

— Du moment que nous rentrons à la maison aussi, dit Sasha fermement. Jinx est mon amie.

— Absolument, dit-il en croisant le regard de Tansy. Vous pouvez l'emmener ?

Tansy hocha la tête.

— Elle sera en sécurité avec nous, promit-elle. Je suis

sérieuse, Sasha. Nous comprenons que Jinx est ton amie, mais tu resteras avec nous jusqu'à ce que je te dise le contraire.

La jeune fille hocha la tête, mais la peur se lisait encore dans ses yeux.

Une course effrénée commença alors que tout le monde se reprenait et sortait précipitamment. Ses frères et Zach bondirent dans la camionnette de Declan, tandis que Julia restait avec Tansy, Sydney et Sasha.

Aiden et Petra grimpèrent dans la camionnette de celui-ci, mais avant qu'il ne puisse enclencher la première et foncer dans l'allée vers le ranch de Silver Stone, les portières arrière s'ouvrirent et les parents de Petra grimpèrent.

Aiden se figea un instant jusqu'à ce que Pamela lui tapote rapidement l'épaule.

— Allons-y, jeune homme. Être multitâche est parfois un mal nécessaire.

— Maman, papa, ce n'est pas le moment... commença Petra avant que Zachary ne l'interrompe.

— Nous n'allons rien faire à part nous excuser, trésor. Declan, le frère d'Aiden, nous a pris à part pendant le feu d'artifice et nous a expliqué ce que vous faites ici.

— Nous approuvons, et les réticences que nous avons sur vous deux en tant que couple ne sont rien d'autre que de l'indiscrétion typique de parents qui veulent ce qui est le mieux pour leur petite fille. Ne vous inquiétez pas de nous, nous sommes là pour vous aider autant que possible, leur assura Pamela.

Le soulagement dû à un problème résolu fut effacé par leur situation actuelle.

— Appelle les parents de Sasha, dit Aiden à Petra. Une demi-douzaine de camionnettes est en train de se garer sur leur parking, et nous ne voulons pas les faire flipper.

En quelques secondes, Petra fut au téléphone.

— Tamara, bonsoir. D'abord, ne panique pas. Tout va bien avec Sasha, mais on dirait que Jinx a décidé qu'elle avait besoin d'un peu de temps pour être seule. Elle a quitté la maison et je l'ai localisée dans une de vos anciennes écuries. Bien sûr, personne ici ne va rester sans rien faire et attendre de savoir qu'elle va bien.

Tamara répondit et Petra hocha la tête.

— Oui, tout à fait. Il y avait beaucoup de gens, et c'était peut-être trop pour elle. Nous entrons dans l'allée de Silver Stone maintenant. Sasha est inquiète, mais elle est en sécurité avec Julia et les filles.

Après un dernier hochement de tête vif, Petra raccrocha. Elle tourna la tête vers ses parents à l'arrière.

— Quand nous arriverons, vous deux resterez avec Tamara et Sasha, d'accord ?

— C'est si mignon de penser que tu peux nous donner des ordres, dit Pamela en serrant encore une fois l'épaule d'Aiden. Vous êtes un adorable jeune homme, mais vous êtes un peu trop prudent derrière le volant. Appuyez sur le champignon.

C'était comme dans une série policière. Aiden s'arrêta devant l'écurie principale alors que Caleb Stone arrivait en courant tout en enfilant un manteau à la hâte.

Aiden rejoignit Caleb, ignorant le groupe qui se rassemblait derrière eux.

— Elle est quelque part dans votre ancienne écurie, d'après ce que Sasha nous a dit. Si elle a fait une crise de panique, je ne veux pas que nous entrions tous là-dedans.

Le visage de Caleb était aussi froid que son nom le suggérait[1].

— Si tu as besoin de renfort, appelle.

— Si tu peux retenir Sasha pour l'instant, ça serait sans

---

1. NdT : Stone signifiant « pierre ».

doute mieux, dit Petra en attrapant Aiden par la main et en l'entraînant vers les portes, les yeux rivés sur l'écran de son téléphone.

Declan et Jake restèrent sur leurs talons alors qu'ils serpentaient dans des couloirs parfaitement organisés. L'odeur des chevaux et du foin frais emplissait les sens d'Aiden, et le calme autour d'eux formait un contraste vif avec la peur qui palpitait dans ses veines.

Petra se dirigea droit vers l'escalier, prête à monter en courant.

Aiden l'attrapa par la main, la retenant.

— Vas-y doucement. Si jamais il y a quelqu'un avec elle, nous n'avons pas besoin qu'il panique.

Elle hocha la tête, la peur dans les yeux.

— Et je passe en premier.

Il coupa court à tout débat en passant devant elle et en montant silencieusement l'escalier en bois.

Dans le fenil, la lumière était plus tamisée. Un seul rayon de lumière tombait de la fenêtre battante et éclairait les ballots. Un mouvement perçu à la périphérie le figea, Petra contre son dos.

Une maman chat apparut, dressant bien haut sa queue, dont l'extrémité s'agitait avec agacement.

Aiden se détendit un peu lorsque la chatte baissa la queue, s'approcha paresseusement et tourna affectueusement autour de ses chevilles.

Ce qui voulait dire que le lieu était désert en dehors de Jinx, il en était presque certain.

Malgré tout, ils restèrent silencieux en avançant, l'appli leur montrant qu'ils se rapprochaient de l'AirTag.

Ils tournèrent au coin des ballots, et Jinx était là, assise sur le plancher avec les bras passés autour de ses genoux, son sac à dos près d'elle et la tête baissée.

— Oh mon Dieu ! Jinx ! Tu es saine et sauve, chuchota Petra.

Elle s'élança et tomba à genoux, passant les bras autour de la jeune fille.

Un doux sanglot échappa à Jinx alors qu'elle enfouissait le menton dans le cou de Petra, pleurant bruyamment.

— Elle va bien ? demanda Declan en marquant une pause près d'Aiden.

— Elle n'a pas l'air blessée, mais nous devons parler. Peut-être juste Petra et moi ?

— Ça m'a l'air bien. Je vais aller le dire aux autres, répondit Declan avant de marquer une pause et de tapoter son frère dans le dos. Dis à cette jeune fille de ramener ses fesses à la maison, là où est sa place.

Il l'avait dit assez fort pour que Jinx l'entende, et elle tourna la tête vers lui, les yeux baignés de larmes alors qu'un autre sanglot irrégulier s'échappait.

— Je suis sérieux. Si tu as eu peur ou autre chose, ce n'est pas grave. Mais tu te souviens que nous ne pouvons rien améliorer si tu ne nous dis pas ce qui ne va pas, dit Declan en hochant la tête avant de tourner les talons et de descendre les escaliers.

Jinx posa la tête sur la poitrine de Petra et pleura silencieusement encore un moment. Aiden chercha dans ses poches mais ne trouva rien qui se rapprochait d'un mouchoir à lui offrir.

Et alors ? Elle était un peu mouillée et gluante, mais elle était là et en sécurité, et maintenant il devait arranger ça. Aiden s'assit prudemment et posa doucement une main sur son dos. Restant là, à attendre.

Il fallut quelques minutes avant que ses sanglots ne deviennent des respirations tremblantes et difficiles. Elle chercha dans le sac à dos et en sortit une poignée de Kleenex, se sécha les yeux et se moucha.

Petra se redressa et s'appuya contre Aiden.

— Tu sais quoi ? Declan a raison. Nous avons promis de mettre les choses à plat, n'est-ce pas ?

— Tu veux dire parler des choses comme du fait que vous deux vous faites seulement semblant d'être fiancés ?

Jinx avait parlé d'un ton acerbe et plein de colère.

Aiden retint un juron.

— Tu as entendu ça, hein ?

Jinx se redressa maladroitement et regarda fixement le mur derrière Petra.

— J'avais rangé nos affaires pour la soirée pyjama dans la chambre de Declan. Quand tout le monde est sorti pour aller voir le feu d'artifice, je me suis glissée à l'intérieur pour prendre un manteau plus épais, et soudain vous êtes entrés dans la pièce d'à côté en vous criant dessus.

Petra fit la grimace.

— Normalement, je dirais que ce n'était pas vraiment des cris mais une discussion très bruyante, mais je suis désolée que nous t'ayons perturbée. Cette conversation n'était censée être entendue par personne d'autre.

— Bien sûr que non. Mais ça ne change rien parce que maintenant je sais que vous avez menti.

Sa voix était lasse désormais, comme si elle avait perdu tout espoir.

Bon sang. Jeff aurait dit que c'était un exemple clair de la raison pour laquelle s'en tenir à la vérité était toujours le plus simple.

— Nous avons menti, mais avec les meilleures intentions.

Jinx se retourna, les larmes roulant sur ses joues.

— Je comprends ça. Danielle m'a dit qu'elle ne me laisserait pas à un endroit où je ne serais pas en sécurité. Elle m'a assuré qu'elle me confiait à un gentil couple qui était fiancé, et que lui avait deux frères, et que vous étiez tous la bonté même, quoi que ça veuille dire. Mais vous avez *menti* sur le fait que vous étiez fiancés.

— Parce que nous voulions que tu aies un endroit sûr où aller, insista Petra. Ce n'était pas un mensonge qui a fait du mal à qui que ce soit. C'était pour que nous puissions t'aider...

— Mais ça vous a fait du mal à *vous*, sanglota Jinx. Vous avez dû faire semblant de vous apprécier et de vouloir être ensemble alors que vous n'en avez aucune envie. Je ne peux pas faire ça à des gens que j'apprécie. Je ne peux pas vous faire du mal comme ça.

— Eh bien, putain de merde.

Petra avait pratiquement grondé ces mots, et Aiden et Jinx la regardèrent avec stupéfaction.

— O.K., je m'excuse pour mon langage, mais de toutes les conversations que tu aurais pu entendre, ça devait être la pire. Pas parce que tu nous as entendus, mais parce que tu es partie avant que nous ayons terminé.

Jinx plissa le front.

— Vous ne devriez pas être obligés de rester ensemble pour moi.

— Non, tu as raison. On ne devrait pas. Mais ce que tu as raté après ton départ, c'est que nous nous sommes remis les idées en place en *discutant*. Dans le sens où nous avons arrêté de nous mentir à nous-mêmes en nous disant que ce que nous avions n'était pas réel, dit Aiden en entrelaçant ses doigts à ceux de Petra avant de les lever pour lui embrasser les phalanges. Ce que Petra m'a dit une fois que j'ai été assez intelligent pour l'écouter, c'était qu'elle ne voulait pas continuer à *faire semblant*. Elle voulait savoir si j'étais aussi intelligent qu'elle et si j'avais compris qu'être ensemble était censé être réel.

Le silence régna un instant, puis un nouveau reniflement résonna pendant que Jinx réfléchissait.

— Mais vous faisiez semblant simplement pour pouvoir me faire venir à Vents et Marées.

— C'est peut-être comme ça que ça a commencé, mais ça n'a pas été un mensonge longtemps, dit Petra en souriant à Aiden. Ce que nous devrions faire en ce moment, c'est te remercier, parce que je pense que nous en serions arrivés au même point, mais ça nous aurait pris beaucoup plus longtemps. Je suis tellement heureuse de pouvoir commencer ma vie avec Aiden maintenant au lieu d'attendre quelques années !

— Vous restez ensemble ? demanda Jinx en secouant la tête. Je ne comprends pas.

Aiden baissa la voix.

— Nous restons vraiment ensemble, et pendant que tu es là, peut-être que tu pourrais me rendre un service.

Jinx s'essuya les yeux et plaça un chaton curieux sur ses genoux.

— Quoi ?

— Tu es mon témoin, dit-il avant de se tourner vers Petra. Je ne vais rien faire d'extravagant comme te demander en mariage et te forcer à répondre avant que tu ne sois prête. Mais je veux ce dont nous avons parlé. Que ce soit réel entre nous. Je serais très heureux si ça voulait dire que les fiançailles l'étaient aussi. Quand ce sera le moment.

Les lèvres de Petra tressaillirent. Elle se tourna vers Jinx.

— Tu peux être mon témoin aussi.

Jinx se redressa en se tortillant.

— Qu'est-ce qui se passe ?

Petra ignora la question et prit les mains d'Aiden dans les siennes.

— Aiden Demetri Skye, veux-tu m'épouser ?

Jinx laissa échapper un hoquet, mais Aiden ne voyait que les yeux brillants de Petra et son sourire espiègle.

— Je suis devant un témoin et je déclare que je ne suis pas du tout forcé à ça, et Petra Lynn Sorenson, j'aimerais beaucoup être tien pour toujours.

Il se serait bien penché pour l'embrasser, mais à cet instant précis, Jinx se jeta sur eux, pleurant, riant et se plaçant entre eux. Petra se joignit aux rires et aux larmes alors qu'elle regardait Aiden dans les yeux.

— Joyeux anniversaire, dit-il. Je t'aime.

— Je t'aime aussi, répondit-elle. Joyeux anniversaire à moi.

21

Réveillon de Noël, ranch de Vents et Marées

— Déplace-la un peu plus sur la droite. Voilà, parfait, déclara Pamela Sorenson en souriant à Jake alors qu'il reculait de la patère accrochée sur le mur, ornée de six chaussettes de Noël surdimensionnées. Maintenant j'ai besoin de ton aide pour emballer les cadeaux. Petra a dit que tous les cartons que j'ai envoyés sont dans l'atelier des artistes, alors si toi et moi y allons maintenant, ce sera fait en un rien de temps.

Jake regarda vers Petra comme s'il espérait qu'elle l'aide.

Non. Petra avait à faire, et que quelqu'un d'autre occupe ses parents lui faciliterait la tâche.

Dans la cuisine, Zachary Sorenson décorait un énorme gâteau avec Jinx. Ils avaient de nombreuses poches de crème au beurre sur le plan de travail, chacune avec un embout différent. Zachary était très prudent en les passant en revue pour montrer à Jinx comment créer différentes sortes de fleurs et de rosettes, le plus âgé et la plus jeune très concentrés sur leur tâche.

Ce n'était pas l'escapade de fêtes habituelle de Petra – la famille Sorenson se retrouvait habituellement à Hawaï pour une pause au soleil et à la plage –, mais elle avait annulé sa participation au voyage bien avant son anniversaire. Elle n'allait pas quitter Jinx pour son premier Noël à Vents et Marées.

Puis, avec les choses qui étaient mieux que naturelles entre Aiden et elle, rester à Heart Falls semblait encore plus important. Découvrir que Julia et Zach avaient eux aussi changé leurs projets pour rester avait donné la larme à l'œil à Petra. Lorsque ses parents s'étaient carrément invités à Vents et Marées, leur soutien et leur amour avaient été la plus délicieuse des cerises sur le gâteau.

L'année suivante viendrait bien assez tôt pour retourner sur l'île. Peut-être qu'Aiden et elle pourraient emmener Jinx avec eux.

Declan entra, un carton de cadeaux emballés dans du papier étincelant dans les mains. Il marqua une pause en allant vers le sapin et se pencha pour murmurer discrètement :

— Tes parents sont... Comment dire ?

— Une force de la nature ? suggéra Petra.

Il lui lança un grand sourire.

— Ce n'était pas ce à quoi je pensais, mais ça colle. On dirait aussi que la pomme ne soit pas tombée loin de l'arbre. Je suis content qu'ils aient pu se joindre à nous pour les fêtes.

— Moi aussi, dit Petra doucement, regardant son père puis, par la fenêtre, sa mère qui parlait non-stop à Jake alors qu'ils se dirigeaient vers l'atelier. Enfin, ils sont en partie venus pour voir Zach et Julia puisqu'elle attend un bébé pour l'année à venir, mais c'est plutôt sympa de savoir que mes parents se sentent à l'aise à Vents et Marées.

Declan se rapprocha.

— Ne te fais pas d'illusions. Ils sont là pour toi tout autant que pour ton frère et ce futur bébé. Ce sont des gens bien. Mais un peu fouineurs. C'est tout ce que je dis.

Petra se pinça l'arête du nez.

— Est-ce que ma mère t'a fait un laïus sur les rapports sexuels protégés et les meilleurs moyens de trouver une future partenaire qui restera sexuellement compatible avec toi dans tes vieux jours ?

Il écarquilla les yeux.

— Pas encore, mais je suppose que ce n'est pas une discussion à attendre avec impatience.

Ils faisaient peut-être partie de sa famille, mais parfois ils exagéraient.

Petra inspira profondément et apprécia l'odeur de cannelle et d'écorce d'orange qui s'attardait dans l'air. Jake avait cuisiné la veille, ce qui voulait dire qu'il avait mystérieusement mis de quoi manger sur la table et qu'elle le soupçonnait toujours d'avoir acheté le repas à Tansy, mais à ce stade elle s'en fichait. Il y avait eu une sorte de canard laqué ainsi que des rouleaux de printemps croustillants et délicieux.

Mais pour ce soir-là, Aiden et elle étaient aux commandes et ils avaient choisi la tradition. Ils avaient préparé un jambon, de la purée, des haricots verts et quelques plats ukrainiens pour faire bonne mesure parce que ce ne serait pas Noël pour elle sans des varenyky[1] et de la kovbasa[2].

L'essentiel de la nourriture était déjà dans le four, alors à part pour préparer une salade au dernier moment, il n'y avait plus besoin de s'agiter.

C'est pourquoi elle avait du temps pour terminer le seul

---

1. NdT : Aussi connu sous le nom de « pierogi », c'est une sorte de raviole farcie très répandue en Europe de l'Est.
2. NdT : Type de saucisse.

projet qui réclamait encore un peu de travail. Elle se glissa dans leur chambre et se dirigea vers le coin où Aiden avait placé un confortable canapé deux places. Il était assez petit pour tenir dans le coin ensoleillé près de la fenêtre, et depuis son anniversaire, ils s'étaient assurés de prendre du temps chaque jour pour s'y asseoir un petit moment ensemble. Parfois le matin, parfois après avoir passé un moment en famille. Avec la présence d'autant d'adultes tout le temps, ils avaient réfléchi et c'était le moyen qu'ils avaient trouvé pour avoir une occasion de continuer à parler d'*eux*.

De continuer à en apprendre plus et à tomber plus profondément amoureux.

Bien sûr, avec la surprise qu'elle avait préparée, ils n'auraient plus besoin d'utiliser ce coin cosy très longtemps. Petra s'assit de son côté du canapé, replia les jambes sous elle et prit le dernier ouvrage qu'elle devait terminer. Elle avait fini tous ses cadeaux de Noël pour la famille de Vents et Marées, et un bonnet et des mitaines pour Sasha Stone pour lesquels elle avait aidé Jinx.

Elle n'avait pas tout à fait terminé les pantoufles qu'elle préparait pour son père, et elle mit son crochet au travail alors qu'elle regardait par la fenêtre, pleine de satisfaction.

La porte s'ouvrit doucement, et le sourire étincelant d'Aiden apparut derrière.

— Je me demandais si je te trouverais ici.

Elle tapota le siège à côté d'elle.

— C'est un endroit comme un autre pour me cacher et que ma mère ne puisse pas me demander de me déguiser en lutin ou je ne sais quoi.

Il se mit à rire, faisant un détour du côté du lit avant de la rejoindre. Il posa un petit sac aux couleurs vives près de ses pieds, puis lui attrapa les jambes et les plaça sur ses cuisses.

— Voilà. C'est beaucoup mieux.

— Est-ce que tu as terminé toutes tes corvées de cow-boy pour la journée ? demanda-t-elle.

— Jusqu'à ce soir, oui. Ce qui veut dire que je peux me détendre, m'empiffrer et apprécier l'ouverture des cadeaux ce soir.

Petra regarda le sac près du canapé.

— Un présent de dernière minute à mettre sous le sapin ?

— Ce n'est absolument pas à la dernière minute, et je pense que je ne devrais pas le mettre sous le sapin.

Il posa la main sur sa cuisse et descendit lentement jusqu'à la voûte plantaire, la caressant comme toujours quand ils étaient ensemble. Il la touchait comme toujours, ses mains la frôlant et lui donnant l'impression qu'être près d'elle était la chose la plus importante du monde pour lui.

Elle pivota, passa les bras autour de son cou et l'embrassa. Parce qu'elle le pouvait. Parce qu'elle en avait envie, elle en avait même besoin.

Le désir dévorant qu'elle éprouvait pour lui ne cessait de grandir.

Il lui rendit son baiser avec passion, mais suffisamment contrôlée pour qu'elle soupire de plaisir lorsqu'il recula seulement une minute plus tard.

— Je t'aime bien, Aiden Skye.

— Je sais.

Il lui lança un clin d'œil, prit son menton entre ses mains et frôla de nouveau ses lèvres des siennes.

— Je t'aime bien aussi, Petra Sorenson.

— C'est bien.

Ce fut à lui de rire.

Elle baissa de nouveau les yeux, c'était irrésistible.

— Tu vas me dire ce qu'il y a dans le sac ?

— J'aimerais savoir ce que tu penses des cadeaux de Noël en avance.

— J'approuve entièrement, lui assura-t-elle. Surtout quand ils sont pour moi.

Il se détacha d'elle pour récupérer le paquet, le tenant juste hors de portée. Son expression devint sérieuse et il inspira profondément avant de reprendre la parole.

— Tu te souviens que nous avons promis de continuer à nous parler, alors si j'ai merdé, tu me le dis. Je ne serai pas blessé.

— Maintenant je ne sais pas si je veux l'ouvrir, dit Petra doucement.

— Oh, tu veux l'ouvrir, lui assura-t-il. Tiens.

Il lui fourra pratiquement le sac dans les mains.

Elle s'appuya sur l'accoudoir, examinant Aiden un instant avant de jeter un coup d'œil à l'intérieur.

Sur le dessus, encore une fois, se trouvait une bougie enveloppée dans du papier.

— C'est exactement ce que je voulais, le taquina-t-elle en la sortant du sac et en arrachant le papier.

L'étiquette disait *On dirait le meilleur mari du monde.*

— Ooh, c'est trop chou.

Son cœur se gonfla de bonheur. Ils allaient le faire. Se fiancer. Être en couple, un jour mari et femme.

— Suis-je censée l'allumer quand tu as fait quelque chose de bien ?

— C'est une méthode. Tu peux aussi l'allumer quand je foire pour te rappeler que je ne suis pas affreux tout le temps, dit-il en penchant la tête vers le sac. Tu n'as pas terminé.

Elle posa la bougie sur la table d'appoint, à côté de sa tasse de thé, et regarda à nouveau dans le sac. Un petit carnet avec la photo d'un coucher de soleil sur la couverture reposait au fond. Elle le posa sur sa paume.

— C'est joli.

Il lui donna un petit coup de coude. Il remuait tellement et ne tenait plus en place.

— Ouvre-le.

— Est-ce que tu m'as écrit un poème ? De la poésie érotique...

Petra s'interrompit. Le centre du carnet avait été découpé, laissant un carré à peine assez grand pour contenir une bague.

— Oh mon Dieu.

Elle sortit prudemment le bijou et tourna le chaton étincelant vers elle. C'était un petit amas de pierres blanches et bleues, et elle brillait dans la lumière du soleil qui entrait par la fenêtre.

Petra leva les yeux vers Aiden.

— Elle est magnifique.

Il sourit à nouveau.

— Je n'ai pas foiré ?

Elle secoua la tête et glissa la bague à son doigt. Elle leva la main pour l'admirer.

— C'est exactement ce que je voulais, répéta-t-elle en réfléchissant. Comment l'as-tu choisie aussi parfaitement ?

— Ta mère, admit-il. Nous échangeons des textos depuis ton anniversaire, et elle a fini par m'envoyer certaines des photos de l'époque où tu faisais du scrapbooking.

Il entrelaça leurs doigts et déposa un baiser sur sa main juste au-dessus de la bague chatoyante.

— Je suis contente que tu t'entendes bien avec ma famille et que tu sois assez courageux pour les supporter régulièrement, le taquina-t-elle, la joie pétillant toujours en elle.

— Ce sont des gens bien. En dehors du fait que j'ai dû parfois détourner le sujet de certaines conversations directes sur la sexualité. Ta mère est déterminée.

— C'est une façon de voir, dit Petra avec un sourire, posant la main sur sa joue.

— Ton père a dit quelque chose du genre Dieu merci tu étais la dernière à te marier, parce que chacun de vous devenait plus tordu et créatif. Il faut vraiment que je sache ce qui s'est passé entre Julia et Zach.

— On fera en sorte que tu l'apprennes quand nous irons là-bas demain pour passer la journée avec eux. Je parie qu'ils adoreraient te raconter cette histoire.

Elle se pelotonna contre lui, sa tasse de bonheur pratiquement pleine à ras bord.

— Merci pour ma bague, ajouta-t-elle.

Le visage d'Aiden devint soudain sérieux pendant un instant.

— J'ai pensé que nous en avions besoin. Nous n'en avions pas avant parce que nous faisions semblant. Mais nous ne faisons plus semblant. Je t'aime de tout mon être, même si ça a l'air très rapide.

— Je t'aime aussi.

Sa gorge se serrait, et les larmes menaçaient de lui monter aux yeux, ce qui était bête alors qu'elle était si heureuse.

— Tu veux voir ton cadeau de Noël surprise ?

Il baissa les yeux sur les boutons-pressions du chemisier de Petra en défaisant le premier.

— C'est exactement ce que je veux.

Elle éloigna ses mains en riant, quitta le canapé et l'entraîna avec elle.

— Il n'est pas ici, même si tu peux tout à fait avoir *ça* plus tard. Viens. J'ai hâte de te le montrer.

~

AIDEN ÉTAIT sûr qu'il souriait d'une oreille à l'autre. Chaque fois que Petra ou une des filles de sa bande l'attrapait et l'emmenait quelque part, c'était très amusant.

Ils traversèrent le salon avant d'attirer l'attention de Kevin et de Declan, assis près du feu.

— Vous allez quelque part ? demanda Declan.

— Il n'y a rien à voir ici, dit Aiden.

— Je montre sa surprise à Aiden, annonça Petra par-dessus sa tête avant de lui serrer les doigts. Tout le monde est le bienvenu.

— Cool, dit Jinx en se dirigeant vers la porte.

Elle marqua une pause, puis se précipita pour attraper Zachary par le poignet, l'entraînant comme Petra tirait Aiden.

— Viens, papy Zach. Tu ne veux pas rater ça.

Ouais, c'était vraiment amusant. Aiden échangea un sourire avec son futur beau-père puis changea docilement de chaussures et enfila son manteau, sortant dans la journée fraîche de décembre.

Le soleil étincelait sur le million de flocons de neige qui tombaient depuis la veille et, autour d'eux, les champs d'un blanc immaculé s'étendaient au loin. Les chemins jusqu'à l'atelier des artistes étaient bien nets, mais il faisait suffisamment froid pour qu'à chaque pas dans leurs bottes d'hiver, la nouvelle neige craque sous leurs pieds. Chaque inspiration lui piquait à l'arrière de la gorge.

Quand ils arrivèrent au pied de l'escalier, un cortège les suivait. Jake et Pamela descendirent les marches, cette dernière agitant la main avec excitation.

— C'est l'heure ?

— Oui, annonça Petra joyeusement.

Elle stoppa Aiden et se tourna complètement vers lui.

— Ce cadeau de Noël vient en partie de moi, mais surtout

de ta famille. Pour nous deux, ajouta-t-elle avant de lancer un baiser vers Declan et Jake.

Jinx était là, bondissant sur place.

— Je peux lui montrer ? demanda-t-elle avec empressement.

Apparemment, tout le monde était au courant de la surprise à part lui. Un petit miracle étant donné que tout le monde avait étroitement collaboré au cours de ces dernières semaines.

— Ça me va, avança Aiden. Du moment que tu ne traînes pas, parce que le suspense me tue.

Jinx passa en trombe à côté d'eux et se dirigea au bout du bâtiment, vers la porte la plus éloignée.

La porte de sa future mini-suite. Celle où ils avaient entamé leur dispute et déclenché tout un enchaînement d'événements qui avaient complètement changé sa vie.

Petra glissa les mains autour du bras d'Aiden et ralentit le pas, penchant la tête pour lui parler en privé.

— Encore une fois, s'il y a quelque chose que tu n'aimes pas, on peut le changer. Mais je suis ravie, et je pense que tu le seras aussi.

Jinx ouvrit la porte et recula, souriant alors qu'elle continuait à bondir. Derrière eux, tout le monde sembla ralentir et, lorsqu'ils passèrent la porte, Petra et lui étaient seuls.

Il avait pensé que la peinture serait peut-être faite. Peut-être que les moulures de la fenêtre et les plinthes seraient posées, mais ce qu'il vit devant lui était un foyer entièrement meublé.

Avec des fenêtres donnant au sud et à l'est, le salon et la cuisine étaient petits mais de taille parfaite pour un couple amoureux. Une petite table et quatre chaises étaient placées près d'un canapé qui faisait face à une télé grand écran. Dans le coin entre les fenêtres se trouvait un canapé deux places –

identique à celui actuellement dans leur chambre, avec des tables d'appoint, des lampes et une vue sur les prairies.

— Comment as-tu fait ça ? demanda Aiden, ébahi.

Il retira ses chaussures sans réfléchir et avança sur le plancher et les tapis doux.

— Tu étais occupé par l'organisation avec Jake et tu donnais un coup de main dans les quartiers des ouvriers. À chaque fois que tu travaillais là-bas, on travaillait ici, révéla Petra, d'une voix pleine d'amour.

Il passa la main sur le petit îlot et admira la cuisine très basique.

— Vous avez fait un boulot fantastique.

Elle le rejoignit et glissa les doigts entre les siens.

— Nous n'avons pas besoin d'une grande cuisine ni d'un grand salon parce que ça nous servira surtout quand nous voudrons faire des choses tout seuls. Ou peut-être inviter Jinx, ou un couple chez nous pour jouer aux cartes. Mais nous ferons surtout ça dans la maison du ranch. Ici c'est chez *nous*.

Tout le monde se pressait à la porte et regardait.

Cela le frappa soudain. Aiden regarda les trois portes intérieures.

— Comment se fait-il qu'il y ait autant de place ici ? demanda-t-il en s'approchant de la porte la plus au nord.

Il regarda à l'intérieur et découvrit un espace de travail sobrement décoré.

— C'était censé être la chambre, ajouta-t-il.

Declan se racla la gorge.

— C'est toujours bien de changer les plans quand c'est nécessaire. Je n'ai pas besoin d'autant de place et vous êtes deux. Nous avons démoli un mur et en avons remonté un autre un peu plus au nord.

— Avec un isolement acoustique supplémentaire, avança

Jake d'un ton pince-sans-rire. Pour que vous puissiez avoir des *discussions bruyantes* si nécessaire.

Aiden se mit à rire, et il se pressa vers la deuxième porte, passant la tête dans une salle de bains attenante, avec une porte qui devait mener à une deuxième chambre.

— Si nous avons des invités, alors nous partagerons la salle de bains. Sinon nous pouvons verrouiller celle-ci.

Petra arriva à côté de lui et indiqua le mur sud. Au lieu d'être plein, un carreau partiellement constitué d'un vitrail laissait entrer la lumière naturelle dans la pièce sans fenêtre.

— C'est Jinx qui a eu l'idée, ajouta-t-elle.

Aiden siffla d'un air admiratif puis se retourna et leva le pouce vers Jinx.

— Ça me plaît. Beau travail.

Il laissa sa curiosité le guider dans la chambre. Il était parfait, cet endroit pour lui et Petra, avec une couette marron foncé sur le lit de cent soixante centimètres et un panneau au-dessus du lit avec l'expression inscrite à la main : *La famille c'est pour la vie.*

Il se retourna, attrapa Petra et la ramena dans le salon, secouant la tête en croisant le regard de chacun des membres de sa famille.

— C'est fantastique. Merci. Je ne me serais jamais attendu à ça, dit-il en se tournant vers Petra. Et toi ! Sacrés secrets.

Elle lui lança un grand sourire.

— Ça te plaît ?

Il secoua la tête.

— Non, j'adore.

Elle se tortilla presque autant que Jinx.

— Encore une chose.

Elle l'entraîna vers le mur près de la porte d'entrée où une collection de photos de vingt centimètres sur vingt était soigneusement disposée en rangées précises. Aiden suspectait que c'était l'œuvre de Jake.

Puis il regarda d'un peu plus près, parce que ce n'était pas seulement les cadres droits comme des *i* qui l'impressionnaient... c'étaient les photos. Une de chacun de ses frères. Une photo de Jinx qui souriait. Il y en avait une de Kevin, et une de Dixie avec la langue qui pendait – celle-là le fit rire –, puis d'autres photos de visages familiers des derniers mois et associée à un souvenir.

Sydney. Tansy. Zach et Julia, Caleb et Tamara. Chance et Rose. Des gens qu'ils apprenaient à mieux connaître. Des gens qui créaient une différence dans sa vie.

La photo au centre, c'était Petra et lui, et il la serra joyeusement dans ses bras en admirant comme ils étaient beaux ensemble.

Lorsqu'il arriva à la photo dans le coin supérieur droit qui montrait sa mère et Jeff, les bras passés l'un autour de l'autre et la tête projetée en arrière en riant, Aiden se tourna vers Petra et l'attira à lui pour l'étreindre. Surtout pour pouvoir enfouir le visage dans son cou et essayer de se reprendre.

Elle le serra contre elle, et il resta là, laissant les larmes de bonheur lui venir aux yeux.

Quand il se fut enfin repris, et qu'il s'essuya le visage du dos de la main, ils étaient seuls. Par la fenêtre, la famille de Vents et Marées marchait ensemble, la neige tombant calmement autour d'elle.

— Je dirais que c'était gênant, mais ça ne l'était pas vraiment, n'est-ce pas ? dit-il en frôlant le nez de Petra du sien.

— Ce n'était pas gênant. C'était magnifique, pour être honnête, répondit-elle en glissant le pouce sur sa joue. Qu'est-ce qui t'a le plus ému ?

— Que nous le fassions vraiment, dit-il doucement en penchant la tête vers le mur. Nous avons promis que nous créerions une différence. Que nous rendrions service, et nous y arrivons. Je sais que nous avons encore du chemin à faire, et il y aura des moments difficiles mélangés aux bons. Mais voilà ce dont je ne m'étais pas rendu compte.

Il sourit, lui prit la main et frôla du pouce l'anneau à son doigt.

— Je ne m'étais jamais exactement rendu compte combien ça changerait ma vie à moi. Je ne cessais de penser que ce serait bien de donner aux autres, de changer leurs vies. J'ai l'impression d'avoir reçu bien plus que je ne mérite.

— Je suis contente que tu sois heureux, mais je pense que tu le mérites.

— Je m'y accroche, quoi qu'il arrive, dit-il en penchant le menton vers la photo de ses parents. Ils n'ont pas élevé un idiot. Je m'accroche des deux mains. Ça veut dire à toi, Petra. Merci de vouloir construire un foyer avec moi.

Elle passa les bras autour de son cou et le serra si fort qu'il dut la soulever et la faire tourner, juste comme ça.

Ils sortirent, impatients de rejoindre le reste de la famille. Aiden lui tenait étroitement la main pendant qu'ils marchaient.

— Mais nous n'allons pas encore emménager dans nos nouveaux quartiers, n'est-ce pas ? Je ne veux pas laisser Jinx toute seule dans la grande maison.

— Bientôt, dit-elle, l'espièglerie dansant dans ses yeux. Declan et moi avons un plan.

Aiden secoua la tête.

— Pourquoi ai-je la sensation que ça veut dire que Jake ne va pas aimer ce plan ?

Petra en resta bouche bée.

— Waouh, tu es doué. Maintenant tais-toi.

Elle posa un doigt sur ses propres lèvres.

— Fais-moi confiance. Ce sera facile.

Aiden passa un bras autour d'elle et l'attira à lui tandis

qu'ils se rapprochaient de la famille désormais engagée dans une bataille de boules de neige improvisée.

— La seule chose qui reste à faire, maintenant, c'est de discuter de la date, continua-t-il.

Petra eut un vague murmure, riant lorsque la boule de neige précise de Jinx renversa le bonnet de Jake.

— La date de quoi ?

Aiden tapota l'annulaire de Petra. Avec le soleil qui brillait sur eux, les yeux de celle-ci étincelaient autant que la bague.

— Nous devons fixer une date de mariage pour que tu puisses officiellement devenir la mariée du cow-boy que je suis.

ÉPILOGUE

*P*lus la nuit durait, plus la musique devenait forte.

Au fond, ça ne dérangeait pas Jake. Si la musique était assourdissante, ça voulait dire qu'il n'avait à parler à personne, et il n'était pas de très bonne humeur ces temps-ci.

Ce qui n'était la faute de personne, mais jusqu'à ce qu'il se remette les idées en place, il valait mieux ne pas ouvrir la bouche.

Heureusement, c'était assez facile à la maison. La liste de tâches était presque terminée. Ce qui restait à accomplir pour rendre Vents et Marées opérationnel serait sous contrôle d'ici à la fin du mois de janvier. Il n'y aurait plus à se retenir ensuite. Jake avait hâte. Il avait besoin de plus d'occupations parce que...

Parce que, c'était tout.

Me mentir à moi-même est une option très mature.

Il termina sa bière et traversa la salle en direction du reste de sa famille, qui avait commencé sa Saint-Sylvestre rassemblée autour d'une table.

Jinx avait demandé si elle pouvait passer le réveillon avec Sasha au ranch de Silver Stone. Avec la jeune fille qui faisait joyeusement la fête avec son amie, tous les adultes étaient libres de sortir pour la nuit.

Petra et Aiden étaient serrés l'un contre l'autre comme les tourtereaux qu'ils étaient. Jake n'arrivait pas à être agacé qu'ils soient aussi adorablement écœurants et heureux ensemble. Son frère méritait une femme incroyable, et Petra en était une.

Declan était sur la piste de danse. Il ne dansait jamais plus d'une fois avec qui que ce soit, mais il était très demandé parce qu'apparemment il savait mener. Et d'autres bêtises comme quoi il était un *golden retriever* ne cessaient d'être mentionnées, ce qui faisait éclater de rire les amies de Petra.

Jake pensait que tout le monde aurait dû dégager des réseaux sociaux pendant un moment.

Il ne pouvait pas s'en empêcher. Il examina rapidement le coin, cherchant les autres femmes qui apparaissaient inévitablement quand Petra était là. Aucun signe d'elles, et il ne savait pas s'il était heureux ou agacé de se demander s'il était heureux ou agacé qu'elles ne soient pas là.

Petra le secoua par la manche et se rapprocha.

— Qui est-ce que tu cherches ? cria-t-elle.

— Un ORL, lui répondit Jake.

Elle lui lança un grand sourire.

— Joli. *Ma* docteure n'est pas là ce soir. Elle a proposé de prendre un service aux urgences de Diamond Valley. Mais Tansy est quelque part.

Jake hocha la tête, se forçant à sourire en levant le pouce.

Ça ne devrait pas arriver. Cette étincelle d'excitation dans son ventre à la simple mention du prénom de cette femme.

Bien sûr, la seconde d'après il la vit, tournoyant sur la piste de danse dans les bras d'un petit cow-boy qui ne réussissait pas à se faire pousser la barbe. Ça faisait presque mal de les regarder, mais Tansy gardait le sourire malgré le nombre de fois où elle était tirée dans une nouvelle direction sans que son partenaire réussisse pas à leur éviter de percuter d'autres personnes sur la piste bondée.

Une serveuse apporta sa bière à Jake. Il tourna fermement le dos aux danseurs et lui donna un billet de vingt en lui faisant un clin d'œil.

— Continuez à me servir.

Ses yeux pétillèrent et elle s'éloigna gracieusement.

Il passa l'essentiel de l'heure suivante à faire ça. Sourire, et boire, et hocher la tête, et se demander encore et encore pourquoi il était aussi attiré par *cette* femme.

La musique s'interrompit brièvement et une voix profonde tonna par les haut-parleurs.

— C'est l'heure, les amis. Joignez-vous à moi pendant que nous nous préparons au dernier coup de minuit avant d'accueillir la nouvelle année.

Le compte à rebours commença.

Dix, neuf...

Jake se retrouva à tourner sur lui-même et se concentra sur les visages souriants autour de lui. Des gens bien qui avaient commencé à être plus que de simples voisins et connaissances, mais de vrais amis.

Huit.

Sept.

À la gauche de Jake, son frère Aiden attira près de lui Petra qui riait, ignora l'horloge et déposa un gros baiser sur ses lèvres.

Six.

Cinq.

Jake continua à tourner et se retrouva face à face avec Tansy. L'exaspérante, dangereuse et déroutante Tansy.

Quatre.

Trois.

Le cow-boy à côté de Tansy ouvrit les bras comme s'il l'invitait à célébrer la nouvelle année, et Jake perdit tout bon sens. Il s'élança, attrapa Tansy par le poignet et la fit tourner droit dans ses bras.

Deux.

Un.

— Bonne année !

Le cri monta tout autour d'eux, mais la seule chose que Jake pouvait faire, c'était regarder le visage stupéfait de Tansy.

Puis il ne vit plus ce qu'elle pensait parce qu'il avait posé les lèvres sur les siennes et l'embrassait. Minutieusement, et profondément, et heureusement qu'ils étaient au centre d'une salle bondée parce qu'elle lui rendait son baiser. Elle s'accrocha à son cou et sauta, et la seconde d'après elle était enroulée autour de lui comme une corde égarée sur un poteau de clôture, et c'était absolument incroyable.

Jake résista à l'envie de se frayer un chemin vers un endroit plus intime. À la place, il continua à l'embrasser alors que tout son corps vibrait de désir. Lorsqu'ils se séparèrent enfin, cherchant leur souffle, Jake était stupéfait.

Exaspérante jusqu'à la moelle, Tansy lui lança un grand sourire.

— Tu vois ? Parfois, la spontanéité, c'est amusant.

Il se concentra pour rester debout alors qu'elle se tortillait pour reposer les pieds sur le sol. Il devait dire quelque chose, n'importe quoi. Peut-être même s'excuser.

Non, il ne pouvait pas.

— Merci pour le super début de la nouvelle année. À la prochaine, dit Tansy en lui tapotant la joue avant de disparaître en une seconde.

Jake resta là à essayer de comprendre ce qui venait de se passer.

Il n'était pas encore parvenu à le déterminer le lendemain matin alors qu'il fixait la cafetière, voulant qu'elle crache plus vite le liquide.

Dix heures, et personne d'autre n'était encore apparu dans la maison. Il pensait qu'Aiden et Petra avaient une bonne raison de ne pas être là – avec l'absence de Jinx, ils avaient passé la nuit dans leur nouvel appartement. Ils étaient certainement encore blottis l'un contre l'autre. Declan était levé, mais encore dans l'écurie.

Jake ne regrettait pas qu'un peu ses choix de la Saint-Sylvestre, et il resta près de la cafetière et but un mug entier de café avant de le remplir de nouveau et de s'approcher lentement de la table.

Il regarda par la fenêtre et observa un vieux mini-van défoncé sortir de la voie rapide et descendre l'allée. Sans doute quelqu'un qui déposait Jinx après sa soirée.

Eh bien, au diable tout ça. Le jour du Nouvel An. Il était temps de se fixer quelques objectifs. C'est ce que les gens faisaient le jour du Nouvel An, n'est-ce pas ?

Il attrapa son carnet et ouvrit une nouvelle page. Il écrivit OBJECTIFS en haut et une série de chiffres sur le côté, d'un à dix. Il regarda fixement la page pendant un instant puis au premier point il inscrivit, clair et net...

1. Apprendre à être plus spontané.

C'est quoi ce bordel ?

Il foudroya pratiquement le journal du regard. *Ça*, ce n'était pas ce qu'il avait voulu écrire. Ce n'était pas du tout ce à quoi il pensait, et il appuya les mains contre ses tempes, suppliant le martèlement de se calmer.

C'était la faute de Tansy. Le mot qu'elle avait utilisé la veille résonnait encore dans sa tête.

Il examina la page du carnet avec dégoût. Tout le monde avait ses particularités, et il était suffisamment honnête pour admettre qu'il en avait aussi. Soit il barrait ces mots, soit il arrachait la fichue page, mais aucune des deux solutions ne lui convenait. Il décida simplement de laisser cette fichue phrase pour l'instant et de la laisser être agaçante.

Quelqu'un frappa à la porte. Jake était déjà debout alors même qu'il regardait l'heure. Le jour du Nouvel An et ils avaient de la visite ?

Oh. Et si c'était Danielle ? Et si quelqu'un d'autre avait besoin de leur aide ?

Il se dépêcha et ouvrit brusquement la porte, regardant avec stupéfaction Tansy, qui lui souriait follement. Elle lui tendit un contenant en plastique puis le lui fourra dans les mains.

— Qu'est-ce que c'est ? demanda-t-il.

— Des brownies de bienvenue à Vents et Marées, annonça-t-elle joyeusement en passant à côté de lui et en tirant une valise à roulettes derrière elle.

Elle referma la porte puis se retourna et lui retira le contenant des mains.

— Merci. Ils sont pour moi.

— Tu as dit que c'était des brownies de bienvenue, répéta-t-il.

Elle hocha la tête avec empressement.

— Oui. Tu ne sais pas très bien faire les desserts, et je voulais des brownies. Puisque je vis ici maintenant, ce sont des brownies qui disent *bienvenue à la maison, Tansy*.

Elle tournoya et s'enfonça dans la maison.

Jake secoua la tête, essayant de faire en sorte que ses mots s'installent dans son cerveau et aient du sens. Non, ça ne marchait pas.

Il la suivit d'un pas lourd dans la cuisine.

— Qu'est-ce que tu veux dire, tu vis ici ?

Elle posa les brownies sur le plan de travail avant de se tourner vers lui. Elle se frotta légèrement les mains comme si elle époussetait des miettes, puis lui en tendit une.

— Declan et Petra m'ont embauchée. Bonjour, je suis votre nouvelle cuisinière à domicile.

À PROPOS DE L'AUTEUR

Avec plus de 3 millions de livres vendus, Vivian Arend est une auteure de best-sellers figurant aux classements du New York Times et de USA Today. Elle a écrit plus de 70 romances contemporaines et paranormales.

Ses livres sont des romans intégraux qui peuvent se lire indépendamment de toute série et ne se terminent pas sur un suspense. Ce sont des histoires pleines d'humour et d'émotions, avec des moments sensuels et des fins heureuses. Vivian estime avoir le plus beau métier au monde. Elle habite en Colombie-Britannique, au Canada, avec son mari depuis plusieurs années (l'inspiration de chacun de ses héros et un compagnon volontaire pour toutes sortes d'aventures).